Nós somos a luz

Matthew Quick
---

## Nós somos a luz

Tradução: Cristiane Riba

**GLOBOLIVROS**

Copyright © 2023 by Editora Globo S.A. para a presente edição
Copyright © 2022 by Matthew Quick

Todos os direitos reservados. Nenhuma parte desta edição pode ser utilizada ou reproduzida — em qualquer meio ou forma, seja mecânico ou eletrônico, fotocópia, gravação etc. — nem apropriada ou estocada em sistema de banco de dados sem a expressa autorização da editora.

Texto fixado conforme as regras do Acordo Ortográfico da Língua Portuguesa
(Decreto Legislativo nº 54, de 1995)

Título original: *We Are The Light*

*Editora responsável:* Amanda Orlando
*Assistente editorial:* Isis Batista
*Preparação:* Pedro Siqueira
*Revisão:* Clarissa Luz, Anna Clara Gonçalves e Carolina Oliveira
*Diagramação:* Abreu's System
*Capa:* Renata Zucchini
*Imagens de capa:* Freepik e Unsplash

1ª edição, 2023

CIP-BRASIL. CATALOGAÇÃO NA PUBLICAÇÃO
SINDICATO NACIONAL DOS EDITORES DE LIVROS, RJ

Q57n

Quick, Matthew
  Nós somos a luz / Matthew Quick ; tradução Cristiane Riba. - 1. ed. - Rio de Janeiro : Globo Livros, 2023.
  240 p. ; 23 cm.

  Tradução de: *We are the light*
  ISBN 978-65-5987-122-3

  1. Ficção americana. I. Riba, Cristiane. II. Título.

22-86593
CDD: 813
CDU: 82-3(73)

Gabriela Faray Ferreira Lopes - Bibliotecária - CRB-7/6643

Direitos exclusivos de edição em língua portuguesa para o Brasil adquiridos por Editora Globo S.A.
Rua Marquês de Pombal, 25 — 20230-240 — Rio de Janeiro — RJ
www.globolivros.com.br

*Para o sábio e generoso junguiano que finalmente me fez bater os calcanhares três vezes. Obrigado.*

*Vocatus atque non vocatus deus aderit*
[Invocado ou não, Deus está presente].

*Escrito na lápide de Carl Jung.*

I

Prezado Karl,

Em primeiro lugar, quero me desculpar por ir ao seu consultório mesmo depois de receber a carta informando que você não dá mais consultas e, portanto, não pode mais ser meu analista ou de ninguém.

    Sei que o consultório está ligado à sua casa e, como você parou de atender, é provável que esse ambiente agora faça *parte* dela, tornando-o um lugar proibido para mim. Eu estava no piloto automático. Toda sexta-feira, às sete da noite, por quase catorze meses. É um hábito difícil de quebrar. E a psique não parava de falar "Vá. Karl precisa de você", o que era confuso no início, porque eu sou o analisando, e você, o analista, então eu é que deveria precisar de você, e não o contrário. Mas você sempre me disse para ouvir a psique e que o objetivo da análise era individuar e conhecer o *eu* bem o suficiente para se alinhar com ele. Bom, a minha psique quer muito um relacionamento com você. Ela não para de repetir que você precisa da minha ajuda. Além disso, Darcy me disse para continuar indo à análise. E eu também queria ir. Sinto muita falta do nosso encontro analítico semanal, das nossas duas horas sexta à noite.

    Foi difícil dar conta de tudo sem nossas sessões, principalmente no começo. Muita gente se ofereceu para encontrar um novo *você* para mim, mas eu dizia a todo mundo que esperaria por Karl. Tenho que admitir: no início, não pensei que esperaria tanto. Por favor, não se sinta mal. A última coisa que quero é fazer você se sentir culpado, em especial diante de tudo o que passamos, coletiva e individualmente. Só quero que você entenda. E você sempre diz que devo lhe contar tudo e nunca esconder nada.

Também não retornei ao trabalho depois da tragédia. Tentei algumas vezes, mas nunca consegui sair do carro. Ficava ali no estacionamento dos professores observando os alunos entrarem no prédio. Alguns me olhavam com uma expressão preocupada, e eu não sabia dizer se queria que eles me ajudassem ou se queria ficar invisível. Era uma sensação muito estranha. Você já se sentiu assim? Eu segurava o volante com tanta força que as juntas dos meus dedos chegavam a ficar brancas.

Isaiah — meu chefe, amigo e diretor da Majestic High School, caso você tenha se esquecido — acabou saindo e se sentou no banco do carona. Pôs a mão no meu ombro e me disse que eu já tinha ajudado muitas crianças e que agora era hora de eu me ajudar. Ele também vem aqui em casa o tempo todo. Como é muito religioso, diz: "Lucas, você é um dos melhores homens que eu já conheci, e tenho certeza absoluta de que Jesus tem um plano para você".

Às vezes, ele e a esposa, Bess, preparam o meu jantar na minha cozinha, o que é um gesto amável. Eles trazem a comida e todo o resto. Bess sempre diz: "Lucas, você tem que comer. Está emagrecendo muito". E isso é verdade.

Isaiah é um grande amigo, um bom homem. Bess é uma mulher fantástica. Mas Darce — você deve se lembrar que é assim que às vezes chamo Darcy, suavizando a última sílaba — diz que não posso contar a ninguém sobre a transformação dela, então é difícil, pois só fico assentindo e contraindo os lábios sempre que eles dizem que Deus tem um plano para mim. Esse gesto os faz pensar que estou concordando, quando, na verdade, estou escondendo um baita segredo.

Em janeiro, fui à igreja deles alguns domingos de manhã, para o que Isaiah chama "culto". Eu era a única pessoa branca ali, o que foi interessante. Gosto do louvor gospel. Na primeira vez em que fui, o pastor, vestido de roxo e dourado, me chamou ao altar, colocou a mão na minha cabeça e orou em voz alta por mim. Em seguida, pediu a todos na congregação que viessem e pusessem as mãos sobre mim enquanto também oravam. Nunca na vida tive tantas mãos em cima de mim. Foi um gesto amável que apreciei, mas o engraçado é que eu não conseguia parar de tremer, mesmo depois de o toque e a oração terminarem e a música recomeçar, o que foi enriquecedor. Pensei que estivesse tendo uma convulsão.

Continuei indo ao culto de domingo, mas, depois de algumas semanas, ninguém mais orava por mim, e me senti um invasor — como se eu fosse um intruso. Quando contei a Isaiah como me sentia, ele falou gentilmente:

— Não há presença indesejada na casa de Deus.

Porém Darcy disse que eu não deveria abusar da hospitalidade, então parei de ir, embora gostasse e talvez até precisasse. Quem sabe eu volte no final do ano, na época do Natal, se Isaiah continuar me convidando. Darcy disse que talvez não haja problema.

Em dezembro, fui a dezessete dos dezoito funerais. Bem, pelo menos a parte de cada um deles. As funerárias tentaram fazer com que as cerimônias não coincidissem, porque era assim que nós, parentes dos falecidos, queríamos. Mas algumas acabaram tendo horários parcialmente conflitantes, sobretudo porque todo mundo queria que os enterros acontecessem antes do Natal. Eu teria dado pelo menos uma passadinha em todos os dezoito, mas a polícia não me deixou entrar no de Jacob Hansen. Tenho que dizer que o de sua Leandra — a que assisti inteiro — talvez tenha sido o melhor. Gostei de como você personalizou tudo e resistiu a um formato mais tradicional. Eu nem sabia que sua esposa tocava violoncelo até você mostrar aquele vídeo dela na sua sala de estar um dia antes da tragédia. Isso me fez perceber como a análise pode ser desigual, pois você sabia quase tudo sobre minha Darcy e, ainda assim, eu nem mesmo sabia a profissão de sua Leandra. Não tenho nem certeza se eu sabia o nome dela antes da tragédia, o que é difícil de acreditar, especialmente porque víamos vocês dois no Majestic Theater e sempre trocávamos acenos e sorrisos a uma distância respeitável e sem ultrapassar os limites.

Também admiro a forma como você conduziu o funeral sozinho, sem a ajuda de um pastor, um rabino ou um padre. Não sei se eu conseguiria fazer isso, mesmo que o funeral de Darcy tenha sido mera formalidade e o caixão estivesse, é claro, vazio.

Por favor, não fique chateado por ter perdido o funeral de Darcy. Como eu disse, não foi real. E não sei se alguém mais, além de mim, notou sua ausência em todos os outros.

De qualquer forma, no vídeo que você exibiu no funeral de sua esposa — como certamente vai se lembrar —, Leandra estava ensaiando para um solo que faria em um concerto natalino, e a música que ela estava tocando me fez acreditar que eu precisava contar a você a minha experiência numinosa. Parecia um sinal. Prova de que eu e você estávamos juntos nisso e que eu não estava ficando louco.

Você deve se lembrar de que a música era "Angels We Have Heard on High".

Fiquei surpreso ao ver uma mulher tão pequena manuseando um instrumento tão grande. E fiquei maravilhado com os sons etéreos que sua esposa tirava de seu fabuloso manejo do arco. Foi extraordinário assistir a Leandra tocando no próprio funeral, e quase corri para o púlpito naquele momento. Era como se Deus tivesse descido do paraíso e me incumbido de contar a você a boa notícia sobre a tragédia, o que foi estranho, pois não sou religioso. Não tenho nem certeza absoluta se acredito em Deus.

Não corri para o púlpito, é claro; fiquei quieto. A versão de Leandra para "Angels We Have Heard on High" ficou tocando sem parar na minha cabeça, produzindo uma sensação de êxtase. Meu corpo estava sentado ali no banco, mas minha alma — ou psique — estava em algum lugar mais elevado, maravilhada com a luz da manhã que penetrava nos vitrais com imagens de santos.

Não me lembro de nada até estar de pé no final da multidão que se reuniu junto à sepultura aberta de Leandra. A melhor amiga de Darcy, Jill, segurava minha mão. Eu estava de óculos escuros quando minha alma voltou para o corpo. Você chorava copiosamente com a mão sobre o caixão branco da sua esposa. Era como se seu terno preto fosse uma armadura pesada; você estava encurvado de um jeito que o envelhecia, fazendo-o parecer mais com noventa e oito anos do que com setenta e oito. Como você não conseguia recuperar o fôlego, ficou impossível falar, quanto mais concluir o funeral. Ninguém sabia o que fazer, porque não havia nenhum padre, pastor ou rabino para assumir o controle da situação. E você não quis a ajuda de ninguém.

Ficou só acenando para as pessoas irem embora, até mesmo as empurrando. Então você começou a dizer:

— A cerimônia terminou. Vão para casa. Por favor, me deixem sozinho.

Todos estavam cautelosos e inseguros até que Robin Withers — a bibliotecária-chefe da cidade, cujo marido, Steve, também foi morto, caso você não a conheça — colocou a mão no caixão, se benzeu, beijou você na bochecha e partiu com graciosidade. Isso pareceu acalmá-lo. Então todo mundo seguiu o exemplo de Robin, inclusive eu e Jill, os últimos a sair.

Porém, quando cheguei à caminhonete de Jill, olhei para trás e você ainda estava chorando sozinho, apenas com dois homens por perto fumando cigarros junto de uma retroescavadeira. Eles vestiam macacão branco e cinza, luvas pretas e gorro. Os olhos, sem qualquer emoção, observavam você.

Jill tentou me conter, mas me desvencilhei dela e fui a passos largos ao seu encontro. Você chorava tanto que pensei que estivesse morrendo, mas lhe contei sobre Darcy ter asas agora e a minha visão de sua Leandra e de todos os outros se levantando das poças frias de sangue, no Majestic Theater. E lhe descrevi a graciosa ascensão coletiva deles ao céu. As penas brancas brilhando como opalas. O bater de asas constante. A dignidade, a glória e a compensação. Não sei o que você conseguiu ouvir em meio a seus soluços. Ficarei feliz em lhe fazer um relato mais detalhado quando retomarmos nossas sessões de sexta à noite, que é o propósito desta carta. Estou totalmente aberto a questionamentos.

Sinto falta de me sentar no assento de couro desgastado e ficar olhando para os seus grandes óculos pretos. Sinto falta da florestinha de cactos *senita* nas janelas e da "energia fálica" que essas estranhas plantas verdes nos transmitiam. Sinto falta de observar as rugas profundas no seu rosto, que sempre me tranquilizavam, porque pareciam conquistadas a duras penas — como se tivessem sido gravadas pelo acúmulo de grande sabedoria. Mas, acima de tudo, sinto falta da energia de cura que sempre fluiu tão naturalmente entre nós.

O policial Bobby diz que não posso mais bater à sua porta, o que parei de fazer, caso não tenha percebido. Mas a psique diz que tenho que continuar tentando me reconectar com você de alguma forma. A psique diz que isso é vital, que sua própria vida pode depender disso. Darcy sugeriu escrever cartas, como um compromisso seguro, dizendo:

— Que mal pode fazer uma carta? Ninguém nunca se feriu com palavras em um pedaço de papel. Se for demais para Karl, é só ele dobrar novamente o papel, colocar de volta no envelope e ler depois.

Ela também disse que eu era um correspondente bem talentoso. Costumávamos trocar cartas na faculdade, pois estudávamos em universidades diferentes no início dos anos 1990. Sempre amei escrever, então pensei: por que não?

Não sei se você se lembra, mas lá atrás, quando começamos a análise, você... Bem, você olhou fundo nos meus olhos, pelo que pareceram quinze minutos, e disse: "Eu amo você, Lucas". Na época, fiquei muito incomodado. Fui para casa e até pesquisei na internet: "O que fazer quando seu terapeuta diz *eu amo você*". Isso foi antes de eu entender a diferença entre analista e terapeuta. Quase tudo o que encontrei na minha pesquisa dizia que eu deveria parar imediatamente de vê-lo, porque dizer "eu amo você" era uma coisa antiética e ultrapassava os limites. De fato, quase parei de ir à análise, principalmente porque eu estava com medo. Além de Darcy, nunca ninguém tinha me dito "eu amo você". Não com sinceridade. Mas, como passávamos duas horas juntos toda sexta à noite, fui melhorando e comecei a entender o que você quis dizer quando manifestou que a sua alma poderia amar a minha alma, porque o propósito da nossa alma é amar, assim como a função dos nossos pulmões e do nosso nariz é respirar; e a da nossa boca é mastigar e saborear; e a dos nossos pés, andar. À medida que passamos mais noites de sexta juntos, comecei a acreditar que você realmente me amava — não com interesse sexual nem mesmo como amigo. Você me amava do jeito que o melhor de um ser humano naturalmente ama o melhor de qualquer outro ser humano, uma vez removida toda a interferência tóxica.

É por isso que acho importante dizer "Também te amo, Karl", principalmente porque nunca consegui dizer isso a você. Quis dizer isso muitas vezes, porque você me ajudou a vencer muitos dos meus complexos. Darcy ficava me desafiando a lhe dizer que eu o amava, mas eu não conseguia antes deste momento.

Eu amo você, Karl.

E quero ajudá-lo.

Você não pode se esconder em casa pelo resto da vida.

Você não é um recluso; simplesmente não pode ser.

A psique não para de repetir que preciso romper sua bolha neurótica de isolacionismo.

Você precisa me ajudar, é claro, mas também vai voltar a ajudar muitas outras pessoas depois que tiver vivido de modo apropriado o luto pelo assassinato de Leandra e curado seu coração. Tenho certeza absoluta disso.

Há algo que eu possa fazer para acelerar o processo?

Do que você precisa?

Estou disposto a fazer qualquer coisa.

Seu analisando mais fiel,
Lucas

2

Prezado Karl,

Eu não esperava mesmo que você me escrevesse depois de apenas uma carta. Então, fique tranquilo, minha determinação não foi abalada por sua falta de resposta. Pelo contrário.

    Eu não sabia, no entanto, quanto tempo deveria esperar antes de escrever de novo. Uma semana era muito ou pouco tempo? Com base em todo o trabalho que fizemos juntos, acho que você diria algo como: "Bem, talvez você não devesse inventar regras arbitrárias. Talvez devesse confiar na psique para guiá-lo. O que a psique quer? Fique bem quieto. Feche os olhos. Respire. Desacelere. E, então, ouça".

    Apenas algumas horas depois de colocar a primeira carta na agência postal de Majestic, fiz exatamente o que achei que você recomendaria. Meditar em um banco de rua sob o bordo japonês, perto da loja de conveniência. E a psique me disse de forma bem clara para eu lhe escrever sem demora, imediatamente — naquela noite mesmo! O impulso era dominante. Mas achei melhor lhe dar, pelo menos, uma oportunidade justa de responder, só para que nossa correspondência não virasse um desagradável monólogo.

    Darcy concordou e disse, em tom de piada:

— Você tem que pegar leve ao dar em cima de um viúvo.

Ela costumava brincar comigo dizendo que nas noites de sexta eu ia ver "meu namorado" e falava gozando para Jill que eu estava traindo a minha mulher com você. Nunca lhe contei essa provocação, pois você dizia que devíamos manter nossa análise sagrada, guardar segredo sobre ela. Você costumava dizer que era como cozinhar arroz no vapor. Se tirar a tampa da panela, todo o vapor some e, então, o processo alquímico não pode mais acontecer. Mas tive que contar a Darce sobre a análise, porque ela controlava o talão de cheques, e como Jill era sua melhor amiga, ela lhe contava tudo — isso quando Darce ainda era humana. Acho que Jill não falou com ninguém sobre a relação terapêutica que eu e você tínhamos, e espero que ainda tenhamos. Esses dias perguntei sobre isso, e ela disse que percebeu se tratar de uma questão privada e, portanto, guardou a informação para si. Jill é legal, e é por isso que não entendo a necessidade de Darce de não contar nada à amiga em relação as suas asas e a sua escolha de ficar para trás, aqui na Terra. Converso com Darce todas as noites, mas não tenho permissão para falar disso com Jill, o que acho bastante cruel.

Mas é sobre Jill que eu gostaria de falar nesta noite. Aconteceu algo ruim, e eu não sei bem o que fazer em relação a isso. Essa é a razão principal pela qual, mesmo depois dos avisos mais duros do policial Bobby, comecei a vir de forma obsessiva ao seu consultório de novo, na esperança de que você estivesse disposto a me conceder uma sessão de emergência. Consegui lidar bastante bem com a tragédia do Majestic Theater — por mais horrível que tenha sido — por conta própria, mas essa questão com Jill está me matando, sobretudo porque é o único segredo que escondi de Darce. Como não é mais humana, acho que ela já deve saber o que aconteceu, mas é difícil dizer. Mesmo que ela me perdoe — ou, por algum milagre, já tenha me perdoado —, acho que não vou conseguir me perdoar.

Queria lhe contar tudo isso cara a cara, por isso não mencionei nada na última carta. Mas agora não aguento mais.

Não me lembro o que falei sobre Jill em nossas sessões — para ser honesto, ultimamente estou tendo dificuldade para me lembrar de muitas coisas —, então vou começar do princípio e considerar que você nunca ouviu falar de Jill.

Darcy absorve energia dos outros de um jeito agradável e sereno, enquanto Jill irradia energia. Darcy, em geral, é tranquila. Jill é quase sempre intensa. Algumas vezes, ser intenso é bom e, outras, ser tranquilo é melhor, o que fazia delas um time e tanto.

Só para contextualizar, você tem de entender que ninguém fez tanto por mim nos últimos meses como Jill.

Você já foi ao café Cup Of Spoons, que fica do outro lado da rua do histórico e agora infame Majestic Theater? Mesmo que eu nunca o tenha visto no Cup Of Spoons, você com certeza já comeu lá, certo? Todo mundo da cidade adora aquele lugar. Bem, Jill é a dona. Ela é a loura da cozinha, aquela que vem e pergunta como está o seu dia, sabe o seu nome e sorri para você de um jeito que parece fazer mais efeito do que cafeína. Ela era uma das poucas pessoas neste mundo que faziam Darce rir até chorar. Uma vez, Darce literalmente fez xixi nas calças quando, uma noite, ela e Jill estavam rindo depois de muitas garrafas de vinho. Jill estava me imitando, tirando sarro de eu ser sempre cuidadoso com tudo.

De qualquer forma, depois da tragédia, enquanto todos vocês eram atendidos no hospital, eu estava sendo interrogado na delegacia. Eu, claro, renunciei a todos os meus direitos, pois não havia feito nada de errado. Darce disse que não havia problema em fazer isso. Assim, deixei que uma mulher simpática fotografasse o sangue em minhas mãos e tirasse amostras de debaixo das minhas unhas, e então — em uma sala com uma câmera me filmando — contei para alguns detetives e policiais exatamente o que havia acontecido no Majestic Theater. Claro que omiti a parte em que Darce, Leandra e os outros quinze se transformaram em anjos, mas fui totalmente sincero a respeito de todo o resto.

Levei cerca de uma hora para me lembrar do que vou contar a seguir, mas, de repente, tudo me veio à memória. Um dos policiais era um adolescente que eu tinha orientado algumas décadas antes. Ele me olhava de um jeito diferente. Os outros pareciam quase temer as palavras que saiam de minha boca, mas o olhar de Bobby era acolhedor e tranquilizador. Várias vezes durante o interrogatório, ele disse:

— O sr. Goodgame me ajudou quando eu estava no ensino médio. Eu provavelmente não teria me formado se não fosse por ele.

Não sei por que ele ficou falando aquelas coisas, mas me ajudou muito a enfrentar o interrogatório. Quando terminei meu depoimento, Bobby disse que eu era um herói, o que pareceu incomodar os outros policiais na sala, talvez porque quisessem manter a objetividade e não tirar conclusões precipitadas, que é sempre o melhor caminho. Ainda assim, fiquei grato por Bobby ficar do meu lado e por compreender as razões mais do que óbvias que explicavam o sangue nas minhas mãos.

Quando pararam de me filmar, fiquei surpreso de encontrar Jill gritando na frente da delegacia, dizendo que eu não deveria ter sido interrogado sem a presença de um advogado, e eu lhe disse que estava tudo bem, que eu não tinha feito nada de errado — e realmente não tinha.

— Vamos tirar você daqui agora — disse Jill, o que foi estranho, pois só havia ela ali, então fiquei sem entender o verbo no plural. Sua caminhonete estava estacionada lá fora e, com o aquecimento ligado a todo vapor, ela deixou o motor em ponto morto por um bom tempo antes de olhar para mim e perguntar: — Darce se foi mesmo?

Como Darcy tinha me feito jurar segredo, ainda no Majestic Theater, eu não sabia como responder a essa pergunta, então fiquei olhando para minhas mãos, levando Jill a pensar erroneamente que minha esposa tinha sido mesmo morta e não existia mais, o que eu já disse a você que não é verdade. Nesse momento, Jill começou a soluçar descontroladamente. Arfava tanto que pensei que iria morrer sufocada, então a agarrei e — na tentativa de fazê-la parar de tossir — puxei-a para mim. Isso funcionou, embora ela tenha levado mais de trinta minutos para se acalmar. A certa altura, comecei a acariciar seu cabelo, que cheirava a madressilva, e a lhe dizer que ela estava bem, que estava tudo certo, e estava mesmo, embora eu não pudesse lhe dizer exatamente a razão.

Jill passou a noite em nossa casa e acabou indo morar comigo sem combinarmos nada. Ela fechou o Cup Of Spoons durante o mês de dezembro para poder me acompanhar nos dezessete funerais, alguns no mesmo horário, intervindo quando alguém queria fazer perguntas às quais eu não queria responder. Os repórteres aprenderam rápido a temê-la. Jill também conseguiu manter minha mãe a distância durante o funeral de Darcy, o que — você ficará feliz em saber — também ajudou a manter meu complexo materno sob controle. Sempre que minha mãe tentava me monopolizar na cerimônia, Jill interrompia, dizendo:

— Com licença, sra. Goodgame, eu preciso roubar o Lucas por um instante.

— Mas eu sou a mãe dele! — respondia mamãe, mas Jill fingia não ouvir e me puxava pela mão.

A primeira vez que minha mãe veio da Flórida, foi Jill quem a avisou que ela teria que ficar em um hotel, e não na minha casa, algo que eu jamais imaginara ser uma possibilidade.

Não sei se sobreviveria a todos aqueles funerais se eu não tivesse Jill. Ela me deu muito apoio quando não consegui retornar à escola. Sempre fez coro com todo mundo, dizendo que eu já tinha ajudado muitos adolescentes e que tinha chegado a hora de eu me ajudar — uma delicadeza que me fez sentir um pouco melhor em relação a meu mal-estar.

O problema foi quando Jill tentou ser mais esperta do que minha dor.

Aconteceu uns quatro meses depois da tragédia, pouco antes de você mandar o policial Bobby me avisar, com toda a gentileza, que eu seria preso se não parasse de bater na porta do seu consultório e espiar pelas janelas toda sexta à noite. Eu e Jill estávamos sentados na mesa da cozinha, minha e de Darcy, comendo os sanduíches de atum que Jill trouxera para casa do Cup Of Spoons quando ela disse:

— Acho que eu e você deveríamos viajar por alguns dias. Mais especificamente, na primeira semana de maio.

Quando perguntei por que, ela me lembrou que era meu aniversário de casamento com Darcy — vinte e cinco anos — no dia 3. Jill sabia porque tinha sido madrinha de Darcy. Sua oferta me colocou em uma situação difícil. Eu queria passar meu 25º aniversário de casamento com Darcy, mas Jill achava que ela estava morta, e era por isso que agora estava sempre ali na nossa casa. Jill queria me levar a algum lugar onde eu e Darcy nunca tivéssemos ido para que a dor da saudade não fosse tão intensa, o que era uma atitude amável da parte dela. Eu disse que iria pensar no assunto, mas, quando me encontrei com Darcy mais tarde naquela noite, em meu quarto, com a porta trancada, ela disse:

— Você vai!

— Mas quero passar o nosso aniversário de casamento com você, não com a sua melhor amiga — protestei.

Darcy insistiu e disse que Jill ainda não estava pronta para saber a verdade sobre ela ser um anjo e, portanto, não havia desculpa que me livrasse da viagem com Jill em meu aniversário de casamento. O que Darcy dizia até fazia sentido e — como ela prometeu ir comigo e com Jill para onde fôssemos — não vi problema em viajar, sobretudo porque ficaríamos em quartos separados. Com isso, haveria mais do que tempo suficiente para que eu e Darcy tivéssemos privacidade em nosso aniversário de casamento.

Jill reservou dois quartos em um hotel à beira-mar na costa de Maryland. Fomos de carro até a pequena ilha, e eu conseguia ver, da janela de meu quarto, um farolzinho atarracado em forma de trapézio, que certamente agradaria Darce quando ela chegasse mais tarde, naquela noite, pois ela amava faróis.

Eu e Jill subimos em bicicletas alugadas e andamos por lá com capacetes, bebendo água das bolsas de hidratação que levávamos nas costas. Depois, nos deitamos na praia e fomos nadar no mar frio todas as vezes que sentimos calor. Quando o sol se pôs, tomamos banho e jantamos frutos do mar no restaurante do hotel.

Enquanto saboreávamos sem pressa nossa terceira garrafa de vinho, Jill falava sem parar sobre Darcy, contando histórias que eu já tinha ouvido um milhão de vezes. Como aquela em que elas costumavam pular a janela do quarto no meio da noite, quando eram crianças, para se encontrarem no terreno onde hoje fica uma grande farmácia. Na ocasião, banhavam-se nuas sob o luar fantasmagórico, ouviam grilos e suavam no calor do verão. Jill me contou como ela e Darcy trocaram seus pares do baile de formatura do ensino médio por dois outros caras que conheceram no calçadão de Wildwood durante o fim de semana do baile. Acabaram indo de carro para Nova York com eles, que eram operadores juniores de Wall Street, recém-saídos da faculdade. O café da manhã dos quatro foi um piquenique no Central Park.

No ensino médio, eu e Darcy éramos apenas amigos. Nem fui a nosso baile de formatura. Eu e ela só nos apaixonamos a partir do momento em que comecei a lhe escrever cartas, quando estávamos longe de Majestic pela primeira vez. Darce e Jill eram uma dupla estranha — sobretudo quando éramos crianças. Darcy era pequena, com cabelo preto na altura do queixo.

Minha esposa sempre foi acessível e fofa. Jill era alta como a maioria dos meninos. Seu cabelo louro e liso caía até o quadril. Ela flutuava pelos corredores da escola como uma deusa. Jamais sonhei em falar com ela naquela época. Quando nos tornamos adultos, Jill era aquela que estava sempre animada contando piadas, e Darcy, a de riso fácil, que jogava a cabeça para trás e gargalhava com a boca bem aberta. Minha esposa era fácil de agradar, e Jill gostava de agradar. A aparência de Jill, muitas vezes, deixava as outras garotas intimidadas, mas minha esposa sempre se sentiu muito confortável na própria pele. Jill era impulsiva. Darcy era ponderada. Todas as peças do quebra-cabeça Jill e Darcy se encaixavam naturalmente. Uma tinha o que a outra não tinha. Elas se ajustavam de uma forma perfeita.

Mas — voltando ao restaurante do hotel em Maryland — Jill seguia falando sobre como Darcy a apoiou quando ela se divorciou de Derek, que batia nela a ponto de deixar hematomas em lugares que podiam ser facilmente cobertos pela roupa. Derek, de quem nunca gostei, conseguiu evitar problemas com a justiça porque seu irmão era um advogado poderoso, e Jill só começou a falar do abuso depois que todos os hematomas sararam, então não havia provas. Em vez de abrir os caranguejos que estavam à sua frente e saborear sua refeição, Jill continuou falando sobre como ela talvez tivesse se matado se não fosse a ajuda de Darcy, até que começou a arrastar as palavras e percebi que ela tinha bebido quase todo o vinho sozinha. Então a ajudei a ir para a cama, no andar de cima, pus algumas garrafas de água na mesa de cabeceira e saí para esperar Darcy em meu quarto.

O grande feixe de luz do farol girava e iluminava minha janela de quando em quando. Havia sombras bloqueando-o parcialmente, mas eu não queria impedir a entrada do feixe de luz no quarto. Imaginei Darcy se guiando por ele para me encontrar. Também imaginei o enorme sorriso em seu rosto quando visse que estávamos hospedados próximo a um farol de verdade e em atividade, cujo ritmo ela poderia apreciar a noite toda. Havia mosquitos e mutucas, mas abri a tela de proteção mesmo assim e esperei por Darcy.

Devo ter caído no sono, pois fui acordado por uma batida na porta. Eu ainda estava meio sonhando quando fui ver quem batia. Imaginei que tivessem se enganado de quarto, porque Jill tinha apagado e Darcy com certeza usaria a janela. Mas, quando abri a porta, fui tomado por uma torrente de paixão, que só poderia vir de uma esposa amorosa no aniversário de vinte e cinco anos de casamento. Mãos apalpavam minhas costas enquanto uma boca chupava com voracidade a minha. Parecia que ela estava tentando extrair minha alma. Quando dei por mim, estava deitado de costas. E excitado. E dentro dela. Seu cabelo roçava minhas bochechas. Quando senti o cheiro de madressilva, comecei a gritar:

— Saia de cima de mim! Saia de cima de mim! Por favor! Pare!

Jill então segurou meu rosto em suas mãos e, sussurrando, disse que estava tudo bem, que ela se desculpava, que só estávamos bêbados e aquilo não significava coisa alguma, mas eu não conseguia parar de tremer. Parecia que estava prestes a ter uma convulsão. Naquele momento, senti como se houvesse alguém no meu interior tentando abrir caminho com facas cegas, que apenas ficavam arranhando, sem nunca conseguir me atravessar. Fiquei lá, deitado de costas, gemendo, o que a irritou, eu sei, porque ela começou a chorar. Então Jill disse — repetidas vezes, quase em uma ladainha — que era uma pessoa horrível que não merecia amor, o que imediatamente fez algo mudar dentro de mim. Sem pensar, agarrei Jill e a abracei. Disse a ela que a melhor parte da minha alma amava a melhor parte da alma dela. Mesmo que ela não respondesse, continuei dizendo que a melhor parte da minha alma amava a melhor parte da alma dela, até que ela adormeceu em minha cama.

Fiquei observando o grande feixe de luz do farol girando até o sol nascer. Darce não veio, é claro, pois não queria que Jill visse suas asas. O choque de ver a melhor amiga como anjo poderia matar Jill. Uma pequena parte de mim ficou ressentida com Jill por ter afastado Darcy no dia de nosso aniversário de casamento, mas essa parte desapareceu pela manhã, quando tomamos café no saguão do hotel, antes de decidirmos partir um dia antes e fazer uma longa e quase silenciosa viagem para casa.

Quando chegou na entrada de minha garagem, Jill colocou em ponto morto, desligou o motor e ficou olhando para a metade inferior do volante por um bom tempo, antes de perguntar:

— Eu estraguei tudo?

Eu, é claro, respondi que não, que era tudo culpa do vinho e que nunca mais precisávamos falar sobre o que havia acontecido em Maryland. Ela me agradeceu e fez uma piada sem graça sobre ser alcoólatra, mas eu não ri. Em vez disso, olhei em seus olhos e disse:

— Você merece ser amada.

Fiquei surpreso ao perceber que eu estava segurando seu queixo. Jill ficou me olhando com os olhos úmidos, mas finalmente engoliu em seco e fez que sim algumas vezes, e eu a soltei.

Já em casa, pedimos uma pizza e assistimos a um filme qualquer, cada um em uma ponta do sofá, onde ela acabou adormecendo e passando a noite.

Quando me encontrei com Darcy em nosso quarto, contei tudo o que havia acontecido, menos a parte de eu ter estado dentro de Jill por aquele breve momento. Ela me disse que eu fizera o que foi preciso e que estava orgulhosa de mim, o que me fez sentir péssimo por razões óbvias. Mas acrescentou que eu e Jill precisávamos um do outro e que ela estava feliz por estarmos nos cuidando. Nesse momento, quase cai para a frente, mas Darce me envolveu em suas asas e me segurou até eu sentir tanto calor que pensei que fosse entrar em combustão espontânea.

Quando amanheceu, acordei nu no chão do quarto. Imediatamente comecei a relembrar tudo o que tinha acontecido. Comecei a me sentir repugnante quando cheguei à parte em que menti para Darce. Fiquei me perguntando se ela tinha me visto com Jill. Desde que se tornou um anjo, Darcy parece saber tudo sobre minha nova vida, sem que eu tenha que lhe contar, ao que estou tentando me acostumar há algum tempo, para dizer o mínimo. Mas ela não disse uma palavra sobre o que aconteceu entre mim e Jill no quarto do hotel, e eu também não falei nada. Pela primeira vez desde que começamos a namorar oficialmente, em 1992, comecei a me sentir um pouco distante de minha esposa, e isso me fez pensar que talvez meu casamento estivesse em crise.

Achei que ajudaria conversar com Jill, mas ela não estava no quarto de hóspedes nem no sofá. Já tinha voltado para o Cup Of Spoons, para servir o café da manhã para os bons cidadãos de Majestic, Pensilvânia.

Quando me dei conta, estava andando rápido e cheguei a sua casa, Karl. Fiquei do lado de fora, na calçada, olhando para ver se conseguia vê-lo, mas suas persianas estavam abaixadas, como sempre. Como eu não queria correr o risco de ser preso, continuei andando. Por alguma razão, passei pela casa de Jacob Hansen umas dezoito vezes, desafiando-me a olhar para ver se o irmão mais novo dele, Eli, ou a mãe deles estavam no jardim da frente regando as flores ou fazendo outra coisa. Imaginei um deles acenando para mim em um gesto de amizade e perdão. Mas não importa quantas vezes tenha passado por aquela casa, eu simplesmente não consegui olhar. Nem sequer uma vez.

Como de costume, sempre que cruzava com meus conterrâneos e minhas conterrâneas de Majestic, eles acenavam com a cabeça ou tocavam a aba do chapéu, como se eu fosse um santo, um super-herói ou alguma bobagem dessas, o que realmente estava começando a me incomodar. Qualquer que tenha sido o milagre que aconteceu no Majestic Theater, não fui responsável por ele, não importa os rumores que corram pela cidade. Mas tenho me perguntado se esses rumores me tornaram irresistível para Jill, que — mesmo perto dos cinquenta — ainda é mais bonita do que qualquer estrela de cinema que você possa imaginar. É como se fosse a narrativa do herói da cidade pequena criada pela mídia local, e depois pela nacional, e que enfeitiçou todos, exceto eu. Isso tem sido bastante desorientador, para usar termos bem suaves.

Muitos repórteres incomodaram você em dezembro? Jill costumava jogar bolas de neve neles quando ficaram acampados do lado de fora da casa naquelas primeiras semanas. Quando ficou muito frio, ela passou a encher balões com água e a atirá-los também. O policial Bobby disse que ela precisava parar de fazer aquilo. Jill ficava muito brava. Eu me esgueirava pela porta dos fundos e pulava cercas sempre que queria fugir e fazer minhas caminhadas. Às vezes, eles me encontravam e me seguiam pela cidade. Eu apenas os ignorava. Na verdade, eu conseguia bloquear tudo isso muito bem, me escondendo bem no fundo de mim mesmo. Mas, depois do Natal, a maioria do pessoal da mídia foi embora atrás de histórias mais quentes.

Darcy diz que minha persona de herói de cidade pequena é um bom disfarce, pois as notícias falsas que circulam desde a tragédia permitem que ela vagueie por Majestic e me visite todas as noites. Ela diz que, se as pessoas soubessem a verdade, a temporada de caça aos anjos começaria e, então, seria o fim do nosso relacionamento, o que acho que consigo entender. Não quero que minha esposa seja caçada.

Perguntei a Darce se poderíamos confiar em você, sobretudo porque agora estou escrevendo estas cartas reveladoras, mas ela diz que estou protegido por aquele pedaço de papel que ambos assinamos no início do meu tratamento — aquele em que concordamos manter sagrado nosso *setting* analítico, ou seja, o que discutirmos tem de ser mantido em segredo de todos estranhos ao nosso *setting*. Mesmo você tentando acabar com meu tratamento prematuramente, a psique me diz que ainda posso confiar em você para manter tudo isto entre nós.

O que você acha da minha história de Maryland?
Ela faz com que, lá no fundo, você me odeie um pouquinho?
Desapontei você?
Pode ser honesto.
Eu aguento.
De verdade.

Seu analisando mais fiel,
Lucas.

# 3

Prezado Karl,

Como você ainda não me escreveu de volta, talvez eu tenha contado muita coisa rápido demais, embora ainda haja muito a dizer. Fui bem seletivo, mas esqueço que você também ainda está de luto e expressou claramente — por meio da carta que me enviou terminando minha análise, bem como por seu silêncio — sua necessidade de espaço físico, mental e emocional. Fico preocupado de estar sobrecarregando você, sobretudo porque não estou mais pagando pelo seu tempo.

Eu tenho dinheiro.

A seguradora aceitou a certidão de óbito de Darcy, que Jill lhes enviou, e eles pagaram a pequena apólice do seguro de vida. Isaiah me deu uma licença remunerada, então ainda tenho seguro-saúde e um contracheque quinzenal, que Jill controla para mim. Acho difícil acreditar que seja uma questão de dinheiro, mas estou disposto a aceitar um aumento do valor da sessão. Afinal, você vai precisar de um rendimento novamente, não vai? Fico feliz em lhe dar o dinheiro que eu tiver. É só dizer o valor e eu peço a Jill para fazer o cheque. Mesmo que seja apenas por carta, sem encontros cara a cara. Um telefonema no futuro, para quebrar o gelo. E, depois, quem sabe?

Darcy diz que eu deveria continuar enviando estas cartas mesmo que você não me responda. Ela diz que a escrita é o que mais me ajuda e que ninguém está obrigando você a lê-las. Que meus envelopes podem ficar na mesa da sua cozinha por semanas ou meses, até um dia a psique mandar você abri-los e ler o conteúdo. Aí, talvez, você se convença a retomar minha análise. E não precisaremos compensar todo o tempo perdido, pois teremos um registro útil e detalhado de tudo o que está acontecendo comigo bem aqui, por escrito.

Nos últimos tempos, tenho vivenciado uma confusão de sentimentos.

Mais uma vez, não quero deixá-lo constrangido, mas a falta de uma resposta — sobretudo depois de todo o difícil trabalho emocional que já enfiei nesses envelopes — afetou um pouco meu complexo paterno e me deixou preocupado com a possibilidade de meus problemas de abandono voltarem a meu sistema operacional principal. Venho tentando ficar atento a isso e trazê-los para o nível da consciência, como você sempre diz.

É como Freud rejeitando Jung, que teve aquele colapso e passou a dormir com uma pistola carregada ao lado da cama, caso precisasse sair do planeta.

Você gostaria de ser Jung, e não Freud, eu acho, então talvez essa seja uma analogia ruim.

De qualquer forma, esta é a última vez que começo uma carta com rodeios ou um pedido de desculpas. A esta altura, já deve ter ficado claro que vivo um conflito em relação a escrever para você, embora, ao mesmo tempo, eu me sinta totalmente obrigado a fazê-lo. "Karl precisa de você!", a psique continua gritando todos os dias. "Não desista dele!" E assim vou persistir e tentar vencer a batalha para Karl. A melhor parte da minha alma ama a melhor parte da sua alma. Quero que você saiba que essa afirmação é precisa e que sinta sua verdade como autoevidente. "Como o sol nasce e se põe todos os dias", você costumava dizer.

Lembro de que você falou sobre a visita de Jung a uma tribo indígena e como eles lhe contaram que ajudavam o pai, o sol, a cruzar o céu. Eles encaravam aquilo como seu propósito de vida — ajudar seu deus sol a completar sua jornada todos os dias. Foi assim que Jung percebeu que os humanos, na realidade, podem afetar e talvez até ser cocriadores de Deus. É por isso que precisamos evitar servir a nossas neuroses, porque isso nos separa do *eu*, limitando nossa capacidade de ajudar Deus a se manifestar no aqui e agora.

Talvez com estas cartas — mesmo que, por agora, você esteja apenas lendo e eu seja o único a escrever —, eu e você possamos ajudar nosso próprio deus sol metafórico a cruzar seu céu metafórico.

Darcy diz que escrever para você serve para separar meu verdadeiro *eu* inerente de minhas neuroses, o que só pode melhorar tudo tanto no nível do consciente como no do inconsciente.

Lembro de que você dizia que meu inconsciente estava sempre conversando com o seu inconsciente, os dois conversando com o inconsciente coletivo, e que todo esse diálogo era necessário, importante e talvez até divino.

Sei que não preciso lembrá-lo de tudo isso, pois você vem estudando o pensamento junguiano por toda a sua vida adulta, e eu só comecei a me aprofundar no assunto há menos de dois anos. Mas você me falou para ouvir minha alma, dizendo "A psique sempre sabe!", enquanto balançava um dedo sobre a sua cabeça. Ainda consigo ver o brilho esperançoso em seus olhos azul-celeste. Continua me dando forças.

Talvez você esteja se perguntando se continuo com meu diário de sonhos, anotando tudo o que meu inconsciente tenta comunicar à noite. Infelizmente, não tenho dormido muito nos últimos tempos, porque gosto de passar minhas noites com Darcy. É provável que você considere que essas visitas noturnas sejam encontros com o numinoso e, portanto, dignas de registro e análise, por isso estou ansioso para discutir minhas experiências conjugais sobrenaturais com você, logo que volte a me atender. Não espero que você duvide da veracidade de minhas afirmações, mas, de qualquer forma, venho coletando penas de anjo como prova. Todas as manhãs, quando acordo do transe de estar com Darcy alada, encontro pequenas penas brancas em minha cama. São minúsculas. Talvez com menos de três centímetros de comprimento. Muito menores do que as que vejo quando fico contemplando as magníficas asas de Darcy — penas que medem de dezoito a trinta e cinco centímetros —, então acho que estou encontrando apenas a penugem, que, por razões óbvias, são penas menores do que aquelas que cobrem as asas dos anjos. O que você acha? Já enchi um saco de quatro litros. Está pronto e esperando para ser examinado.

Mas a verdadeira novidade que tenho para compartilhar hoje — e, sim, sei que guardei o melhor para o fim — é que, na segunda à noite, descobrimos um visitante misterioso em meu quintal.

Eu estava na sala lendo *Castração e fúria masculina: a ferida fálica*, de Eugene Monick, após finalmente terminar *Falo: a sagrada imagem do masculino*, do mesmo autor, o último livro que você recomendou quando estávamos conversando, no final de novembro, sobre o surgimento do feminino sombrio na nossa cultura e a necessidade de energia fálica pura para acabar com a masculinidade tóxica. De qualquer maneira, Jill estava esvaziando a lava-louças quando gritou da cozinha:

— Lucas, alguém armou uma barraca no seu quintal!

Pousei *Castração e fúria masculina* na mesa de centro e fui correndo para a cozinha. Era finzinho de tarde e as árvores que margeavam o lado oeste de nossa propriedade estavam bloqueando a pouca luz que ainda restava do dia. Uma pequena barraca de camping para duas pessoas brilhava no fundo do quintal, em um tom laranja igual ao de uma abóbora iluminada de Halloween. Jill perguntou se eu estava esperando algum campista, mas, é claro, eu não estava. Daí perguntou o que deveríamos fazer. Eu não fazia ideia, então ficamos observando a barraca por mais de meia hora. Acho que estávamos esperando que quem estivesse lá dentro precisasse sair para fazer xixi, ou algo assim, e logo pudéssemos identificá-lo, mas nada disso aconteceu. A barraca continuou brilhando por dentro enquanto ficamos na cozinha — com as luzes apagadas — espiando pela janela em cima da pia.

— Será que devemos chamar a polícia? — perguntou Jill, mas achei que poderia ser um pouco precipitado, já que nenhum crime havia sido cometido, ao que ela respondeu: — Invasão de propriedade privada é crime.

— Mas é um crime sem vítimas — retruquei. — Vou lá ver quem é, e então decidimos o que fazer.

— Bem, você não vai sozinho — disse Jill, pegando uma vassoura do armário, e imediatamente entendi que serviria como arma se necessário.

Isso me fez sorrir, pois quem teria medo de uma vassoura, a menos que viesse com uma bruxa malvada? E só de olhar no rosto de Jill, dava para ver que ela não era má.

Saímos com cautela pela porta dos fundos e atravessamos o gramado. Fui na frente e Jill seguiu logo atrás, segurando o cabo da vassoura como uma espada, com a parte das cerdas voltada para a barriga.

— Olá! — gritei quando nos aproximamos, mas não houve resposta.

Já tinha escurecido e me senti burro por não levar uma lanterna, mas eu não ia voltar, e, de qualquer maneira, o brilho que vinha de dentro da barraca dava visibilidade.

— Não queremos fazer mal a você. Eu sou o dono desta casa. E esta é a minha amiga Jill. Queremos saber se podemos bater um papo.

Como ninguém respondeu, Jill se inclinou para mim de modo que nossos braços se encontraram. Estava um pouco quente e senti uma leve transpiração em sua pele. Quando ela olhou para mim, dei de ombros, porque não tinha a menor ideia do que fazer.

Jill, então, começou a cutucar a barraca com a ponta do cabo da vassoura, dizendo:

— Ei, você aí dentro! Isto aqui é uma propriedade privada. Saia daí!

— Só queremos conversar — acrescentei, tentando suavizar as palavras de Jill, mas ainda assim não houve resposta.

— Tudo bem, vamos chamar a polícia — avisou Jill, pegando o celular.

Quando ela começou a digitar os números, coloquei a mão na tela e levantei o dedo indicador.

— Vou abrir a barraca — eu disse.

— Lucas — retrucou Jill, querendo dizer "não abra", mas eu a ignorei.

— Se eu contar até três e você não disser nada — anunciei para quem estava lá dentro —, vou abrir lentamente sua barraca e ver o que está acontecendo aí dentro, tudo bem?

Jill fez que não com a cabeça.

— Um — falei e levantei as mãos para Jill, querendo dizer "relaxe".

Ela deu um suspiro profundo e agarrou a vassoura com um pouco mais de força.

— Dois — continuei. — Vou entrar depois do três.

Depois de algum tempo, comecei a me perguntar se Darcy não teria alguma coisa a ver com essa barraca laranja surgida como que por encanto no quintal. De alguma forma, parecia que ela podia estar envolvida nisso.

— Três. Muito bem, vou entrar.

Eu me ajoelhei e abri lentamente o zíper da barraca. Quando enfiei a cabeça lá dentro, Eli Hansen me encarou com olhos que pareciam dizer: "Por favor, por favor, por favor". Ele tinha perdido muito peso, o que fazia seu nariz, suas orelhas e seus dentes parecem grandes demais e todo o resto pequeno demais. Sua pele pálida sugeria que ele não tinha visto muito sol ultimamente. Seu cabelo castanho sujo e desgrenhado apontava para todas as direções. Antes de tirar minha cabeça lá de dentro e fechar novamente o zíper da barraca, vi uma pilha de livros, uma sacola reutilizável que deveria ser de comida, uma jarra grande de água, algumas roupas e um saco de dormir.

Quando Jill agarrou meu braço, percebi que eu parecia congelado ali, de joelhos, então me levantei e voltei para casa, com ela me seguindo logo atrás. No meio do gramado, me virei e gritei:

— Eli, você pode ficar o tempo que quiser.

Na sala, contei a Jill que eu estava orientando Eli na escola antes da tragédia e que, depois do ocorrido, eu tinha feito com ele o que você, Karl, fez comigo — ou seja, desapareci sem mais nem menos da vida de Eli, deixando-o sozinho para lidar com os próprios problemas. Só que ele — por ainda ser adolescente — não tinha, é claro, uma esposa anjo para consolá-lo durante as noites. Em vez disso, ele havia simplesmente perdido um irmão no Majestic Theater. Embora não estivesse no cinema quando tudo aconteceu, Eli poderia estar encarando a situação de forma pior do que nós, pois todos na cidade achavam que seu irmão era um monstro, enquanto as outras vítimas mortais do Majestic Theater foram divinizadas e as que sobreviveram continuam a ser tratadas como santas.

— O que exatamente havia de errado com o Eli? — perguntou Jill. — Por que você estava ajudando esse garoto?

Respondi que não havia nada de "errado" com ele. Eli só precisava desabafar um monte de coisas.

Eli foi a minha sala no início do ano letivo, em setembro, porque se sentia sozinho. No início, ele era desajeitado e tímido, e foi ficando mais animado assim que o conheci melhor. Contudo, ele não gostava de nada, exceto de assistir a filmes clássicos de monstro com Jacob, seu irmão mais velho, de quem ele não falava muito, não importando quantas vezes eu perguntasse. Logo comecei a perceber que Eli guardava um grande segredo, que precisaria ser extraído dele com o tempo, e foi exatamente o que comecei a fazer. Mas então aconteceu a tragédia e nosso trabalho juntos foi interrompido.

— Será que eu devia ter agido mais rápido? — perguntei a Jill. — O que você acha? Será que é por isso que o Eli está no nosso quintal agora? O que isso significa? O que devemos fazer? Como vou corrigir isso?

Admito que eu estava divagando, andando de um lado para o outro e provavelmente agindo um pouco fora do normal, o que deve ter levado Jill a telefonar para Isaiah, que veio com Bess.

Fiquei surpreso quando Jill entrou no carro com Bess e as duas foram embora, me deixando sozinho com meu melhor amigo, que colocou a mão no meu ombro, como ele sempre faz, e disse:

— Aquele garoto lá fora está sofrendo muito.

Isaiah então explicou que Eli — a certa altura, considerado um dos dez melhores alunos da sua turma — não fazia uma tarefa escolar desde a tragédia e tinha, havia pouco tempo, parado de frequentar as aulas. Isso fez com que eu me sentisse culpado por abandonar ele e todos os alunos que confiavam em mim do jeito que eu confiava em você, Karl. É muita ironia do destino.

— Posso ir lá falar com ele — sugeriu Isaiah. — Podemos dizer que ele tem que voltar para terminar a escola. Podemos dizer que ele tem um futuro brilhante pela frente e outras coisas desse tipo. Mas algo me diz que ele não armou aquela barraca para ficar ouvindo sermão.

— Então o que você acha que ele quer? — perguntei.

— O que *você* acha? — replicou Isaiah. — O que seu instinto diz?

Fechei os olhos, como fazíamos nas sextas à noite em seu consultório. Acalmei meus pensamentos, mergulhei fundo lá dentro e perguntei à psique o que ela queria fazer com Eli. Quando abri os olhos, Isaiah disse que ficou feliz em me ver orando e — como não o corrigi — acrescentou que ele ainda faria de mim um homem de fé. Em seguida, disse que, se havia alguém que poderia ajudar Eli, esse alguém era eu. "Mesmo tendo em vista tudo o que aconteceu", observou ele. As palavras de Isaiah me deixaram um pouco preocupado.

— Esse garoto está no seu quintal por um motivo — disse ele. — Como você vai responder ao chamado de Deus, Lucas? Como vai servir o Todo-Poderoso? Você tem dons espirituais. Eu sou testemunha deles. Você não pode simplesmente esconder esse tipo de luz.

Isaiah agarrou minha cabeça e me puxou para tão perto dele que minha testa ficou contra sua clavícula. Ele me segurou em seus braços fortes e começou a pedir a seu Deus que me ajudasse na tarefa que havia sido colocada diante de mim. Mesmo em sua oração, disse que eu era um homem bom, que ajudara muitos adolescentes e me comparou a Sansão quando foi acorrentado pelos filisteus depois de cortarem seu cabelo e o cegarem. Em seguida, Isaiah disse:

— Senhor, dê ao meu amigo e colega Lucas aqui força para derrubar as colunas que surgirem em seu caminho e para restaurar a ordem e a harmonia na tentativa de salvar aquele garoto lá fora. O senhor sabe que rezo por todos eles diariamente, Pai, mas aquele lá fora é o que mais precisa de ajuda. E o Lucas aqui é o homem certo para dar o que ele precisa, como nós dois sabemos. Em nome do Pai, do Filho e do Espírito Santo, amém.

Quando me soltou, Isaiah apertou meu ombro como nunca — com tanta força que estremeci —, puxando-me, em seguida, para outro abraço bem apertado. Depois, deu um tapa em cada uma das minhas bochechas, duas vezes, antes de me dizer o que estava acontecendo na escola e que sua filha, Aliza, acabara de anunciar que estava esperando um bebê. Ele riu, pois Aliza tinha dito que "Ela *e o marido* estavam grávidos", o que levou Isaiah a afirmar que eu e ele estávamos ficando velhos e, em breve, não entenderíamos mais nada do que os jovens diziam.

Quando Aliza estava no último ano da Majestic High School, muitos anos atrás, ela começou a vir bastante à minha sala porque estava vivendo o que chamava de crise de fé; não tinha certeza se acreditava na religião que herdara de Bess e Isaiah. Sua dúvida era tanta que ela não estava nem comendo. Na maioria das vezes, eu ficava só ouvindo ela falar, mas me lembro de dizer que, como uma jovem, era sua obrigação decidir o que era melhor para si mesma enquanto trilhava seu caminho pelo mundo. Lembro de como ela parecia atormentada, porque os pais queriam que ela continuasse cantando no coral e dando aula na escola dominical para crianças pequenas, mas seu coração não tinha vontade de fazer essas coisas. Lembro de pensar como Bess e Isaiah podiam ser pessoas tão carinhosas e, ainda assim, criarem uma filha que tinha medo de dizer aos pais o que realmente sentia. Aquilo me deixou triste, mas nunca conversei com Isaiah sobre isso. Guardei os segredos de Aliza.

Depois de sua cerimônia de formatura do ensino médio, ela me encontrou no campo de futebol americano, beijou minha bochecha e ficou me abraçando por um tempo que pareceu inapropriadamente longo enquanto sussurrava "Obrigada" em meu ouvido. Mais tarde, naquele verão, foi para o outro lado do país, para a Universidade da Califórnia. Quase nunca a vejo hoje em dia — a Califórnia se tornou seu lar e ela quase nunca visita a Pensilvânia.

Sentado com meu amigo, em minha sala de estar, após a oração, fiquei feliz por Isaiah, pela grávida Aliza e por Robert, seu marido — e expressei isso —, mas no fundo eu estava mais preocupado com a presença de Eli no meu quintal.

O que ele queria?

Do que ele precisava?

Por que estava me escolhendo?

E se ele tivesse vindo me punir por achar que eu tinha feito algo errado? Era fácil perceber como sua mente jovem poderia ter distorcido os fatos depois de examinar os vários relatos sobre o Majestic Theater naquela noite e as notícias erradas e falsas que continuam na internet, sem mencionar que os boatos foram contaminados pelos efeitos desorientadores do estresse pós-traumático.

Fiquei surpreso quando Isaiah me mostrou sua bolsa de viagem e me disse que Jill iria ficar com Bess até de manhã — para que pudessem ter "uma conversa de mulher" — e ele iria dormir no meu sofá, caso as coisas ficassem esquisitas com Eli.

— Caim e Abel — disse Isaiah. — Você lidou com o primeiro caso, que era mais difícil. Agora temos que lidar com o jovem pastor, que também é pouco mais do que um cordeiro. Esse garoto não tem um pingo de maldade, mas se os acontecimentos recentes nos ensinaram alguma coisa é que nunca se sabe. Então vamos refletir sobre isso e dar um passo de cada vez.

Acho que ele quis dizer que a tragédia faz coisas engraçadas com o cérebro, coisa que eu não preciso dizer a você. Tenho certeza de que Jung também concordaria.

Naquela noite, quando tranquei a porta do quarto e me encontrei com Darcy alada, ela apontou pela janela, para a barraca laranja que brilhava, e disse:

— Esse garoto é o caminho a seguir.
Perguntei o que ela queria dizer com aquilo.
— Esse garoto é o caminho a seguir — repetiu ela.
— Seria hipocrisia da minha parte continuar escrevendo para o Karl e não me ocupar do Eli, certo? — perguntei. — Isso é algum tipo de teste espiritual, não é?
— Esse garoto é o caminho a seguir.
Darcy alada não disse mais nada.
De manhã, Isaiah se levantou e foi para a escola, mas o garoto não fez nada, nem quando Jill voltou na hora do jantar e cutucou de novo a barraca com o cabo da vassoura.
Já faz quatro dias que Eli está na barraca. Ninguém o viu sair nem entrar, e eu tenho observado bem de perto. Tudo parece estranho e — me perdoe pela franqueza — fico me perguntando como ele está fazendo suas necessidades.
Agora que lhe escrevi esta carta — usando nossa conexão terapêutica para me reabastecer novamente, digamos assim —, vou tentar falar com Eli logo que eu voltar do correio.
Você me vê quando passo por sua casa e aceno? Às vezes, imagino você espiando pelas persianas e sorrindo para mim. Passo por aí várias vezes ao dia, esperando que as estrelas se alinhem, como dizem os antigos poetas.
Sinto muito sua falta.

Seu analisando mais fiel,
Lucas.

4

Prezado Karl,

Você conhece Sandra Coyle?
 Ela é advogada.
 Faz parte do conselho escolar.
 Cabelo com mechas claras na altura dos ombros?
 Óculos de tartaruga pesados?
 Terninhos caros?
 O marido dela, Greg — profissional de golfe do Pines Country Club —, foi morto no Majestic Theater e imediatamente se transformou em anjo. Vi Greg voar em direção ao paraíso como os outros dezesseis, incluindo Darcy e Leandra.
 Sabia que Sandra foi a primeira a falar com a imprensa sobre o que aconteceu no Majestic Theater? Só que ela falou no plural, dizendo coisas como "Não *vamos* deixar essa tragédia sem resposta. *Vamos* lutar. *Vamos* cobrar dos políticos. *Vamos* restaurar a ordem", antes de consultar o restante de nós.
 Na internet, há um vídeo dela na noite do tiroteio. Ela está olhando diretamente para a câmera, com a maquiagem borrada, o cabelo desgrenhado, sangue salpicado no pescoço e apontando o dedo enquanto diz:
 — Que *vergonha* para os políticos que tornam possível a compra de armas e munição por um adolescente. Que *vergonha* para os comerciantes de

armas que aceitaram o dinheiro de um garoto de dezenove anos nitidamente louco. Que *vergonha* para os pais que criaram esse assassino.

Assistir ao vídeo me embrulhou o estômago, porque não tenho certeza de que seja possível indicar, de maneira tão simples e direta, a quem pertence a vergonha. Talvez seja uma vergonha para a cidade de Majestic por gerar Jacob Hansen, que tinha vinte e um anos na noite da tragédia, e não dezenove. A própria Sandra não era membro da nossa comunidade? Talvez seja uma vergonha para o sistema educacional de Majestic, de que eu fazia parte. Passei a maior parte da minha vida adulta fazendo tudo o que era humanamente possível para evitar esse tipo de tragédia. Não acho que poderia ter me esforçado mais, embora nunca tenha trabalhado diretamente com Jacob. E havia muitas outras pessoas — como Isaiah — que dedicaram toda a carreira a formar jovens compassivos. Isaiah não merece, de forma alguma, sentir vergonha.

Sandra não sabia que seu marido tinha se transformado em um anjo gracioso, calmo e irradiador de paz, com lindas asas. Por isso, no início, perdoei-a por estar chateada de modo tão indiscriminado, atacando a todos tão aleatoriamente.

Logo após a tragédia, porém, não havia como ela saber os detalhes de como as armas de Jacob haviam sido adquiridas nem por que ele decidira atirar em seus vizinhos enquanto assistiam a um filme clássico de Natal em um cinema histórico. Então, a raiva justificada de Sandra me fez sentir ainda mais desconforto.

Não me interprete mal. Eu compreendo o sofrimento dela. E, certamente, compreendo a necessidade bastante humana de retaliação. Mas a firmeza e a certeza do ódio daquela mulher — especialmente depois de ver o marido morto bem na frente de seus olhos — foram desconcertantes para mim, embora eu não tenha dito nada sobre isso a princípio, exceto para Darcy, é claro, que observou:

— A Sandra não recebeu a graça de ver uma aparição. Você tem essa vantagem. Não se esqueça disso.

Compreendo que Greg alado não tenha resistido à força de atração extática da luz e, por isso, tenha decidido voar eternamente em direção a ela, deixando Sandra sozinha para entender tudo o que aconteceu.

Apenas Darcy fora capaz de resistir por um tempo à força de atração da grande luz. Ela me disse que não vai conseguir resistir para sempre e que preciso me preparar para sua partida definitiva. É nisso que trabalhamos todas as noites juntos, trancados em nosso quarto — nossa inevitável separação. Mas sei que sou privilegiado. E talvez eu tivesse tanto ódio no coração quanto Sandra — ou até mais — se Darce não me concedesse a capacidade de ver anjos e depois ficar para trás, enquanto eu me acostumava com sua nova realidade.

"Orientação espiritual" é como Darcy chama isso.

Logo após a tragédia, Robin Withers — bibliotecária-chefe da nossa cidade, de quem já falei — organizou uma espécie de grupo de apoio para os sobreviventes. Não posso imaginar que você não tenha sido contatado nem recebido um convite para participar, mas como você nunca foi a nenhum dos encontros e ainda não está respondendo minhas cartas, não posso ter certeza. Perguntei a Robin se você foi convidado, e ela me garantiu que sim, mas pode ser que tenha mentido para mim. Não sei por que ela faria isso, mas tudo é possível neste mundo novo e louco, especialmente porque a dor leva as pessoas a fazerem todo tipo de coisa estranha.

No início, os encontros eram terapêuticos. Terapeutas do luto se ofereceram para falar com a gente coletiva e individualmente. Conversei em particular com um homem amável chamado Travis, mas me senti um pouco incomodado com a situação, mesmo ele sendo gentil. No meio de nossa sessão, comecei a ter a sensação de que estava traindo você — então me levantei, disse que tinha um analista junguiano em quem confiava e pedi licença para ir embora. Ele me acompanhou até a saída do ginásio da Associação Cristã de Moços. Eles tinham montado salas provisórias usando divisórias e cortinas.

Travis ficou dizendo que era importante eu lidar com aquilo tudo de forma adequada, pois eu estava enfrentando o que ele chamava de "tarefa psicológica monumental" — que ele garantiu, com confiança, poder me ajudar a encarar.

Dava para ver que Travis era bem-intencionado, mas ele não iria colocar uma lente junguiana sobre as coisas — como nós fazemos —, por isso senti que ele só iria bagunçar o que já tínhamos começado. Pensei no caráter sagrado de nosso *setting* terapêutico, mantendo o vapor para cozinhar o arroz e garantindo que o processo alquímico não fosse interrompido. Sorri e pensei: "Karl ficaria orgulhoso".

Fui, no entanto, às palestras e às "rodas de compartilhamento", aguentei todo o choro e tentei permitir que o melhor da minha alma amasse o melhor da alma de todos os outros. Algumas vezes, segurei as mãos das outras vítimas ou deixei elas molharem minha camisa com lágrimas. Parecia fazer sentido estar ali naqueles encontros, todos em comunhão e tentando entender o que tinha acontecido.

Todas as noites, eu perguntava a Darcy se poderia contar ao grupo sobre minha experiência numinosa, argumentando que seria catártico para todos entenderem que seus entes queridos não sofreram nem tiveram medo, mas se transformaram instantaneamente em seres superiores, muito mais bonitos e iluminados do que os humanos jamais poderiam ser. Eu havia sentido os incríveis benefícios desse conhecimento, e parecia que eu estava, de um jeito cruel, escondendo uma panaceia. Darce foi contra a divulgação dessa informação, alegando que minha análise junguiana com você tinha me preparado para ser o receptor perfeito do sagrado, ou seja, eu era capaz de deter o conhecimento divino sem sucumbir psicologicamente, passar por uma dissociação mental ou sofrer uma desintegração da alma.

— Contar para os não preparados e os não iniciados poderia literalmente enlouquecê-los — disse Darcy. — É só para quem tem olhos para ver e ouvidos para ouvir. O mistério não é para todo mundo. Isso é o esotérico.

"Mas e se também for um remédio universal? Um bálsamo para a alma?", fiquei matutando. Não acredito que seria capaz de fazer alguma coisa — nem mesmo sair da cama pela manhã — se eu não tivesse visto os mortos se levantarem e se transformarem, se eu não conversasse todas as noites com um anjo que me envolve com suas asas e me faz sentir inteiro novamente. As penas que minha esposa deixa para trás como prova me salvaram repetidas vezes.

— Uma tarefa vai ter de ser cumprida — diz Darcy —, e você vai saber qual é quando a vir.

Então, fiquei de boca fechada e não falei nada sobre anjos e todo o resto, mas tentei ajudar os outros das maneiras que já mencionei.

Todos os Sobreviventes — como começamos a nos chamar — se reuniram no dia 26 de dezembro para uma espécie de segundo Natal, só não abrimos presentes, nem ceamos tênder com abacaxi, nem cantamos canções natalinas, nem trocamos biscoitos. Apenas ficamos juntos na biblioteca. Quase todo mundo chorou no ombro um do outro enquanto conversávamos sobre como, no dia anterior, tinha sido impossível ficar perto daqueles que não estavam no Majestic durante a tragédia, porque eles simplesmente não conseguiam entender. De fato, não entendiam — nem mesmo Jill.

Você provavelmente viu que Mark e Tony — o casal que restaurou e é proprietário do histórico Majestic Theater — contrataram alguém para colocar uma enorme faixa de seda preta na parte da fachada parecida com uma catedral, em memória de todos os que foram mortos. Também anunciaram que o cinema ficaria fechado por tempo indeterminado em respeito aos enlutados, o que a maioria considerou um gesto bonito. Mas nenhum deles estava lá na noite do tiroteio, então realmente não entendem que uma faixa de seda preta não ajuda muito a curar ninguém. Além disso, para mim e Darce, ir ao cinema era como ir à igreja. "É lá que você vai restaurar a sua fé na humanidade! É lá que você vai para acreditar! Para rir, chorar e sorrir como se fosse criança de novo", Darce costumava dizer, e eu concordo. Íamos pelo menos uma vez por semana. Por isso, de certa forma, a decisão de Mark e Tony de não exibir mais filmes pareceu uma punição extra. E mais essa perda para a comunidade me deprimiu muito.

Eu não conseguia chorar com os outros, porque eu tinha Darcy alada me consolando todas as noites.

Sandra não derramou uma única lágrima nos encontros, nem abraçou ninguém. Ela estava, isso sim, soltando fogo pelas ventas. Não estou sugerindo que ela não estivesse triste com a perda do marido, Greg, sobretudo porque eles têm duas crianças pequenas em idade escolar, que, por sorte, não estavam no cinema quando aconteceu o tiroteio, mas em casa com uma babá. Mesmo Sandra nunca tendo se aproximado de mim, percebi que ela puxava os membros para o canto de qualquer sala em que estivéssemos e lhes dava uma espécie de sermão. Seu rosto estava sempre vermelho como um tomate, mas não de choro. Sandra era um vulcão em erupção. Estava sempre com o dedo em riste no nariz das pessoas. Às vezes, gotículas de saliva voavam de sua boca, como se estivessem tentando escapar do calor de uma fornalha terrível.

Cerca de três meses após a tragédia, talvez no final de março, Sandra começou a redirecionar, de forma ativa, o propósito do Grupo dos Sobreviventes, desviando nosso foco da cura para o ativismo — especificamente para o controle de armas. Não tenho nada contra política. Não tenho armas. Se eu nunca mais vir outra arma de qualquer tipo, mesmo de brinquedo, ficarei grato. Portanto, não sou contra o que Sandra está tentando fazer. Mas o objetivo de nossos encontros logo deixou de ser consolar uns aos outros para se transformar em algo mais parecido com um acerto de contas.

A certa altura, reuni coragem para me levantar e fazer um breve discurso defendendo o término da primeira tarefa antes de começarmos a segunda, argumentando que certamente estaríamos melhor equipados mental e espiritualmente depois de elaborarmos o luto, quando talvez pudéssemos votar quais passos seriam os próximos. Constatei que minha fala fazia sentido, pois quase todos os colegas do grupo assentiam e mantinham contato visual comigo.

Contudo, Sandra ficou furiosa e começou a andar de um lado para o outro da sala, gritando:

— Como é que vocês vão se sentir em relação ao seu tempinho de luto se outro jovem matar outro grupo de pessoas inocentes antes que a gente tome uma atitude? Vamos escrever para as famílias das vítimas, dizendo que tivemos que nos curar antes de fazer qualquer coisa para reagir, mas sentimos muito por sua perda? Isso parece uma postura responsável para algum de vocês?

Com as mãos na cintura, Sandra examinou cuidadosamente a sala, desafiando qualquer um a fazer contato visual com ela. Ninguém se atreveu. Nem mesmo eu, que tenho o apoio de um anjo legítimo.

Em seguida, Sandra disse:

— Estou surpresa, Lucas. — Isso fez meu sangue gelar, porque, pelo tom glacial de sua voz, eu sabia que ela estava prestes a dar o golpe de misericórdia, o que fez, dizendo: — Acho que você mais do que ninguém seria a favor de uma ação rápida e implacável.

Eu não conseguia respirar. Era como se Sandra tivesse esmagado minha traqueia com uma mão invisível. Eu tinha cinco anos de novo e minha mãe estava me vigiando de perto e gritando: "Que vergonha!". Ali, naquele momento, soube que nunca mais iria a outro encontro dos Sobreviventes. E não fui. Aquele foi o último para mim. Todos me visitaram em casa e me imploraram para retornar. Todos menos Sandra, por isso sei que sua intenção era me assassinar psicologicamente. Ou, talvez, junguianos como você diriam que ela queria me *castrar* psicologicamente.

No início, Jill, Isaiah e Bess me perguntaram muitas vezes por que eu não voltava para os Sobreviventes, mas eu não podia lhes contar. Darcy ponderou que era melhor eu esperar o momento certo e reunir forças antes de tomar qualquer atitude, algo que ela disse que eu definitivamente faria, nem que fosse só para salvar os outros da escuridão que se apossara de Sandra Coyle. Mas, quando as placas de políticos começaram a surgir nos jardins da frente dos habitantes de Majestic e Sandra começou a aparecer nos canais de notícias locais, em programas de rádio e até mesmo em podcasts no mundo todo, meus amigos entenderam tudo bem rápido.

Agora, quando vejo os outros Sobreviventes pela cidade, eles sempre dizem que sentem saudades dos primeiros tempos do grupo e perguntam se eu gostaria de tomar um chá, dar uma caminhada ou sentar no sofá para uma conversa. Sempre aceito o convite, e quase todas as vezes acabo abraçando o outro Sobrevivente e minha camisa fica encharcada de lágrimas. "Deveria ter algo que a gente pudesse fazer, além de ficar com raiva", todos eles me dizem, e tenho refletido muito sobre qual seria a solução.

Darcy ficava repetindo que a resposta me acharia quando eu estivesse pronto e que era uma bênção não conhecer o plano de batalha exato antes que eu estivesse espiritual e psicologicamente preparado para implementá-lo. Consigo perceber a lógica desse pensamento. Tenho que admitir, muitas vezes é bastante útil ter um anjo por perto.

A cada semana, Sandra parece ficar cada vez mais poderosa. Recentemente ela foi abrindo caminho até o palco do auditório da escola e, pelo que Isaiah me contou, a apresentação que ela fez para o corpo discente não estava exatamente de acordo com a filosofia educacional de meu melhor amigo.

— Aquela mulher está sofrendo de um jeito desumano, mas ela quer, de um *jeito desumano*, que todo mundo sofra ainda mais do que ela — disse ele.

Vamos deixar assim, pois não quero falar mal de uma colega Sobrevivente.

Não tenho raiva de Sandra, mas não posso deixar de concluir que ela me tirou do caminho para fazer o que está fazendo agora. Talvez consiga que aprovem alguma legislação sensata em relação às armas que evite tragédias futuras, quem sabe? Talvez os fins justifiquem os meios. Certamente é possível. Mas não consigo me livrar da sensação de que decepcionei os outros ao me curvar para Sandra Coyle.

Eu realmente não sabia o que fazer em relação a tudo isso até Eli Hansen armar sua barraca no meu quintal.

Acha que me esqueci do momento de suspense com que encerrei minha última carta?

Escreva para mim e lhe contarei tudo sobre Eli.

Essa história você vai querer ouvir.

Confie em mim.

Por favor, me escreva de volta; isso me ajudaria demais.

Para ser honesto — e embora eu esteja me esforçando para manter, nestas cartas, um tom relativamente otimista —, mal estou me aguentando aqui.

Preciso muito de uma sessão.

Seu analisando mais fiel,
Lucas.

# 5

Prezado Karl,

Bem, você não me respondeu. Pensei que a curiosidade sobre Eli poderia deixá-lo tentado a fazê-lo. Talvez eu não tenha esperado o suficiente. Na verdade, não havia como você ter me respondido tão rápido, por causa do sistema postal norte-americano, mas eu tinha esperança de que pudesse entregar a carta em mãos, ligasse ou enviasse um e-mail. Como aconteceu muita coisa, e muito rápido, resolvi escrever de novo hoje. Um milhão de palavras querem saltar para o papel. Vamos começar?

Depois que entreguei a última carta contando sobre Eli e sua barraca... Quer dizer, espere um segundo, acho que isso foi *duas cartas* atrás. De qualquer forma, depois que eu a enfiei na caixa de correio em sua porta da frente, decidi falar com o garoto. (Sei que escrevi que enviaria as cartas pelo correio, mas quero que você as leia o mais rápido possível, e tive cuidado para que ninguém me visse infringindo a ordem, dada pelo policial Bobby, de que eu fique longe de sua casa.) Era o quarto dia que Eli passava na barraca laranja e eu começava a temer que talvez nunca mais saísse.

Enquanto eu caminhava a passos largos para casa, cumprimentando educadamente todos com quem cruzava, como sempre faço, imaginei a conversa que teria com ele. Não queria parecer didático. Eu esperava que ele falasse, e eu apenas ouviria, que é o que faço de melhor por natureza. Depois de considerar todas as opções, decidi que poderia pedir para entrar na barraca — desde que me fosse dada permissão — e, então, me sentaria de pernas cruzadas no chão e olharia suavemente nos olhos de Eli, como você fazia sempre que enviava o seu *eu* psíquico para mim ou tentava me encontrar "no plano astral". Conclui que essa talvez fosse a maneira mais eficaz de mostrar a Eli que o melhor da minha alma ama o melhor da alma dele e que estou feliz que tenha armado sua barraca em meu quintal. Ele é bem-vindo. Estou aqui com ele. Estou disposto a trazer todo o meu *eu* para este momento — tudo de mim. Também estou mais do que disposto a continuar o trabalho que começamos no início do ano.

Porém, enquanto eu descia a Main Street e a grande faixa de seda preta do Majestic Theater apareceu, comecei a sentir muita fome e, quando dei por mim, já estava sentado no Cup Of Spoons com um sanduíche de bacon, alface e tomate e um copo grande de chá gelado. Foi estranho, porque, depois de uma mordida no prato que é a especialidade de Jill e um dos meus favoritos, comecei a me sentir enjoado e, por nada neste mundo, consegui dar outra mordida. Jill saiu da cozinha e perguntou o que havia de errado com a comida, então abri o jogo e disse que estava preocupado com a conversa que eu iria ter com Eli.

— Espere até eu terminar aqui. Hoje vamos fechar às sete — disse Jill.

Como já eram quase cinco horas da tarde, concordei em dar uma boa caminhada e encontrar Jill de volta na cafeteria quando ela saísse.

Era uma noite quente de primavera e havia muita gente na Main Street, então virei imediatamente para ruas menos movimentadas, para não ter de enfrentar a normalmente incorreta hagiografia de Lucas Goodgame. Passei por sua casa umas dezoito vezes, mas não consegui me forçar a virar a cabeça para ver se, por acaso, você estava no jardim, olhando pela janela ou até lendo minha última carta. Pensei ter ouvido você chamando meu nome algumas vezes, mas quando parei, fechei os olhos e escutei com mais atenção, percebi que sua voz estava vindo de dentro de minha cabeça, então continuei andando.

Também passei pela casa de Eli exatamente dezoito vezes, na esperança de ver a mãe dele e recolher algumas informações que me ajudassem a desvendar por que seu segundo filho estava acampado no meu quintal.

Mas também não consegui me obrigar a olhar para confirmar se a sra. Hansen estava por ali. Por alguma razão, senti um impulso de correr sempre que a casa dela aparecia e acabei correndo tão rápido, de um lado para o outro, na frente da residência dos Hansen, que comecei a transpirar e logo fiquei encharcado de suor.

Logo após passar pela décima oitava vez em frente àquela casa, o policial Bobby parou sua viatura e perguntou se estava tudo bem, o que, é claro, estava.

— Por que você está passando correndo na frente da casa dos Hansen, sr. Goodgame? — perguntou ele, mas de um jeito animado.

— Só estou fazendo um pouco de exercício cardiovascular — respondi, e ele então sugeriu que eu fosse fazer meu exercício cardiovascular bem longe da sra. Hansen.

— Não é uma coisa boa de se ver, sabe? — acrescentou Bobby, o que me fez sentir enjoado novamente.

— Estou apenas correndo — enfatizei de novo.

— Eu sei — disse ele. — Por que não entra no carro que eu lhe dou uma carona até o Cup Of Spoons?

— Como você sabe que estou indo para lá?

— É só um palpite.

Eu disse que estava muito suado e cheirando mal, mas ele respondeu que não se importava e insistiu para que eu entrasse na viatura. Perguntei se estava me prendendo, ao que ele respondeu, de um jeito que me fez sentir muito melhor:

— Por que você acha isso?

No fim das contas, resolvi entrar. Quando dei por mim, estava de volta ao Cup Of Spoons e Jill estava entregando a Bobby um sanduíche de bacon, alface e tomate "por conta da casa", por ele ter me encontrado e me levado de volta para ela. Foi quando percebi que alguém tinha ligado para Jill e lhe contado que eu estava passando correndo na frente de sua casa e da casa da sra. Hansen.

*Foi você?*

Não vou ficar bravo se foi. Mas por que você apenas não saiu e conversou comigo se tinha algum tipo de preocupação?

Claro que perguntei a Jill quem tinha lhe dado a informação. Ela insistiu que não fazia ideia do que eu estava falando, mas sua sobrancelha esquerda ficou meio arqueada, como sempre acontece quando ela está mentindo. Enquanto voltávamos para casa em sua caminhonete, decidi deixar esse mistério para lá, porque eu ainda tinha que lidar com Eli, o que demandaria todas as minhas reservas mentais.

Como, mais cedo, não estava me sentindo bem para comer, Jill trouxe para casa, para o meu jantar, sua famosa sopa de feijão e um bom pedaço de pão francês crocante, que tentei engolir, mas não consegui. Jill disse que eu estava nervoso em confrontar Eli e "por um bom motivo", o que me fez sentir ainda pior. Então ela disse:

— Meu Deus, Lucas, você está ficando verde.

Vomitei na pia, e, em seguida, ela me levou para a cama, onde me deu um remédio que me fez cair no sono quase instantaneamente.

Um barulho terrível me acordou no meio da noite.

Eu me sentei na cama e olhei em volta, mas ainda estava meio dormindo. Alguns minutos se passaram até que meus olhos se ajustassem e meu cérebro voltasse a funcionar. Levantei e fui até a janela, que Jill devia ter aberto para mim, pois nenhum de nós gosta de dormir com ar-condicionado. (Ficamos com dor de garganta.) Vi a barraca brilhando como uma abóbora de Halloween novamente. Parecia brilhar mais, uma vez que não havia luar. Escutei um gemido horripilante que me lembrou o que ouvi depois que o tiroteio terminou, lá no Majestic Theater. Soou quase como uma cirurgia psíquica sem anestesia. Como se alguém estivesse tentando extrair a alma de Eli dentro da barraca.

Lembro de, em seguida, descer as escadas da minha casa com Jill logo atrás, dizendo:

— Precisamos chamar a polícia. Esse garoto precisa de ajuda.

Eu não podia, é claro, contar a ela o que Darce alada dissera sobre Eli ser o caminho a seguir, então falei:

— Nada de polícia.

— Seus vizinhos vão chamar a polícia, se é que já não chamaram — respondeu, mas eu a ignorei. Quando cheguei à porta dos fundos, Jill me virou de frente para ela e disse: — Acho que você não está preparado para isso.

Eu via que ela estava com medo, mas eu não sabia bem do quê. Queria me aprofundar no medo de Jill, mas achei melhor fazer uma triagem, e o gemido de Eli vinha em primeiro lugar, então saí e fui em direção ao brilho laranja.

Eli deve ter ouvido a minha porta dos fundos se abrindo, porque tentou de imediato abrandar seu sofrimento, mas conseguiu apenas baixar o volume, pois eu ainda o ouvia choramingando baixinho. Eu me perguntei se ele tinha enterrado o rosto no saco de dormir, mas, quando abri a barraca e enfiei a cabeça lá dentro, vi que Eli estava com as mãos no rosto, de onde pingavam lágrimas. Quando toquei seu ombro — como Isaiah havia feito comigo tantas vezes — Eli se encolheu, então recolhi a mão, e me lembrei de meu plano.

Entrei na barraca, fechei o zíper, sentei de pernas cruzadas em frente a ele e suavizei meu olhar antes de tentar encontrar Eli no plano astral. Depois de uns cinco minutos, ele deixou as mãos caírem e começou a olhar para mim. Senti sua respiração desacelerando e percebi que ele estava relaxando um pouco.

Finalmente, Eli disse:

— Eu não sabia mais o que fazer. Não tinha mais para onde ir.

— Está tudo bem — disse eu, e continuei tentando fazer o que você fez por mim muitas vezes em seu consultório, quando entrou em mim psiquicamente, quando a melhor parte da sua alma se envolveu na melhor parte da minha alma.

— O que você está fazendo? — perguntou ele, mas de um jeito calmo, e eu respondi que estava tentando acalmá-lo e que estava funcionando, então talvez ele devesse me acompanhar, o que fez com gratidão.

Ficamos em silêncio por um bom tempo, olhando tranquilamente um para o outro. Eu conseguia sentir a presença de Jill lá fora, preocupada e se perguntando o que estava acontecendo dentro da barraca, mas, de alguma forma, ela sabia que não deveria quebrar nosso encanto masculino com palavras ou entrando ali, pelo que fiquei muito grato. Também conseguia ouvir o bater constante das asas de Darcy lá no alto; conseguia senti-la me observando aqui embaixo com aprovação angelical, pois os anjos conseguem ver com facilidade através do tecido fino das barracas. Fiquei curioso para saber se Jill iria inclinar a cabeça para trás e procurar a origem daquele som de asas batendo, mas ela não soltou nenhum grito de alegria ou espanto, então não acredito que tenha olhado para cima, o que foi uma pena e um alívio ao mesmo tempo.

Sentado na barraca com o jovem Eli, consegui sentir a dor, a frustração e a solidão deixando seu corpo. Também consegui sentir seus músculos relaxando e sua psique se fortalecendo.

Em seguida, deitei-o no sofá da minha sala, cobri-o com um lençol, disse-lhe que ele estava bem, que tinha vindo ao lugar certo e que eu iria ajudá-lo a melhorar, não importava quanto tempo levasse. Conseguia sentir Jill assistindo a tudo, com aprovação, no canto escuro da sala, e comecei a me perguntar de onde a força necessária tinha vindo, porque eu conseguia sentir o poder do que o melhor da minha alma estava fazendo por Eli. Isso era maravilhoso, no verdadeiro sentido da palavra, e me enchia de um sentimento de profunda admiração.

Pouco antes de cair no sono, com os olhos fechados, Eli sussurrou:

— Sr. Goodgame, eu não culpo o senhor.

Antes que eu tivesse chance de responder, ele já estava dormindo.

Jill me seguiu escada acima e sussurrou:

— Você está bem?

— Só preciso ficar sozinho — disse eu da maneira mais gentil possível, e então me enfiei em meu quarto e tranquei a porta.

Darce já tinha entrado voando pela janela e sorria com orgulho para mim.

— O garoto é o caminho a seguir — disse ela mais uma vez, mas com vigor renovado.

Eu estava exausto demais para responder. Em vez disso, desabei em seu corpo celestial, ela me envolveu com suas asas enormes e quentes e eu apaguei.

Quando acordei, na manhã seguinte, eu estava em minha cama e Darcy tinha ido embora, mas consegui juntar catorze penas pequenas no lençol, provando que eu não havia imaginado o encontro numinoso da noite anterior.

Jill, é claro, já estava no centro — como em todas as manhãs — servindo café da manhã para os bons cidadãos de Majestic, Pensilvânia.

Encontrei Eli ainda dormindo no sofá, então fiz café e preparei ovos mexidos com torrada. Como em um passe de mágica, ele arrastou os pés até a cozinha quando eu estava colocando seu prato de comida ainda quente na mesa. Descobri que ele toma café puro, como eu. Comemos ao som de homens engolindo alto e de talheres batendo e raspando nos pratos, e em seguida Eli encheu a lava-louças e eu esfreguei a frigideira do ovo.

Quando terminamos, Eli disse:

— Não vou voltar para a escola e não posso ir para casa.

— Tudo bem — respondi.

— O que você quer dizer com "tudo bem"?

— *Tudo bem* — repeti, tentando soar o mais compreensivo e inócuo possível, o que pareceu mudar o clima.

Acho que ele estava esperando um sermão, um conjunto de instruções ou algo assim, porque inclinou a cabeça aproximando a orelha direita do ombro direito e levantou as sobrancelhas, como se demonstrando incerteza.

— As pessoas dizem que você enlouqueceu — disse ele depois de um tempo. — Que você é tipo um maluco *maluco*.

Essa eu nunca tinha ouvido antes, mas não fiquei surpreso. Decidi continuar ouvindo, em vez de responder. Fiz o meu melhor para manter a curiosidade, porque você sempre disse que essa é a melhor coisa a se fazer em qualquer situação.

— Você é? — perguntou Eli quando ficou claro que eu não iria responder. — *Pirado?*

— Eu pareço louco para você? — perguntei e, seguindo o seu guia de análise junguiana, mantive contato visual até ele desviar o olhar.

Finalmente, ele disse com raiva:

— São os outros que parecem loucos.

Seus olhos se encheram de água novamente, até que uma lágrima grande e grossa escorreu por sua bochecha, e ele logo a enxugou com as costas da mão.

— Às vezes caminhar me ajuda — falei. — Quer dar uma volta comigo?

Ele concordou e então caminhamos o dia todo. Aposto que andamos no mínimo uns trinta quilômetros, quase sem trocar uma palavra. Mas ter o garoto perto de mim durante a caminhada parecia ajudar muito. Com o passar do dia, comecei a ter certeza de que, para ele, me ter a seu lado era igualmente bom, se não até melhor. E assim continuamos caminhando, ficando mais fortes juntos. Nossa confiança no elo Eli-Lucas foi aumentando.

Jill nos trouxe pedaços de lasanha para o jantar, que — depois de toda aquela caminhada — devoramos juntos em minha sala de jantar.

— O que vocês fizeram hoje? — perguntou ela, a certa altura.

Eli simplesmente disse:

— Fizemos uma caminhada muito longa.

— Foi bom? — indagou, ao que eu e Eli assentimos juntos.

Em um impulso, sugeri que nós três fôssemos andando até a Main Street depois do jantar para tomar sorvete, algo que Darcy sempre adorou fazer na primavera, quando as noites são agradáveis, como essa com que tínhamos sido agraciados. Eli e Jill ficaram entusiasmados, então fomos até a sorveteria Tire uma Casquinha, que você com certeza deve conhecer, porque é uma das preferidas da cidade. Embora, pensando bem, nunca o tenha visto lá. Eu só o vi — fora do seu consultório — no Majestic Theater, graças ao nosso amor em comum pelos filmes. Você deve se lembrar de que, na noite da tragédia, bem ao lado das fotos históricas em preto e branco dos anos 1940 e 1950 expostas no saguão, eu e Darce até trocamos gentilezas com você e sua esposa, Leandra, o que não era comum, pois você sempre dizia que precisávamos manter nosso *setting* analítico sagrado, ou seja, não ter qualquer tipo de contato fora da análise. *Você tem que se lembrar*. Foi a primeira e única vez que conversamos fora da análise. Nós trocamos sorrisos e saudações audíveis. Darce disse "Feliz Natal" para Leandra, que respondeu "Boas festas". Foi a primeira e única vez que nossas esposas se falaram. Não consigo decidir se esse encontro casual é funesto ou auspicioso para mim agora. Você poderia enquadrá-lo em qualquer uma dessas opções. Mas ele sem dúvida parece significativo, não acha?

Não importa se você toma sorvete ou conhece as outras delícias da Tire uma Casquinha — onde, por acaso, eu e Darcy trabalhamos juntos em um verão —, a questão é que o primeiro sinal de que iríamos ter problemas na noite em que eu, Jill e Eli fomos tomar sorvete veio quando algumas pessoas nos viram descendo a Main Street e imediatamente atravessaram para o outro lado da rua, o que fez cada osso do meu corpo vibrar da maneira errada. Depois, Wendy Lewis — a proprietária atual da Tire uma Casquinha —

não foi tão amigável quanto costuma ser com este ex-funcionário e cliente fiel. Ela me deu um grande sorriso quando entrei, mas fechou a cara quando viu Eli. Jill tentou melhorar o clima perguntando a Wendy se havia algo errado, mas a autoproclamada Rainha do Sorvete de Majestic disse apenas "Está tudo bem", sem fazer contato visual.

Em seguida, quando estávamos sentados do lado de fora lambendo nossas casquinhas, na noite quente e resplandecente de primavera, percebi que as pessoas não olhavam para mim como de costume — como se eu fosse um herói. Era como se eu tivesse saído da hagiografia de Lucas Goodgame, mas desta vez sem querer. Elas também olhavam para Eli como se ele fosse um monstro assassino disseminador de doenças. Essas pessoas me lançavam um olhar questionador que parecia dizer: "O que você está fazendo sentado aí com ele?". Alguns clientes se aproximavam da sorveteria como se quisessem tomar um sorvete, mas quando nos viam davam meia-volta e iam embora. Era como se eu, Eli e Jill tivéssemos esquecido de nos vestir e nossas partes íntimas estivessem à mostra, de um jeito grotesco.

Eli fingiu não perceber e, a certa altura, pensei que talvez eu estivesse imaginando coisas em minha cabeça perturbada, até que um grupo de adolescentes, cujos nomes eu sei, mas não vou repetir, começou a olhar para Eli de um jeito ruim e ficou impossível negar. Cerca de um minuto depois, Jill ficou chateada e gritou:

— Não querem tirar uma foto? Dura mais tempo!

Quando uma das adolescentes levantou o celular para realmente tirar uma foto nossa, Jill jogou o que restava de sua casquinha nela, que se desviou com uma agilidade impressionante. O sorvete explodiu no para-brisa de um carro esportivo que estava estacionado, e isso fez com que todos os adolescentes pegassem seus celulares e começassem a filmar tanto a bagunça quanto nós, acrescentando comentários condenatórios e cruéis. Eli deu um pulo, jogou sua casquinha na lata de lixo e saiu em disparada. Eu e Jill fomos atrás.

Quando já estávamos fora da Main Street, Eli disse:

— Eu não fiz nada! Não é culpa minha! Não é justo! Pensei que se estivesse com você talvez eles desistissem, mas não funcionou! E ninguém quer ouvir! A minha vida acabou. *Acabou!*

Eu e Jill ficamos repetindo que estávamos, sim, ouvindo e queríamos entender, e então percebi que Jill tinha começado a gostar de Eli, para quem, diga-se de passagem, é muito fácil de se torcer. Ele é um bom garoto, com um coração que lhe permitiria suportar os horrores presentes se as pessoas certas o acolhessem da maneira que precisa ser acolhido.

"O garoto é o caminho a seguir", ouvi Darcy alada dizendo em minha cabeça.

Porém — mesmo depois das palavras gentis, compreensivas e solidárias que eu e Jill trocamos com ele —, quando nós três chegamos em minha casa, Eli atravessou o gramado dos fundos a passos largos, como uma nuvem de tempestade, e desapareceu em sua barraca sem dizer mais nada.

— Deixe o garoto se acalmar — disse Jill, o que parecia razoável. Então sentei numa cadeira de jardim atrás da casa e fiquei observando a barraca laranja brilhando, pronto para intervir caso Eli começasse a gemer novamente.

"Serei um sentinela de emoções para Eli", pensei, endireitando minha coluna, permitindo que a energia fálica se espalhasse por todo o meu corpo e conduzisse a missão, deixando-me queimar e permanecendo nesse estado de intensidade abrasadora enquanto eu direcionava toda a minha energia fálica para a missão ou o alvo. Em outras palavras, fazendo o que você me ensinou durante nossas sessões.

Foi quando entendi exatamente o que precisava ser feito.

Decidi ali, naquele momento, ser para Eli o que você, Karl, foi — e espero que volte a ser — para mim. De repente, compreendi que eu tinha que colher os benefícios do nosso *setting* analítico, e que talvez você até estivesse me testando — vendo se sou merecedor de receber mais de seu saber, seus ensinamentos e seu cuidado, sobretudo depois do que testemunhou naquela noite no Majestic Theater. O choque e a desaprovação em seu rosto me deixaram psicologicamente impotente por um tempo. Mas percebi que isso é uma parte necessária de meu desenvolvimento masculino. Vou provar que sou um analisando valoroso, Karl, e não uma causa perdida. Pretendo ser o melhor analisando junguiano que você já teve e reivindicar minha posição em sua "lista de homens". Vou fazer isso criando minha própria "lista de homens", para encorajar e cuidar, com o intuito de revelar o melhor que há neles. Vou, é claro, começar com o garoto, exatamente como Darcy sugeriu. Resolvi empregar tudo o que você já me ensinou. Portanto, tenho um nome em minha lista oficial de homens — Eli —, embora esteja pensando em adicionar Isaiah, porque o amo como a um irmão. Mas um homem de cada vez, pelo menos no começo.

No dia seguinte — depois daquela noite na cadeira de jardim, tomando conta de Eli —, tudo começou de fato a se encaixar em relação ao caminho a seguir, mas acho que vou deixar essa parte para a próxima carta. Já escrevi muito hoje e, na verdade, tenho andado bastante ocupado nos últimos tempos, quase como um maestro de orquestra, só que não estou fazendo música, mas algo ainda mais inesperado.

Pareço desequilibrado?

Ah!

Nunca me senti tão equilibrado na minha vida.

Estou vendo tudo claramente, talvez pela primeira vez. Minha certeza não tem precedentes. Minha segurança transcende o mundo físico.

A psique está cantando.

E você quer ouvir a canção.

Quando eu o encontrar, tenho certeza de que vai ficar extremamente orgulhoso de mim. Estou realizando uma espécie de iniciação. Vou ajudar Eli a atravessar esse momento. A cidade inteira vai ajudá-lo a se transformar em um homem, como nos tempos antigos, quando tínhamos rituais para curar garotos feridos próximos da idade adulta.

Talvez você até queira se envolver com o novo projeto de Eli, quem sabe?

Eu e Eli gostaríamos muito que isso acontecesse. Esperamos incluir todos os que estavam no Majestic Theater quando a tragédia aconteceu, até mesmo Sandra Coyle se ela se comportar. Quando se trata de cura, não dá simplesmente para escolher. Temos que curar todos os que desejam ficar sãos e temos que fazer isso de forma completa, minuciosa, e com toda nossa alma.

Seu analisando mais fiel,
Lucas.

# 6

Prezado Karl,

Terminei a última carta com Eli chateado, matutando em sua barraca, e eu sentado ereto em uma cadeira de jardim, como um sentinela de emoções — eu sei, porque guardo cópias de tudo o que lhe envio e releio cada palavra antes de me acomodar e escrever o episódio seguinte. Mas fiz uma provocação sobre o que estava por vir na esperança de que você me respondesse, o que não aconteceu.

Tudo bem. Não estou zangado com você. Pelo contrário. Não importa o que aconteça, nunca na vida ficarei chateado com você.

Mas voltando para o ponto em que paramos nossa história.

Fiquei sentado a noite toda no meu quintal e, sempre que olhava para cima, eu via Darcy voando, fazendo o oito do infinito no céu noturno, como se estivesse dizendo que ficaria comigo para sempre. Suas asas estavam iluminadas pela luz das estrelas, criando um efeito sobrenatural tão bonito que não há palavras humanas para descrevê-lo. Você tem que senti-lo no exato momento para poder entender. A visão era tão transcendente que nem me importei que ela tivesse passado a noite toda voando bem alto, sem descer para falar comigo.

Ela só chega perto para que eu possa tocá-la quando estamos seguros em nosso quarto, com a porta trancada. Não sei por quê.

Mas como eu tinha que tomar conta de Eli, não havia como abandonar a missão na primeira noite, então tive que me contentar com olhadas ocasionais, levantando o rosto para o céu de vez em quando e me sentindo profundamente tomado pela consistência do voo de Darcy. Era quase como se ela estivesse aprovando — ou mesmo abençoando — minha nova empreitada, o que me deu uma tremenda confiança.

Quando o sol nasceu, Darcy se desvaneceu na luz suave da manhã, desaparecendo lentamente, embora eu me perguntasse se ela ainda estava lá e era a luz do sol que a deixava invisível de alguma forma. Nunca vi Darcy alada durante o dia, então, por enquanto, essa é apenas uma hipótese.

Pesquisei na internet, mas descobri que não há muita informação confiável sobre anjos. A primeira coisa que aparece é um time da Major League Baseball, o que por si só já diz muita coisa. Quando me aprofundei nos resultados da busca, muito do que descobri era conflitante. Um artigo dizia isso, o outro, aquilo. Li tanto material incompatível que resolvi descartar tudo e enfrentar a tarefa de aprender sobre anjos sozinho, contando apenas com o que posso observar, acumulando evidências empíricas, que continuarei a compartilhar aqui.

— Conseguiu dormir? — perguntou Jill, quando parou perto da cadeira de jardim onde eu estava, pouco antes de sair para o Cup Of Spoons servir o café da manhã.

O sol já ia alto, então eu disse:

— Você não está atrasada?

Jill tinha conseguido falar com seu assistente de cozinha no meio da noite; ele estava acordado jogando videogame. Randy concordara em abrir o café para que ela pudesse dormir mais uma horinha, e então me dei conta de que Jill devia ter ficado me observando até amanhecer, enquanto eu vigiava Eli. Em momento nenhum me virei e olhei para a casa, então talvez ela estivesse na janela o tempo todo. Eu não sabia. Abaixou-se e beijou minha bochecha direita, antes de dizer:

— Tenha cuidado, está bem?

Eu queria perguntar "Qual é o perigo?", mas parte de mim também estava com medo de saber a resposta, então a deixei ir.

Fiquei ali por mais uma meia hora até gritar:

— Eli?

Gritei o nome dele mais duas vezes, e o silêncio ensurdecedor fez meu coração bater um pouco mais rápido.

— Estou indo — disse ele, finalmente, antes de sair da barraca laranja todo despenteado e com um olhar triste e cansado.

Levei-o até a cozinha, onde preparei o café da manhã para nós, e comemos em silêncio, mais uma vez ouvindo o barulho de nossos talheres batendo no prato. Logo depois de sorver o último gole do meu café, eu disse:

— E se continuássemos o trabalho que estávamos fazendo juntos na escola, só que agora sem as regras que eu tinha que seguir quando você era aluno e eu do corpo docente?

— O que você quer dizer com isso? — perguntou Eli, detrás da caneca de café que ele segurava com as mãos, e percebi seu ceticismo.

Desatei a falar sobre minha experiência com a análise junguiana e comecei a contar tudo sobre você, o que sei que violou o acordo que fizemos e nos fez correr o risco de deixar todo o vapor sair da panela antes que o arroz metafórico terminasse de cozinhar. Mas tempos desesperados exigem medidas desesperadas, como dizem por aí. E, de fato, acredito que fiz um bom trabalho promovendo a análise junguiana. Contei sobre a constrangedora crise de ansiedade que tive em minha sala durante uma sessão de orientação com um dos colegas dele — como os socorristas foram chamados até a escola e eu fui levado para fora agarrando meu peito, porque pensei que estava tendo um ataque cardíaco.

— Então você não teve um ataque cardíaco? — perguntou ele, porque, conforme disse a você no início da análise, deixei todo mundo na escola acreditar que sim.

Em seguida, contei a Eli como você me ajudou a entender meus complexos paterno e materno enquanto, aos poucos, construía um andaime temporário em torno da minha psique para que pudéssemos consertar as partes danificadas. Durante todo o tempo em que falei, ele retribuiu meu contato visual e acenou com a cabeça em todos os momentos apropriados.

— Começaríamos do zero. Mas eu realmente acredito que posso ajudar você a se curar, então você tem que dar um jeito na sua vida e se lançar no mundo como um homem — falei.

Ele me perguntou o que eu queria dizer, e falei sobre a energia fálica, a necessidade de se ter um objetivo ou um alvo e o impulso necessário para se inserir com confiança no mundo, acrescentando que o iniciaria no mundo dos homens, como os homens fizeram com os garotos ao longo dos séculos, antes dos tempos modernos.

— Como exatamente você está se inserindo no mundo hoje, sr. Goodgame? — perguntou ele, mas sem soar sarcástico. Seu interesse era genuíno.

Respondi que meu objetivo era redimi-lo e, por fim, salvá-lo, custasse o que custasse. A ressurreição de Eli era minha única missão, e eu estava disposto a fazer qualquer coisa para que ele ficasse inteiro novamente, o que o deixou meio atordoado, eu sei, porque ele franziu a testa.

Como Eli ficou calado por cerca de um minuto, perguntei:

— O que foi?

Ele respondeu que não acreditava que eu tivesse feito algo errado em relação a seu irmão, portanto, eu não era obrigado a fazer dele meu "projeto pessoal".

— Ainda assim, você armou uma barraca no meu quintal — retruquei, me surpreendendo, porque minhas palavras soaram mais carregadas de autoridade do que eu pensava ser possível.

Ele procurou meus olhos por um bom tempo, como eu costumava procurar os seus, Karl, atrás de algo a que eu pudesse me agarrar, algo que me fizesse acreditar que eu poderia confiar em você.

— O destino nos uniu, Eli — continuei, com mais autoridade ainda.

Era como se eu tivesse deixado meu corpo, e alguma força superior tivesse assumido o controle temporariamente.

Tive então uma ideia. Peguei meu celular e liguei para Isaiah. Enquanto ainda chamava, apertei o viva-voz. Quando meu melhor amigo atendeu, eu disse:

— Bom dia, Isaiah.

— Lucas! Você pegou a mim e a Bess saindo do carro e indo para a casa do Senhor, onde iremos orar muito por você nesta linda e abençoada manhã.

— Obrigado — respondi. — Você está no viva-voz. O Eli está aqui comigo.

— Vou orar por você também, Eli. Estou feliz por estar aqui ao telefone com você e o meu orientador de adolescentes favorito. Como posso ajudar vocês dois, senhores?

Expliquei rapidamente meu plano para Eli conseguir o diploma do ensino médio. Pedi a Isaiah que me desse carta branca para a elaboração de um projeto final que permitisse a Eli tirar a nota necessária para se formar. Deixei claro que não sabia o que seria nem quanto tempo levaria. Relatei o desejo de Eli de não voltar para a escola, dizendo que ele nunca mais queria colocar os pés naquele prédio, mas que talvez estivesse interessado em concluir o ensino médio sob minha supervisão.

Quando terminei, Isaiah disse:

— Eli, você está em boas mãos. Da minha parte, vou tomar todas as providências necessárias. Se o Lucas disser que você fez o suficiente para se formar, você vai se formar. Sem perguntas. Mas eu gostaria de ficar a par da evolução do seu projeto, e, se eu puder ajudar de alguma forma, não hesite em me contatar. Está ouvindo, Eli?

O garoto olhou para mim com espanto, então acenei com a cabeça para o celular em cima da mesa, querendo dizer "Por favor, responda", e Eli disse:

— Estou, sim, senhor.

— Isso vale para você também, Lucas — completou Isaiah.

Ao que respondi:

— Sim, senhor.

— Bem, o culto de domingo vai começar. Eu vou pedir pelo seu projeto ao Homem lá de cima — disse Isaiah, encerrando a ligação.

Eli olhou nos meus olhos e disse:

— Você vai ser *meu professor*?

Pensei "Eu vou ser o seu Karl", mas não disse nada. Em vez disso, pedi a ele para me ajudar a preparar um lanche, e então colocamos sanduíches de geleia e manteiga de amendoim, nozes e frutas secas em sacos plásticos, que enfiamos em uma mochila com garrafas de água. Antes que eu soubesse o que tinha dado em mim, estávamos no meu carro saindo de Majestic. E logo chegamos no sopé da montanha Raptor. Subimos a trilha rochosa em direção ao posto de observação, onde sentamos em um pedregulho e observamos aves de rapina planarem no céu, surfando nas correntes de ar invisíveis.

— Por que me trouxe até aqui? — perguntou Eli.

Contei que eu e Darcy costumávamos ir para a montanha quase toda semana, dizendo:

— Este era um dos lugares favoritos dela no mundo. Subimos esse monte de pedras enormes centenas de vezes, e toda vez que vínhamos aqui ela falava que sempre quis voar. Morrendo de inveja, ela observava as aves com binóculos, dizendo coisas como "Eu daria um braço para voar assim só por uma hora. Veja como elas são majestosas. Como *estão* lá no céu sem nem sequer uma das nossas emoções complicadas. A vida é simples para as aves de rapina".

— Sr. Goodgame, sinto muito pela sua esposa — disse Eli, e então percebi que talvez ele se sentisse desconfortável em falar sobre Darce, levando em conta o que seu irmão mais velho tinha feito, por isso decidi mudar de assunto.

— O que você quer fazer para o seu projeto final? — perguntei.

— O que *é* mesmo um projeto final? — perguntou ele de volta, porque era algo que os alunos da escola Majestic High School não faziam mais com regularidade. Então expliquei que, antigamente, cada aluno do último ano, no quarto período de avaliação, ficava pesquisando um tema de sua escolha, sobre o qual tinha que fazer uma apresentação. As regras eram intencionalmente brandas para encorajar a criatividade e a liberdade acadêmica.

— Por que a escola parou de fazer isso? — perguntou ele, mas eu não tinha uma boa resposta, então apenas dei de ombros. Nesse momento, Eli disse: — Então isso é uma coisa que só eu e você vamos fazer juntos? Ninguém mais vai estar envolvido?

— Pode ser o que você quiser — respondi, protegendo os olhos do sol do meio-dia enquanto observava uma águia que circulava lá no alto.

Fiquei curioso para saber se Darcy alada alguma vez fora até lá, se ela agora voava com os falcões, as águias e os abutres e, caso sim, se ela tinha, de alguma forma, finalmente e talvez até ironicamente conseguido o que desejara tantas vezes quando estávamos sentados naquelas mesmas pedras.

Eu e Eli comemos sem pressa o lanche que havíamos trazido, enquanto observávamos as aves de rapina dominando o ar como se fossem pássaros feiticeiros.

Na descida, perguntei se a mãe sabia onde ele estava, o que gerou uma longa lista de impropérios. Ao que parecia, não lhe importava o que sua mãe sabia ou não; achava que era ela a responsável pela tragédia no Majestic Theater.

— Quando éramos pequenos, ela costumava trancar o Jacob em um armário escuro por horas. Batia nele com um cabide de arame — contou Eli, de um jeito que deixou claro que a mãe havia feito coisas semelhantes com ele, ou até mesmo piores.

Não falei nada em relação a essa observação em particular. Em vez disso, perguntei se a mãe viria procurá-lo, ao que Eli respondeu com orgulho que tinha dezoito anos e, portanto, era um homem, então essa questão era irrelevante.

Karl, eu me lembro de você dizer — em uma de nossas primeiras sessões — que eu tinha quase cinquenta anos e mesmo assim ainda não era um homem, o que me fez sentir pena de Eli, que estava tentando se tornar um sem fazer o que era necessário. E ali estava eu tentando ajudá-lo, quando nem sequer tinha conseguido terminar minha análise junguiana com você e, portanto, ainda estava vivendo em algum tipo de estado de transição entre o *puer* Peter Pan e a verdadeira idade adulta. Mas as coisas eram o que eram, então respirei fundo e assumi o papel que me fora atribuído.

Nós dois estávamos cansados na volta para casa. A certa altura, olhei para o lado e Eli estava com a cabeça apoiada em seu ombro esquerdo e os olhos fechados, então tentei ficar bem quieto e me concentrar no trajeto para não dormir ao volante e bater.

O garoto dormiu o caminho todo.

Fiquei surpreso ao ouvi-lo falar quando estávamos chegando na entrada da garagem:

— Talvez seja loucura, mas será que eu podia fazer um longa-metragem para o meu projeto final?

Quando coloquei o câmbio em ponto morto, desliguei o carro e olhei para Eli, ele devolveu meu olhar com clara vulnerabilidade. Compreendi que tinha sido necessária muita coragem da parte dele para expressar o que a psique estava lhe pedindo, então respondi:

— Acho uma ideia fantástica! — E antes de realmente entender o que eu estava dizendo, acrescentei: — Talvez, quando for apresentar, podemos até exibir o filme no Majestic Theater.

Ele olhou para mim espantado, tentando afastar sua preocupação, até que percebi o que tinha acabado de sugerir.

Ficamos ali sentados no carro, olhando um para o outro, sem querer dizer o que estávamos pensando, ou seja, que algum tipo de força superior estava deixando cair migalhas de pão e que talvez aquele momento fosse a primeira migalha que tivéssemos realmente pegado, pouco antes de concordar em seguir a trilha delas.

Quando eu ia dar voz ao meu pensamento, Eli abriu a porta do carona, saiu, atravessou a passos largos o gramado dos fundos, foi direto para a barraca e fechou o zíper até o final.

À noitinha, quando Jill voltou para casa com hambúrgueres do café, eu lhe disse para deixar Eli em paz, mas me recusei a contar o que tínhamos feito durante o dia, argumentando que era "coisa de homem", ao que ela respondeu de um jeito amigável e brincalhão:

— Vocês dois vão começar a viver em uma caverna e a caçar com lanças também?

— Talvez — respondi rindo.

Isaiah apareceu mais tarde naquela noite. Depois de eu lhe contar sobre o primeiro dia do projeto final de Eli, Isaiah disse que queria orar comigo. Colocamos as mãos nos ombros um do outro, inclinamos a cabeça até que nossas testas se tocassem e fechamos os olhos. Então, com uma voz estrondosa, ele disse:

— Querido Pai Celestial, por favor, abençoe qualquer empreitada maluca que meu amigo Lucas tenha começado e, por favor, esteja com Eli quando ele começar a se curar e a avançar através de sua dor até encontrar o caminho que o Senhor já traçou para ele. *Amém*.

Após eu repetir seu "Amém", Isaiah me abraçou forte, batendo nas minhas costas e dizendo:

— É muito bom ver você trabalhando com os jovens de novo.

Quando tranquei a porta do quarto, naquela noite, Darcy alada estava me esperando, então perguntei se ela planava com os pássaros da montanha

Raptor agora que conseguia voar, mas ela apenas me envolveu em suas asas e me abraçou com força, de um jeito que me dizia que estava orgulhosa de mim. A última coisa que me lembro de ter ouvido antes de perder a consciência foi ela dizendo "O garoto é o caminho a seguir", como já tinha repetido tantas vezes antes. E senti a verdade dessa afirmação vibrando com harmonia em cada osso do meu corpo.

Na manhã seguinte, consegui adicionar quatro penas de anjo a minha coleção, puxando-as do edredom pelo cálamo, cada uma delas parecendo confirmar tudo em que aprendi a acreditar desde nossa última conversa.

Acho que você disse uma vez que Jung chamava isso de "compensação", mas posso estar errado. Já faz muito tempo desde a última vez que eu e você falamos sobre filosofia junguiana.

Voltarei a escrever em breve, mas, por ora, preciso encerrar.

Seu analisando mais fiel,
Lucas.

# 7

Prezado Karl,

Você sabia que é possível comprar penas de verdade pela internet?

Isso foi uma surpresa para mim, embora talvez não devesse ser. Eu e Eli optamos por penas naturais de faisão, porque, quando alinhadas de modo uniforme, criam um efeito semelhante ao de listras de tigre. É quase uma ironia perfeita, porque Eli quer fazer um filme de monstro, em que ele interpreta um monstro à la Frankenstein, incompreendido, mas, no fundo, humano. Porém, em vez de um cérebro fora do normal, nosso monstro vai ter um cérebro saudável e não vai matar uma garotinha nem ninguém. (Eli conhecia muitas outras obras além de *Frankenstein*, mas filmes de monstro não são exatamente meu forte, para dizer o mínimo.) Eu e ele ficamos debatendo por um bom tempo a aparência do monstro, tendo em conta nosso orçamento limitado e o fato de não termos equipe de efeitos especiais nem de maquiagem. (Eli vai colocar um pouco mais de quatrocentos dólares no projeto, que, no início, pensávamos financiar sobretudo com o dinheiro do seguro de vida que Jill conseguiu garantir depois do suposto funeral de Darcy.)

Eli não parava de repetir:

— Como é que vamos conseguir, com o nosso orçamento e as restrições de tempo, transmitir um sentimento de alteridade que vá, ao mesmo tempo, causar repulsa e intrigar o público?

Descobri que ele é ainda mais apaixonado por filmes clássicos de monstro do que eu tinha percebido, mas de um jeito "cabeça". Ele os vê como metáforas, é claro. Como mencionei, ele e o irmão, Jacob, costumavam maratonar filmes clássicos de monstro todo fim de semana, antes de Jacob "dar errado", como Eli diz. Chegaram a ter uma boa coleção de DVDs, mas a mãe, do nada, vendeu tudo em uma loja de penhores alguns meses antes da tragédia, dizendo que precisava do dinheiro para comprar comida e pagar a hipoteca, embora, ao que parece, ela tenha um ótimo emprego na cidade como uma espécie de diretora, ou responsável, de um popular noticiário de TV. Certamente você reconheceria se eu dissesse o nome do telejornal, mas não vou dizer, porque não quero politizar estas cartas. Você sempre disse que a política era o caminho para a divisão e o pensamento binário, algo que senti na pele quando Sandra Coyle me envergonhou no Grupo dos Sobreviventes.

Não se preocupe, tenho consciência da fantasia inconsciente de Eli: eu assumindo o papel de irmão mais velho — interpretando Jacob, para ser mais claro. Para lutar contra isso, mantive firme na minha cabeça o papel de pai ou iniciador e resisti ao impulso de recair em alguma aventura de menino do tipo Peter Pan. Sou profissional. Coloquei de lado todas as minhas próprias necessidades para me dedicar inteiramente à tarefa de revelar o potencial de Eli — ajudando-o em seu processo de individuação, como diz Jung.

Consegui, no entanto, convencer Eli a cobrir o monstro com penas, argumentando que penas, na figura de um homem que não tem asas, é uma metáfora pronta.

— Uma espécie de Ícaro bem aparado — observei, o que o fez rir.

— Certo, *Dédalo* — respondeu ele. Encarei isso como um progresso, pois Dédalo é o pai de Ícaro, que, como qualquer junguiano estudioso de mitos, você já conhece. Além do mais, um homem com penas era algo que poderíamos criar nós mesmos. Eli acabou aceitando a genialidade de minha ideia e logo estávamos encomendando o material necessário.

Como mencionei, conseguimos comprar vinte penas por 13,32 dólares — incluindo frete e impostos — pela internet. Achamos que talvez fôssemos precisar de mil penas, o que daria cinquenta pedidos de vinte penas. Quando encomendamos essa quantidade, a conta chegou a exatos 666 dólares.

Esse número agradou muito a Eli, pois, no início, ele tinha pensado que nossa obra também poderia ser um filme de terror psicológico, embora disfarçado de forma hábil em algo muito menos sinistro. Ao que parece, de acordo com Eli, 666 é o melhor número quando se trata de terror. Achei que você apreciaria esse pouquinho de sincronicidade.

Como vamos precisar de voluntários para atuar e ajudar nosso filme a acontecer, tenho encorajado Eli a escrever algo um pouco menos sinistro e quem sabe até otimista, argumentando que um estímulo poderia ser positivo para os bons cidadãos de Majestic, Pensilvânia, considerando tudo o que aconteceu. No início, é claro que ele resistiu a essa ideia, mas, depois que baixamos o Final Draft — um software de escrita de roteiros — em meu computador e começamos a desenvolver uma história real, pude começar a tocar as partes mais sensíveis do coração de Eli e acredito que agora estamos indo na direção certa.

Foi Eli quem teve a ideia de usar uma roupa de mergulho — com luvas e botas — como a camada de base do figurino do monstro, então também compramos tudo isso na internet. Argumentando que seria "demais", ele me convenceu a encomendar uma pele de cabra-de-leque para as "costas" do monstro. A pele chegou pelo correio, com um buraco de bala, o que não deixou dúvidas de como foi conseguida. Por motivos óbvios, achei esse detalhe bastante perturbador, mas Eli rapidamente me rebateu, dizendo que o buraco de bala só teria a acrescentar à realidade metafórica do monstro, cuja psicologia era inspirada pelo inconsciente coletivo pós-tragédia de Majestic e, portanto, o monstro deveria ser primeiro uma representação visual antes de mergulhar no "nível mais profundo da metáfora".

Tem sido animador ver o entusiasmo do garoto enquanto caminha a passos largos em direção à meta que estabeleceu para si mesmo. As sinapses de seu cérebro estão disparando, e os primeiros dias voaram enquanto nos revezávamos digitando nossas ideias. Essa sensação de atemporalidade continuou quando costuramos as penas de faisão na roupa de mergulho, envolvendo os cálamos com linha e empurrando a agulha através do neoprene grosso e resistente com nossos dedais prateados mais resistentes ainda, nós dois alternando entre as tarefas de costurar e forrar com penas. Fizemos isso tudo principalmente na sala de estar e na de jantar.

Jill nos mantinha bem-alimentados, mas, por outro lado, nos evitava, muitas vezes dizendo "Dá para sentir a testosterona nesta sala", antes de voltar a se deitar na rede de Darcy e assistir a filmes no celular. Bem, parecia que ela também estava sempre tentando fazer Eli dormir dentro de casa, mas, na maioria das noites, ele acabava mesmo indo para sua barraca.

Em certos momentos, desconfio que Jill está com um pouco de ciúme da atenção que estou dando a Eli, sentindo-se até ameaçada. Às vezes, eu a pego parada na porta nos observando em ação, e a expressão em seu rosto — pouco antes de ela perceber que está sendo observada e, portanto, conscientemente forçar um sorriso —, bem, eu classificaria como de ressentimento relutante. É quase como se ela agora também visse um pouco do monstro em Eli — talvez o tipo de monstro devorador que leva a pessoa que mora com você. Tento tranquilizar Jill, pedindo sua opinião acerca de vários pontos do enredo e das escolhas de figurino, mas ela sempre se recusa a dá-la, dizendo "Vou deixar vocês, homens, brincando de *monstro*", enfatizando demais a última palavra, o que me deixa triste, porque o julgamento em sua voz parece opressivo. Às vezes, me questiono se ela não entende a importância do que eu e Eli estamos fazendo porque ela não estava no Majestic Theater quando aconteceu o tiroteio. Então lembro que Eli também não estava, e mais uma vez fico confuso.

Consultei Darcy diversas vezes em relação a tudo isso, mas agora ela só fica repetindo as mesmas sete palavras "O garoto é o caminho a seguir". Jill praticamente morreria se soubesse que sua melhor amiga se recusa até mesmo a falar sobre suas preocupações, porque — antes de brotarem asas em minha esposa — Jill e Darce falavam sobre todos os sentimentos e pensamentos que cada uma tinha. Não importava se eram sérios ou triviais. Agora Darcy não parece nem um pouco preocupada com o bem-estar de Jill, o que acho até um pouco cruel, tendo em vista tudo o que ela fez para cuidar de mim.

Às vezes, até digo a Darcy:

— A Jill foi a todos os funerais comigo. Ela cuidou da papelada do seguro. Ela paga as contas e controla o meu talão de cheques. Ela até lava minha roupa.

Mas não importa quantas vezes eu liste tudo o que Jill já fez por mim desde que minha esposa se transformou em anjo, Darce não diz nada para reconhecer os esforços de sua melhor amiga. Ela apenas repete as mesmas sete palavras "O garoto é o caminho a seguir", o que está me deixando um pouco maluco.

Eu e Eli compramos uma máscara de borracha verde assustadora e costuramos nela as penas restantes apontando para cima, de um jeito que o monstro ficasse com uma coroa semelhante a um ninho.

Quando vestiu o figurino pela primeira vez, Eli se olhou no espelho e se autoproclamou "Príncipe dos Monstros!", o que me fez rir, mas também me sentir um pouco triste bem lá no fundo. Tenho vergonha de admitir, mas algo dentro de mim começou a gritar: "Não! Você, Lucas, é o verdadeiro Príncipe dos Monstros!". Não parecia a melhor parte da minha alma tendo esse pensamento, então tentei empurrá-lo de volta para baixo, engolindo-o, esperançoso de que meu estômago, meu fígado e meus intestinos psíquicos o decompusessem e se livrassem dele completamente.

Foi nessa altura que reafirmei meu desejo de incluir todos os que estavam no Majestic Theater quando Jacob disparou os tiros, ao que Eli respondeu:

— Eles não vão concordar em trabalhar comigo de jeito nenhum.

— Só vamos saber se perguntarmos — rebati, mas ele se afundou no sofá, em sua roupa de monstro e, por seus ombros caídos, eu sabia que o havia desanimado um pouco.

Tive que conter o impulso de repreendê-lo por dobrar as penas costuradas na parte de trás das pernas, mas calculei que, em algum momento, o monstro teria que se sentar, senão o filme não seria realista. Então engoli a vontade de manter o figurino intacto e reuni todo o entusiasmo que pude antes de dizer:

— Olhe só. Vamos precisar de gente para atuar no nosso filme. Vamos precisar de equipamento de filmagem, uma equipe e alguém que saiba usar uma câmera. Tenho certeza de que consigo convencer a Jill a fornecer o bufê de graça. Posso garantir que Isaiah e Bess vão ajudar, e alguns professores da escola me devem um ou dois favores. Mas, com certeza, vamos ter que fazer mais alianças. Não tem outro jeito. E quem melhor para entender os temas e o subtexto do nosso filme do que as pessoas que testemunharam em primeira mão a história original do monstro?

— Então você está dizendo que quer fazer uma coisa meta? — perguntou Eli. — Tipo *autoconsciente*?

Eu não tinha certeza do que "meta" significava na época, mas, como a palavra fez os ombros dele se endireitarem, apontei o dedo para o rosto do monstro e disse:

— Exatamente.

— Sim! — exclamou Eli, acrescentando: — Uau! É, eu consigo ver como isso pode melhorar praticamente *tudo*.

— E se — sugeri, indo com cuidado, tentando não deixar escapar a oportunidade — eu entrasse em contato com os meus antigos companheiros do Grupo dos Sobreviventes e marcasse uma reunião para sentir o clima antes de irmos a público fazer uma chamada de elenco que vai, é claro, priorizar tanto aqueles que estavam no Majestic Theater na noite da tragédia como os que, de uma forma ou outra, estão ligados aos falecidos ou aos que sobreviveram?

— E eu teria que estar lá? — perguntou Eli.

Respondi que claro que sim, pois ele seria o ator principal, o diretor, o roteirista e provavelmente uma série de outras coisas, portanto, a pedra angular de toda aquela empreitada. Sem contar que aquilo também era seu projeto final, que ele precisava concluir para se formar no ensino médio.

— Eu não vou dar moleza para você — disse eu, para valorizar.

Após refletir um pouco sobre a questão, ele se levantou e andou de um lado para o outro da sala, dizendo que precisava se acostumar ao figurino porque a camada de base, formada pela roupa de mergulho, ficava bem justa ao corpo e era feita para ser usada na água, mas ele a usaria seca. Também murmurou algo sobre criar saídas de calor, pois estava "suando em bicas". Então parou de andar, olhou para mim e, com grande entusiasmo, perguntou:

— E se eu fosse a essa reunião vestido como o personagem? — Quando levantei as sobrancelhas, ele acrescentou: — E você só se referisse a mim como o monstro ou o príncipe dos monstros, que, pensando bem, podia ser o título do nosso filme. *Uau*! O que você acha?

Reconheço que tinha decidido concordar com tudo que fizesse Eli ficar de pé, ereto, que produzisse muita energia fálica, imaginando que sua psique soubesse bem o que era necessário para a redenção dele, mas também achei que usar a roupa de monstro seria uma excelente ideia, sobretudo tendo em conta todo o trabalho que tivemos para desenhá-la e confeccioná-la.

"Como os outros Sobreviventes poderiam duvidar de nosso empenho depois de verem o verdadeiro figurino do monstro?", pensei e então sorri, tranquilizando-me ao refletir sobre todo o nosso suor já recompensado.

— E que tal *O Majestoso Príncipe dos Monstros*? — rebati, pensando que talvez eu só precisasse levá-lo para a sala de reuniões da biblioteca e a revelação da verdadeira identidade de Eli aconteceria por si só. Então pensei: "Talvez ele fique tão orgulhoso da resposta que obtivermos que ele próprio tire a máscara em triunfo e seja aplaudido por todos, como se fosse uma cena saída de um filme".

Ele apontou o dedo de volta para mim e, em relação ao acréscimo no título, disse:

— Sim! Gostei. *O Majestoso Príncipe dos Monstros*.

Tirei meu celular do bolso e saí fazendo algumas ligações, começando com Robin Withers, que — após ouvir minha breve apresentação sobre a arte nos ajudando na cura — imediatamente liberou o uso da sala de reuniões da Biblioteca Pública de Majestic na terça-feira seguinte, às sete horas na noite, dizendo:

— Todos nós temos falado sobre a necessidade de algo diferente da campanha da Sandra, que é boa e importante e absolutamente necessária, mas... bem... todo mundo sentiu sua falta, Lucas. E é maravilhoso saber que você vai se juntar a nós de novo e ao resto do mundo.

Depois disso, fiquei me sentindo até mais confiante, embora eu não tivesse ainda mencionado as palavras "monstro, "filme" nem "Eli".

— Por que você não está contando para eles exatamente o que estamos fazendo? — perguntou Eli entre uma ligação e outra.

A essa altura, ele já tinha tirado a roupa de monstro, e notei que estava muito vermelho e suado.

— Deixe as pessoas verem todo o nosso talento em ação — respondi com um tapinha nas costas e piscando para ele, que piscou de volta, dando a sensação de que estávamos totalmente alinhados e que, portanto, éramos imbatíveis.

Depois de pedir a várias pessoas que espalhassem a notícia — para um ou dois de seus conhecidos — consegui contatar quase todo mundo que tinha testemunhado o assassinato de um ente querido no Majestic Theater, na noite do tiroteio. Além disso, convidei Mark e Tony — proprietários do nosso cinema histórico e os mais célebres aficionados de cinema de Majestic —, assim como Isaiah e Bess, aos quais pedi que viessem para nos dar apoio moral.

Todos concordaram em estar presentes, exceto Sandra Coyle, cuja assistente — uma jovem chamada Willow — disse que sua chefe tinha uma discordância que provavelmente não poderia ser sanada. Então eu disse:

— Por favor, diga a Sandra que Lucas Goodgame está lhe fazendo um convite pessoal e pede para que ela não deixe de ir, porque não há qualquer ressentimento da minha parte, e eu gostaria de reunir todos que sobreviveram à tragédia do Majestic Theater.

A assistente leu a mensagem completa, só para ter certeza de que tinha anotado tudo certo, e então suspirei aliviado, pois Sandra Coyle não poderia dizer, de jeito nenhum, que eu a tinha esnobado ou tentado cortá-la do nosso filme. Ela era bem o tipo de pessoa capaz de dizer isso, só para envenenar a coisa toda. Sei disso porque ela é muito parecida com minha mãe e talvez até com a mãe de Eli, embora eu nunca tenha conhecido a sra. Hansen cara a cara.

Mesmo que, na semana seguinte, Jill estivesse entusiasmada com Eli, ela tentou desesperadamente — em todos os momentos privados que tivemos sem ele — me convencer a cancelar a reunião na biblioteca.

— Mas todos do Grupo dos Sobreviventes original, menos a Sandra Coyle, já confirmaram presença — protestava eu.

— Eu sei — respondia Jill —, mas você não falou que quer que eles atuem em um filme de monstro sobre o tiroteio que matou os entes queridos deles.

— É uma metáfora elaborada para curar — bramia eu.

— Quem está sofrendo não quer saber de metáforas! — retrucava Jill, no mesmo tom.

— Você não viu a roupa do monstro? — perguntava eu, encarando-a como se não tivesse mais nada a acrescentar, pois o encanto do figurino era incontestável.

— Você realmente enlouqueceu, Lucas — dizia ela, e saía furiosa da sala.

Tivemos a mesma discussão repetidas vezes, e achei que estivéssemos em um impasse até a tarde de terça-feira — poucas horas antes de nossa grande reunião —, quando Jill voltou para casa mais cedo do Cup Of Spoons com Isaiah. Eli estava na barraca laranja descansando para a grande noite quando meus dois melhores amigos entraram na minha sala e me pediram para sentar.

— Por que você não falou sobre essa história de filme de monstro da reunião de hoje à noite? — perguntou Isaiah, deixando evidente que Jill havia traído minha confiança, embora ela não tivesse lhe apresentado nosso filme de forma adequada, o que era compreensível, já que ela não estava totalmente a par de todas as discussões criativas, profundas e em constante evolução que eu e Eli tínhamos.

Tentei explicar que era uma metáfora, mas Isaiah não estava interessado nos méritos artísticos do que estávamos tentando realizar, o que era uma pena, porque ele é um educador respeitado e exemplar.

Jill e Isaiah se revezaram tentando me convencer a adiar a reunião e a talvez escrever uma proposta detalhada que eles poderiam examinar para mim e Eli antes de compartilharmos qualquer coisa com os outros Sobreviventes, argumentando que talvez não estivéssemos pensando com clareza, mas tivéssemos nos desviado do assunto. Isso era bom para o projeto final de Eli, no entanto, poderia não ser a melhor maneira de lidar com o coração e a mente dos Sobreviventes, que ainda estavam enlutados e sofrendo de transtorno de estresse pós-traumático. Fiquei um pouco surpreso ao ver que meus dois melhores amigos não conseguiam perceber a genialidade do que eu e Eli tínhamos planejado com detalhes, mas logo me lembrei de que quase todos os gênios criativos foram incompreendidos no começo, então talvez isso fosse apenas algo universal à trajetória de todo artista — nosso primeiro obstáculo psicológico.

Se eu não conseguia conquistar meus amigos pelos méritos artísticos de nosso projeto cinematográfico, pensei que poderia promovê-lo sob a perspectiva da cura. Assim, descrevi como Eli ficou animado enquanto trabalhávamos no roteiro e lhes contei que nunca tinha visto um jovem tão empenhado e entusiasmado.

Lembrei a eles que o garoto tinha abandonado a escola. Porém, estava trabalhando em seu projeto final de dez a doze horas por dia, com um sorriso no rosto e cheio de energia. Sim, talvez seu irmão tivesse feito uma coisa monstruosa, mas Jacob ainda era um ser humano. E Eli amava Jacob. Ele de fato o amava. Nós, adultos, temos a responsabilidade de assegurar que o mal que levou Jacob não se espalhe, porque ele pode se espalhar muito facilmente, e eu tenho experiência nisso. Eu não conseguia parar de repetir a mesma pergunta, sem dar a ninguém tempo suficiente para responder. "Vocês conseguem entender o que estou dizendo?", comecei a falar cada vez mais rápido, como se a velocidade os obrigasse a finalmente me compreender. Disse-lhes que não era tão difícil assim entender o que eu estava dizendo. Mas a expressão no rosto deles sugeria o contrário. Quanto mais eu falava, mais eles pareciam ter medo de mim. Até que comecei a temer que estivesse virando um monstro bem na frente das pessoas que eu mais amava no mundo.

Quando percebi que estava gritando em um tom ensurdecedor, calei a boca e fechei os olhos, e a sala ficou em silêncio por um bom tempo.

— O que está acontecendo aqui? — perguntou Eli.

Abri os olhos e lá estava ele, parado na extremidade da sala, procurando respostas em Isaiah e Jill, com olhos hesitantes de menino que pareciam dizer de antemão: "Me desculpe".

Ninguém respondeu.

Eli tentou mostrar que estava tudo bem:

— Sr. Henderson, você vem esta noite, certo? E você também, Jill, *não é?*

Havia tanto entusiasmo sincero em sua voz, tanta esperança, que achei que teria de esganar Jill e Isaiah com minhas próprias mãos se dessem a resposta errada. Felizmente, ambos disseram "Sim", olhando em seguida para os próprios pés.

— Perfeito — afirmou Eli. — Com certeza, vou me formar no ensino médio, mas queremos fazer muito mais do que isso. Vamos curar a cidade. Vamos fazer uma coisa positiva. O sr. Goodgame tem sido o máximo. Estou aprendendo muito, provavelmente mais do que mereço, então, obrigado, sr. Henderson, por esta oportunidade. Você não vai se arrepender. Não vou envergonhar a escola, não se preocupe.

Isaiah teve muita dificuldade em olhar nos olhos de Eli, mas acabou olhando quando o garoto disse:

— Eu e o sr. Goodgame temos muita coisa para preparar, então vocês não vão se importar se ele vier comigo, vão?

Eli olhou para mim e fez um sinal com a cabeça na direção da porta dos fundos. Levei um segundo, mas então entendi o que queria dizer e o segui até a barraca, onde nos escondemos — ouvindo música relaxantes no celular de Eli — até a hora da reunião.

Engraçado, não lhe perguntei se tinha me ouvido gritar nem se ele sabia o que me levara a surtar, mas algo me dizia que tinha ouvido tudo e que, com certeza, sabia a razão. Quando estávamos deitados ali na barraca, Eli não me disse que minha gritaria com Isaiah e Jill não tinha problema, nem que me apoiava, nem que estávamos juntos nisso tudo, mas eu também tinha certeza disso.

— Uma vez, mamãe afundou a cabeça do Jacob na água da banheira por um bom tempo, porque ele tinha, abre aspas, ficado muito sujo, fecha aspas, enquanto estávamos brincando lá fora — disse Eli de um jeito que deixou claro que sua mãe havia feito algo semelhante com ele, ou até mesmo pior.

Tentei pensar em uma resposta reconfortante, mas acabei ficando em silêncio, e acho que Eli gostou disso.

Cerca de uma hora depois do início de nossa sessão de relaxamento na barraca, ainda deitado com as mãos cruzadas atrás da cabeça, olhando para o sol da tarde pelo tecido laranja, eu disse:

— Vamos fazer um filme de monstro para acabar com todos os filmes de monstro.

Isso era o que Eli mais queria.

— Não se esqueça que também é para curar as pessoas — acrescentou Eli, porque era isso o que eu vinha enfatizando nas semanas anteriores, tentando elevar as ambições do garoto e, ao mesmo tempo, moldando uma masculinidade saudável.

Quando ele levantou o punho, bati o meu no dele, e o sucesso de nosso projeto pareceu absolutamente inevitável, ali na calma suburbana de uma tarde comum de junho, em Majestic, Pensilvânia.

Seu analisando mais fiel,
Lucas.

## 8

Prezado Karl,

Antes de lhe contar sobre a reunião de apresentação na Biblioteca Pública de Majestic, quero lhe informar que tenho mantido distância de minha mãe — cumprindo religiosamente as regras que você estabeleceu para mim — recusando-me a permitir que os pensamentos parasitários dela entrem pelos meus ouvidos e infectem o meu "software de vida pessoal". Acredito, de fato, que isso tem sido benéfico não apenas para mim, mas também para todos que fazem parte da minha vida, em particular Eli e Jill.

Há pouco tempo até reli "João de Ferro", conto de fadas dos Grimm, procurando lembrar tudo o que discutimos quando comecei minha análise com você. A chave sendo roubada de debaixo do travesseiro da mãe e a fuga para a floresta com o homem cabeludo e de pele cor de ferrugem. O herói desobedecendo e tendo o dedo e os cabelos compridos transformados em ouro — uma consequência impossível de ser escondida. Ele sendo mandado embora para experimentar a pobreza e a luta, mas com a promessa de que João de Ferro iria ajudá-lo se o herói dissesse o nome do estranho monstro--deus três vezes.

Karl, Karl, Karl.

Seis vezes por dia, digo o seu nome três vezes, no entanto, você nunca chega para me presentear com um cavalo, uma armadura e guerreiros irmãos.

Mas, de novo, tenho pensado muito sobre como Eli apareceu de repente e me pergunto se você teve alguma coisa a ver com isso.

O garoto é o equivalente metafórico de um cavalo e uma armadura?

E os outros Sobreviventes do Majestic Theater são meus guerreiros irmãos?

Não se preocupe.

Não fiquei completamente louco.

Sei que você não fez, literalmente, tudo o que aconteceu acontecer, mas estou começando a ver que talvez você tenha me preparado para tudo o que está ocorrendo no momento, me dando uma lente para ver e um código para converter o caos em significado e possivelmente em propósito.

Minha mãe tem ligado sem parar para meu celular, deixando mensagens de voz que são difíceis, provocadoras de ansiedade e enlouquecedoras. Lota minha caixa postal com frequência, impossibilitando Isaiah ou Jill de deixar recado — e assim meus amigos estão sempre me lembrando de apagar as longas divagações dela.

Com certeza ajuda que ela esteja bem longe, na Flórida. Prestei atenção ao linguajar dela, como você me ensinou, observando sempre que ela diz coisas como "Sou sua mãe, então tenho o direito de saber o que está acontecendo" e "Sua recusa em falar comigo está estragando minha aposentadoria" e "Estou perdendo o sono porque você não me liga de volta", o que não é verdade, porque ligo para ela todo domingo às sete da noite e lhe dou trinta minutos, que ela usa principalmente para descarregar toda a sua ansiedade em cima de mim, falando milhões de palavras por minuto, em uma tentativa desesperada de colocar tudo para fora. Ela nunca me pergunta como me sinto, o que é estranho, pois em todas as mensagens de voz ela afirma que está desesperada para saber "o que está se passando na cabeça de seu filho".

— A Jill está morando com você? Ela se mudou para aí? — pergunta, em vez disso, e, antes que eu consiga responder uma palavra, ela acrescenta: — Tenha cuidado com as mulheres bonitas, Lucas. Eu nunca confiaria em alguém que se mudou tão rápido assim, só algumas horas depois que a Darcy foi morta. Os lençóis da sua cama nem tinham esfriado ainda!

Tento dizer à mamãe que Jill fica no quarto de hóspedes e que não temos nenhum envolvimento amoroso, mas as palavras ficam presas em minha garganta devido ao que aconteceu no hotel em Maryland, perto do farol, e uma vergonha profunda toma conta de mim. Parece que estou sendo lentamente imerso em uma vasilha de água fervente.

Quando mamãe começa a me contar as diversas coisas que seu namorado atual, Harvey, está fazendo de errado no relacionamento deles, de repente viro um garotinho de novo e estou na cama com ela, ouvindo sobre os problemas de seu trabalho, sobre como meu pai é um homem inferior ou como o pai dela — o vovô — nunca a amou tanto quanto amou minha falecida tia Regina. Sei que mamãe quer algo bem específico de mim, mas, por mais que eu tente, não consigo descobrir o que é. Uma pressão começa a se formar no que você chama de chacra raiz — na base de minha coluna — até um formigamento explodir e fazer minha pele vibrar de um jeito que parece que dez milhões de insetos estão rastejando em cima de mim. Isso só piora quando penso na minha infância. Naquela época, mamãe sempre me pedia para deitar minha cabecinha em seu peito. Ela acariciava meu cabelo enquanto cantava "River", de Joni Mitchell, embora quase nunca fosse época de Natal quando ela cantava essa música, pois — quando eu era garoto — isso acontecia quase todas as noites do ano. Talvez seja por isso que, até hoje, não deixo ninguém tocar no meu cabelo, nem mesmo Darcy, e escutar as músicas de Joni Mitchell me faz ter crises de ansiedade.

Hoje em dia, enquanto ouço mamãe das sete às sete e meia da noite todo domingo, tento manter a curiosidade, como você me ensinou. Tento ouvir o trauma dela, sua dor, e perceber que não é minha dor, nem meu trauma. Em geral, consigo nos manter separados e resistir a que fiquemos enredados. Mas isso provoca em mim a vontade de ir patinar longe em um rio congelado, assim como na canção de Joni Mitchell, embora eu perceba que o rio seria chamado de "negação", "dissociação" ou algum outro termo da psicologia.

Eli tem falado sobre a própria mãe. Sempre que se refere a ela, seu rosto fica vermelho e algum demônio terrível assume o controle de seu cérebro. Dá para ver nos olhos dele. Suas pupilas se contraem e o Eli que eu conheço — o menino bom que deseja muito se tornar um homem saudável — desaparece. Ele anda de um lado para o outro. Dá socos nas palmas das mãos e balança a cabeça de um lado para o outro. Daria até para achar que a mãe dele talvez o tivesse trancado em uma jaula por anos, como o pobre João de Ferro. Conforme escrevi, parece que a sra. Hansen fez algumas coisas bem perturbadoras com Jacob e Eli quando eram pequenos. E, quando eram adolescentes, ela contaminou a mente deles com palavras — palavras como um feitiço destinado a reprimir seus espíritos masculinos e deixá-los doentes, intoxicando suas almas.

— Ela costumava dizer para o Jacob que ele era preguiçoso e feio demais para ser alguma coisa na vida — esbravejou Eli uma tarde. — Disse que ele ia morrer virgem. Disse isso um milhão de vezes. Começou a dizer isso quando ele tinha dez anos!

Perguntei sobre o pai deles e descobri que, no início, disseram tanto a Eli quanto a Jacob que eles não tinham pai, embora Jacob às vezes alegasse ter uma vaga lembrança de um "homem cabeludo" morando com eles quando Eli nasceu. Então, quando aprenderam sobre reprodução na escola e da necessidade de esperma para gerar um bebê, eles perguntaram de novo, enfurecendo a sra. Hansen, que, ao que parece, disse:

— Por que vocês estão tão interessados na minha vida sexual?

Isso, é claro, me fez lembrar do que minha mãe me disse quando me pegou beijando Jenna Winterbottom atrás da garagem, quando estávamos no sétimo ano, e também de como ela costumava me chamar de relógio de sol sempre que íamos à praia, porque meu pênis — mesmo mole — ficava saliente no meu calção de banho molhado. O apelido me deixava tão chateado que parei de nadar por alguns anos, recusando-me a ir a qualquer piscina, lago ou praia. E só voltei a sair com uma garota quando comecei a escrever cartas para Darcy, quando estávamos na faculdade.

Então, em um dia de julho — entre nosso primeiro e segundo ano de faculdade —, eu e Darce fomos à praia. O tempo todo, tentei ficar com uma toalha enrolada na cintura, que Darcy, de brincadeira, ficava puxando. Quando me viu tentando cobrir o volume com as mãos, algo brilhou em seus olhos, e percebi que ela entendeu minha vergonha. Em vez de dizer qualquer coisa, ela me levou pela mão até o mar, onde enroscou as pernas em volta da minha cintura e me beijou até eu ficar duro como uma pedra. Fiquei muito constrangido, mas também entusiasmado e no piloto automático — o instinto assumiu totalmente o controle da situação. Além disso, fiquei surpreso por aquela bela jovem parecer estar mesmo gostando do meu corpo, de um jeito que me fez sentir orgulhoso, desejado e completo.

Lembro de ficar nervoso no meio da sessão de amassos e de deixar escapar um pedido de desculpas por estar duro. Desviei os olhos e me desembaracei dela. Mas Darcy nadou em minha direção de novo e — com muita gentileza — disse:

— Meu Deus! O que a sua mãe fez com você?

Fiquei muito assustado, porque eu não sabia que mais alguém poderia ver o que tinha acontecido tão claramente. Eu estava tremendo, e então Darce me envolveu em seus braços e sussurrou no meu ouvido:

— Está tudo bem.

Ela ficou me abraçando daquele jeito por um bom tempo até que minha ereção desapareceu.

Pensei que tivesse estragado tudo com Darcy, mas no caminho para casa ela me pediu para dirigir até a mata que ficava no limite da cidade — onde agora estão os condomínios Caddell — e, em seguida, me direcionou para um retângulo de terra do tamanho de um carro em um campo com grama na altura do joelho. Lembro de pensar que parecia um túmulo recém-fechado de um gigante falecido havia pouco tempo. Quando desliguei o carro, Darce começou a tirar as minhas roupas e as dela, dizendo:

— Isso é bom, Lucas. Você devia desfrutar do seu corpo. Vou fazer você se sentir melhor. Você não tem que sentir vergonha.

Ela foi tão carinhosa que concordei, disse a mim mesmo que estava tudo bem e lutei como o diabo contra a voz de minha mãe, que protestava em minha mente, me chamando de pervertido e nojento. Quando terminou, Darce colocou a cabeça em meu peito e escutou meu coração batendo por um bom tempo, enquanto eu acariciava seus cabelos pretos e me perguntava o que significava perder minha virgindade. A não ser pelos beijos que eu trocara com Jenna Winterbottom, lá atrás no sétimo ano, eu nunca tinha tocado em uma mulher. Era como ir direto de um triciclo para uma nave espacial sem qualquer treinamento, e agora eu estava em gravidade zero e me perguntando como eu ainda conseguia respirar. Mas, de alguma forma, eu sabia que tinha cumprido perfeitamente a missão e estava bem. E que

Darcy estava satisfeita e talvez até apaixonada por mim, o que pode ter sido o maior milagre de minha vida.

— Eu amo você — falei para Darcy, bem ali no banco da frente do carro, e logo me arrependi.

Não foi legal.

Foi prematuro.

Ridículo.

E o silêncio que se seguiu quase fez meu coração parar.

Mas, então, Darcy levantou a cabeça e sorriu para mim. Olhei em seus olhos verde-claros e vi um tipo diferente de feitiço — um tipo que curava, completava e me deixava mais esperançoso do que eu jamais tinha sido a vida inteira.

— Eu também amo você, Lucas Goodgame — respondeu ela, e me deu um grande e maravilhoso beijo na boca.

Mas voltando a minha mãe.

Fico só escutando com curiosidade o que ela diz durante as ligações de domingo, enquanto observo o ponteiro dos minutos do relógio da cozinha descendo do doze até o seis, altura em que a interrompo dizendo "Foi muito bom falar com você, mãe, mas tenho que ir". Ela reclama e me acusa de não a amar e de "cronometrar" o tempo dela. Tenta fazer com que eu me sinta culpado para ouvi-la por mais tempo. Mas me lembro de que tenho um garoto para iniciar na vida de homem adulto. E a energia fálica dessa missão me faz sentar um pouco mais ereto, momento em que interrompo minha mãe e digo "Fale na próxima semana", antes de desligar e resistir ao impulso de atender quando ela liga imediatamente de volta.

Às vezes, Jill está parada na cozinha quando termino. Ela sempre me olha admirada e diz algo como "Você devia ganhar uma medalha por ligar para essa mulher toda semana". Dou de ombros e desvio o olhar. Nesse momento, Jill costuma dizer "Você é um bom homem, Lucas Goodgame". Então se serve de uma taça de vinho e me deixa processando o telefonema. Às vezes, fico ali mesmo na mesa da cozinha por uma hora inteira, sozinho, em silêncio, sem fazer nada além de me recuperar.

Nunca me senti um bom homem depois de falar com minha mãe.

Nunca.

Nem uma vez sequer.

Tentei falar com Darcy alada sobre esses telefonemas, mas ela não está mais falando muito comigo, para ser honesto. Ainda me envolve em suas asas e me abraça todas as noites. Ainda está perdendo penas, que continuo juntando em sacos plásticos. Eu os guardo na terceira gaveta da cômoda de Darcy, onde estão seus suéteres cuidadosamente dobrados. Mas sinto que está se transformando cada dia mais em um anjo — o que significa que ela é cada vez menos um ser humano, cada vez menos minha esposa. Estou começando a entender que meu tempo com Darcy alada é finito e uma espécie de contagem regressiva interna já começou.

Estou tentado a falar com Jill sobre esse assunto, em particular porque ela não para de dizer que posso lhe contar qualquer coisa e que quer que eu confie totalmente nela. Jill insiste que nunca vai trair minha confiança, embora, de alguma forma, ela já tenha traído, contando a Isaiah sobre o filme de monstro antes da grande revelação na biblioteca. Vou contar tudo isso na próxima carta, porque estou ficando com sono e ainda tenho que ficar um tempo com Darcy em meu quarto, com a porta trancada.

Karl, Karl, Karl.

Mais uma vez, pensei em tentar fazer você aparecer de repente, como João de Ferro. Talvez isso o instigue a me escrever de volta, a me ligar ou a simplesmente bater à porta um dia. Você não precisa trazer o equivalente metafórico de um cavalo, nem de uma armadura, nem de um exército de guerreiros irmãos, porque estou providenciando essas coisas para mim e para Eli.

Acho que você deveria ficar muito orgulhoso de mim — e de você também, é claro.

Não quer ver de perto os frutos do seu trabalho?

Karl, Karl, Karl.

Estou chamando.

Consegue me ouvir?

Seu analisando mais fiel,
Lucas.

9

Prezado Karl,

Na noite de nossa reunião de apresentação com os Sobreviventes, Jill levou a mim e a Eli à biblioteca para que chegássemos quarenta e cinco minutos antes do horário marcado. Não queríamos arriscar que alguém chegasse primeiro e visse o monstro antes da hora. Eli já estava vestido com o figurino — botas, luvas, máscara e todo o resto —, contudo, nós o cobrimos com um lençol branco, com dois buracos nos olhos, para que pudesse enxergar. Ele parecia um fantasminha clássico, com uma fantasia de Halloween simples.

Eli não parava de repetir que estava com calor. Disse que o suor estava formando uma poça em suas botas e refletiu sobre a necessidade de se habituar à roupa de monstro um pouco mais, perguntando:

— Por que não pensamos nisso antes?

E é possível que tenha repetido um milhão de vezes:

— Talvez a gente possa abrir algumas saídas de calor estratégicas na roupa, que as penas esconderiam, é claro, porque está *terrível* aqui.

Jill ficava dizendo que chamaríamos tanta atenção com o lençol quanto com a exibição total do monstro de penas, mas eu e Eli argumentamos que o importante era a arte da surpresa e que iríamos usar toda a nossa perícia artística para promover a apresentação, o que fez Jill responder "Tudo bem", de um jeito que era mais "Estou torcendo por vocês" do que "Vocês são malucos". Eu e Eli ficamos gratos pelo otimismo, mas o que realmente me deu confiança no caminho para a biblioteca foi ver Darcy lá em cima, no céu cheio de nuvens, nos guiando para nosso destino. Suas asas gigantes batiam de uma forma poderosa e deslumbrante enquanto ela sobrevoava a Main Street. Eu não podia acreditar que ninguém mais a via lá em cima, no ar do fim de tarde, porque essa era a primeira vez que eu a via na luz do sol, o que antes eu achava ser impossível. Eu queria berrar para quem estava na rua: "OLHE PARA CIMA! É INCRÍVEL! VOCÊ SERÁ CURADO!". Na luz do crepúsculo, minha esposa realmente era algo para se contemplar. Mas uma voz lá no fundo disse com grande autoridade "Darce alada é para você e somente para você", o que me colocou de volta nos eixos. Assim, mantive a boca fechada, e logo estávamos lá, no estacionamento da biblioteca de Majestic.

— Vocês têm certeza absoluta disso? — perguntou Jill, e Eli tirou a mão coberta de penas de debaixo do lençol e batemos nossos punhos.

— Nunca tive tanta certeza na minha vida — respondi.

— Eu também não — disse Eli, antes de resmungar um pouco mais sobre como estava quente na roupa de monstro, chegando ao ponto de se comparar a uma pizza num forno a lenha.

— Tudo bem, Lucas — disse Jill, ignorando os apelos repetitivos de Eli por saídas de calor, e depois sorriu para mim. — Vou seguir suas orientações.

— Vocês dois esperem aqui — falei, saindo da caminhonete.

Enquanto eu caminhava em direção à Biblioteca Pública de Majestic, pensei em como o edifício parecia uma mistura de casa de hobbit com algo saído de um filme de Harry Potter, pois tinha sido construído com pedra arredondada em uma mistura mágica de dinastia Tudor com castelos medievais. Havia uma torre larga no lado esquerdo do prédio, que parecia fazer parte de uma lenda arturiana — como se Merlin estivesse lançando feitiços lá dentro.

— Aqui vamos nós — falei, abrindo a pesada porta de madeira cravejada de ferro.

Lá dentro, Robin Withers me cumprimentou com talvez o maior abraço que já recebi de alguém em toda a minha vida. Ela esfregou minhas costas e disse:

— É tão bom estar com você aqui, Lucas. Você não faz ideia de como todos sentimos sua falta.

Mesmo tendo reconhecido o gesto, permaneci concentrado nos objetivos da noite, que não incluíam receber cumprimentos e abraços longos de meus companheiros Sobreviventes.

Assim, depois do que pareceu um tempo razoável, suficiente para que o grande brinco de argola dela deixasse uma marca temporária na minha bochecha direita, me desvencilhei de seu abraço com suavidade e perguntei:

— Você confia em mim?

— Claro — respondeu Robin —, eu confio em você com a minha vida.

Isso me deixou um pouco enjoado, embora eu não soubesse exatamente por que.

— Atenção! — gritei do outro lado da biblioteca. — Atenção, por favor!

Todos se viraram e me encararam.

— Estou conduzindo uma reunião muito importante aqui na biblioteca esta noite. Tenho que trazer uma coisinha, que vou esconder no armário da sala de reuniões. Mas é muito importante que ninguém veja essa coisinha, então peço a todos que fechem os olhos para que eu possa transportá-la em segredo. Peço desculpas pelo inconveniente, mas isso é da maior importância e, de qualquer maneira, talvez seja melhor descansar os olhos por alguns momentos, depois de tanta leitura.

Todos, incluindo Robin, olharam para mim.

— Vai levar só um minutinho! — assegurei. — Pronto. Fechem os olhos agora!

Todo mundo olhou para Robin, que assentiu e deu uma espécie de tapinha no ar com as mãos abertas, momento em que todos fecharam os olhos, incluindo ela.

— Certo. Sem espiar! — falei, e corri para buscar Eli e Jill, que me ajudaram a conduzir rapidamente o monstro coberto pelo lençol do estacionamento até a biblioteca. — Por favor, mantenham esses olhos fechados! Isso é muito importante! — gritei, como um lembrete, e fiquei aliviado quando vi apenas pálpebras comprimidas.

Assim que coloquei Eli em segurança no armário da sala de reuniões, enfiei a cabeça de volta na área comum da biblioteca e gritei:

— Podem abrir agora. Muito obrigado pela cooperação a nossa importante missão!

Em seguida, fechei a porta e, no púlpito de metal, organizei as anotações que eu havia preparado.

— Você devia dizer para o Eli tirar a máscara para não ficar com muito calor e desmaiar no armário — sugeriu Jill, o que foi uma boa ideia.

Porém, quando abri a porta do armário, descobri que Eli já havia tirado não só a máscara, mas também as botas e as luvas de penas. Seu cabelo estava encharcado e toda a sua pele exposta pingava de suor.

— Estou fritando — disse ele, nitidamente ofegante, então levantei a pele de cabra-de-leque da parte traseira e abri o zíper da roupa de mergulho, expondo a carne nua de suas costas suadas, que também estavam vermelho vivo. — Acho — acrescentou ele — que a roupa é pequena demais, porque é muito difícil respirar com ela fechada. Mas não se preocupe. Posso perder peso antes da filmagem. Já devo ter suado uns dois quilos hoje.

O problema com o figurino não era uma boa notícia, sobretudo levando em conta todo o tempo, esforço e dinheiro já investidos até ali no aperfeiçoamento da roupa de monstro, mas não havia tempo de pensar nisso, pois já estava quase na hora da apresentação.

— Vou pedir para a Robin ligar o ar-condicionado — falei, e foi o que fiz.

— O que exatamente você planejou para nós? — perguntou Robin, enquanto ajustava o termostato, diminuindo a temperatura da biblioteca em uns quatro graus. Não entreguei tudo antes da hora, mas prometi que valeria a pena esperar, e isso, por sorte, pareceu acalmá-la.

De volta à sala de reuniões, encontrei Jill andando de um lado para o outro. Depois que fechei a porta, ela colocou as mãos em meus ombros, olhou em meus olhos e disse:

— Não importa o que aconteça, quero que você saiba que estou orgulhosa do que está fazendo com o Eli, e vamos achar um jeito de continuar este trabalho qualquer que seja a reação das pessoas esta noite.

Antes que eu conseguisse responder, Bess e Isaiah entraram, nós quatro demos as mãos, e Isaiah usou sua voz de igreja para pedir a seu Deus que estivesse com a gente nesta noite e tocasse o coração de nossos vizinhos para que nos uníssemos e contribuíssemos para a cura de nossa cidade, reconstruindo corações e levantando os exaustos. Ele continuou sem parar, com um belo linguajar de igreja que não consigo citar literalmente, porque eu estava tão preocupado com a apresentação que tive dificuldade para ouvir. Acho, porém, que não foram tanto as palavras em si que me comoveram, mas a sinceridade da crença de Bess e Isaiah. Quando eles oram, não há como duvidar que cada pedacinho deles quer o melhor para você, e provavelmente é por isso que Isaiah é meu melhor amigo e eu o amo como a um irmão. Também amo Bess. E, claro, Jill. E Eli. E também você, Karl, muito.

Isaiah orou por um bom tempo, eu sei porque, quando ele disse "Amém" e soltou minha mão, abri os olhos e vi que Tony e Mark estavam perto esperando pacientemente que terminássemos. A expressão no rosto deles parecia dizer: "Desculpem por termos ficado ouvindo sem permissão nos últimos oito minutos, mas, como não estamos acostumados a frequentar círculos de oração, não sabíamos bem o que fazer".

Devo admitir que é necessário um tempinho até se acostumar à estranha e formal intimidade da oração compartilhada, então fui compreensivo, porque eu também ainda não estava totalmente confortável, o que tentei dizer a Mark e Tony com os olhos, lançando-lhes um olhar solidário do tipo "Eu também não".

Isaiah e Bess não se importaram com a escuta não autorizada, é claro, pois oravam abertamente na frente de qualquer um, então todos apertamos as mãos e dissemos "olá". Nesse momento, notei que Tony e Mark estavam evitando qualquer contato visual comigo. Eles olhavam direto nos olhos de Isaiah, Bess e Jill com nítida facilidade, mas não nos meus. Foi quando percebi que eles sentiam alguma responsabilidade pelo que acontecera em seu cinema histórico restaurado, por isso me apressei em dizer:

— Não é culpa de vocês. Eu, sem qualquer sombra de dúvida, *não* responsabilizo vocês de qualquer maneira.

A sala ficou em silêncio pelo que pareceram alguns minutos.

Quando Mark e Tony enfim olharam nos meus olhos, suas bocas estavam um pouco abertas e pude ver a língua deles tremendo.

Então, tentei semear o futuro, acrescentando:

— A Darcy adorava o Majestic Theater. Ainda é um dos meus lugares favoritos no mundo. Vocês têm que reabrir. O Majestic precisa dos filmes. Precisamos rir, chorar e torcer juntos como uma comunidade. Não deixem que a tragédia tire isso de nós. Por favor. Isso é parte do que vou falar esta noite. Reabrir o Majestic.

Ambos engoliram em seco. Tony pegou a mão de Mark e os dois fizeram que sim com a cabeça para mim várias vezes e foram se sentar.

Lembro de notar que Mark, bigodudo e de barba por fazer, era malhado, com os músculos trabalhados todos os dias na academia, enquanto Tony, barbeado e magro, tinha mais o corpo de um corredor de fim de semana. No entanto, de alguma forma, eles pareciam se completar naturalmente, como as nuvens e o céu.

Os outros Sobreviventes entraram um por um: Robin Withers, que já mencionei, Jon Bunting, DeSean Priest, David Fleming, Julia Wilco, Tracy Farrow, Jesus Gomez, Laxman Anand, Betsy Bush, Dan Gentile, Audrey Hartlove, Ernie Baum, Chrissy Williams e Carlton Porter. Todos do Grupo dos Sobreviventes original, menos você-sabe-quem.

— Podemos começar? — perguntou Robin, já com todos sentados, então bati na porta do armário duas vezes, avisando Eli que ele deveria começar a recolocar o restante da roupa de monstro.

Robin se sentou e eu subi ao púlpito. Jill piscou para mim, e Isaiah me deu um joinha, o que me deixou extremamente confiante. Então, Sandra Coyle entrou e sentou na última fileira, longe de todos nós. Ela cruzou os braços em um gesto de absoluta provocação. Em uma demonstração de gentileza, acenei com a cabeça para ela, querendo dizer "bem-vinda", mas ela me encarou como se raios laser saíssem de seus olhos, fortes o suficiente para derreter minha carne, meu crânio e meu cérebro.

Todos os outros Sobreviventes estavam ansiosos para saber por que eu tinha convocado a reunião e, por isso, pareciam mais curiosos de nervosismo do que solidários, o que começou a me preocupar, então olhei para Jill, que sorriu, mas não conseguiu disfarçar que também estava nervosa, e logo percebi que um longo minuto de silêncio havia se passado.

Isaiah veio em meu socorro, dizendo em voz alta do jeito mais amigável possível:

— Então, Lucas, e aí, meu amigo? Por que nos reuniu esta noite? O que gostaria de dizer ao grupo?

— Certo — respondi, e, por algum motivo, olhei pela janela alta, que deveria estar voltada para oeste, pois o céu estava todo laranja e rosa. Levou um segundo, mas quando meus olhos começaram a se ajustar e focar a distância, vi Darcy fazendo o oito do infinito lá em cima no céu, como se dissesse "Ainda estou aqui com você, Lucas. Você consegue fazer isso. O garoto é o caminho a seguir". Nesse momento, algo tomou conta de meu cérebro e de meu corpo. Minha parte consciente parece ter saído de minha pele e se encostado na parede de pedra para observar meu corpo físico e minha parte inconsciente fazer um discurso tão impressionante e com uma linguagem corporal tão incrível que eu mal podia acreditar no que via e ouvia.

Contei a todos quanto eu sentia falta de Darcy e como sofri em silêncio por meses, sozinho, na minha casa, mal conseguindo sair, muito menos conversar com alguém. Falei sobre minha dor entorpecente, devastadora e até mesmo suicida. Os outros Sobreviventes sacavam lenços e enxugavam os olhos na manga das camisas. Então, desculpei-me por não ter feito algo antes, lá atrás, no Majestic Theater, dizendo que, se eu tivesse reagido mais rápido, talvez conseguisse salvar mais pessoas, e que esse fato me mantém acordado à noite, perfurando minha mente como uma broca incandescente.

DeSean Priest gritou:

— Você fez tudo o que pôde e mais um pouco!

E Laxman Anand acrescentou:

— Você devia estar orgulhoso porque fez mais do que qualquer um de nós!

Levantei a voz para recuperar o controle da sala e perguntei se os outros Sobreviventes alguma vez sentiram que havia algo que pudessem fazer para juntar todos de uma forma inclusiva e que não causasse divisão. Olhei para o fundo da sala e vi Sandra Coyle se mexendo desconfortavelmente na cadeira.

— Desde a tragédia — continuei —, uma parte de mim que sofre se sente diferente. Como um monstro, como alguém contaminado por um destino impensável, alguém a quem os vizinhos mal conseguem olhar, mesmo que por poucos segundos.

Enquanto eu examinava a sala, vi lampejos de reconhecimento iluminarem muitos olhos.

— Por ironia, há outros que nós todos também transformamos em monstros. Inocentes que ficaram marcados, foram evitados e se sentiram tão menosprezados que se isolaram. E, esta noite, eu gostaria de apresentar a vocês uma dessas pessoas.

Apontei para a porta à minha direita.

— Ela está dentro deste armário neste exato momento.

O silêncio que deixei pairar na sala era palpável.

Vi Jill levar as mãos ao rosto. Bess mordia o lábio inferior e Isaiah não parava de bater com o pé direito no chão. Os outros Sobreviventes estavam na ponta das cadeiras.

— Este inocente tem um sonho, uma visão para unir a cidade de novo. Um plano de cura! Ele convida vocês a serem criativos! A fazer um filme com ele! A atuarem nesse filme, que vai ser sobre resgatar e redimir o monstro que existe dentro de todos nós. Reintegrando o que se perdeu nas sombras. Trazendo isso de volta à consciência — falei, soando muito como meu analista junguiano, também conhecido como você, Karl. — Escrevemos o roteiro e fizemos o primeiro item do figurino, que pretende simbolizar o que todos nós temos sofrido. Senhoras e senhores, apresento a vocês o Majestoso Príncipe dos Monstros!

A porta do armário se abriu, mas Eli ficou, de maneira dramática, escondido nas sombras lá dentro. Quando olhei em volta, todos na sala estavam boquiabertos. Então — em um ritmo quase glacial — o monstro se arrastou para fora do armário. Houve um grande sobressalto coletivo. Quando o Majestoso Príncipe dos Monstros estava no centro das atenções, exibindo todo seu horror de penas, comecei a expor a ideia que tínhamos para realizar um longa-metragem de monstro e exibi-lo no Majestic Theater, como forma de resgatar o local da tragédia para a comunidade, purificando — e talvez até consagrando de novo — o espaço. Eu estava enaltecendo de forma magistral a grande revelação, e era chegado o momento em que Eli deveria tirar a máscara e basicamente desafiar os Sobreviventes a aceitá-lo como um companheiro de infortúnio, apesar de ele estar ligado por sangue ao assassino dos entes queridos de todos.

Mas então Sandra Coyle se levantou e disse:

— Como é que essa *tolice*, essa *bobagem*, vai ajudar alguém? Precisamos de leis de controle de armas mais rígidas! Precisamos de políticos que não aceitem dinheiro da Associação Nacional do Rifle! Precisamos de justiça! Precisamos...

De repente, o Majestoso Príncipe dos Monstros começou a cair para trás — duro como uma árvore recém-cortada —, batendo a parte de trás da cabeça no canto metálico afiado do púlpito e despencando, em seguida, no chão.

Isaiah foi o primeiro a alcançar Eli, e quando ele arrancou a máscara de penas do monstro todos tiveram outro sobressalto — embora eu não soubesse dizer se o choque se deu por ser Eli ou por haver sangue jorrando de sua nuca e formando uma poça no chão, muito parecido com o que todos nós tínhamos testemunhado no Majestic Theater naquela fatídica noite de dezembro.

Fico triste em admitir, mas fiquei paralisado.

— Chamem uma ambulância! — gritou Isaiah, enquanto tirava o paletó e o pressionava contra o ferimento de Eli, segurando com cuidado a cabeça do garoto e tentando estancar o sangramento.

Os socorristas tiraram Eli da biblioteca em uma maca — enquanto os curativos brancos e antissépticos recém-aplicados iam ficando vinho —, e Jill me puxou pela mão para sua caminhonete. Seguimos as luzes intermitentes da ambulância até o hospital, onde a equipe do pronto-socorro suturou o corte de Eli e o diagnosticou com desidratação e exaustão por calor extremo. Logo ele estava deitado em uma cama, recebendo tratamento intravenoso pelo braço, protegido por uma cortina fechada.

Quando enfim nos deixaram entrar para vê-lo, Eli disse:

— Você realmente vendeu a nossa ideia esta noite, sr. Goodgame. Você foi fantástico! Mas acho que vamos ter que fazer alguns ajustes na roupa do monstro.

Ele continuou dizendo que estava terrivelmente quente naquele armário e que o nervosismo o forçara a colocar a roupa de volta antes da hora, então se desculpou por ter desmaiado e arruinado tudo, concluindo que meu discurso tinha sido tão motivador que ele apostava que esse pequeno contratempo não nos prejudicaria muito lá na frente.

— *Certo?* — perguntou ele quando não respondi.

Eli procurou meus olhos em busca de confirmação, mas eu já havia gastado tudo o que tinha a oferecer naquela noite.

Jill me cutucou várias vezes, mas não consegui arranjar coragem para ser franco com Eli e explicar que tínhamos estragado qualquer tentativa de contar com a ajuda dos Sobreviventes, além de provavelmente também termos traumatizado todos eles de novo. Parado ali no pronto-socorro, achei que nossa apresentação não poderia ter sido pior. Nosso sonho de fazer um filme de monstro morreu antes mesmo de ter nascido. Mas achei melhor contar a verdade de um jeito suave, assim que ele estivesse reidratado e o tirássemos do hospital.

Quando ficou claro que eu não iria responder, Jill disse:

— Trate de descansar, Eli.

Ela deu um tapinha maternal no braço dele e me puxou para fora dali, até um corredor abandonado e sombrio.

— Você tem que dar um jeito de fazer esse filme acontecer — sussurrou Jill, brava. — Depois do discurso de hoje, o garoto ali dentro está praticamente explodindo de esperança. Você não pode tirar isso dele *agora*.

— Pensei que você fosse contra o filme — refutei.

— Sou a favor de terminar o que você começou — disse Jill. — Principalmente porque há um menino ferido envolvido. O futuro do Eli está nas suas mãos agora, Lucas. Você é tudo o que ele tem. Ele depositou tudo o que tem nesse sonho bobo de fazer um filme de monstro e, bem, suas palavras me comoveram, e agora, para ser sincera, também estou um pouco envolvida emocionalmente.

Fiquei surpreso com a mudança de ideia repentina de Jill e comecei a me preocupar que a grande e poderosa versão de mim que falara na reunião não atendesse ao chamado da próxima vez que eu precisasse dela para me salvar. Porque a versão comum de mim estava fracassando terrivelmente aqui no hospital.

— Você foi soberano esta noite, Lucas — disse Jill, antes de acrescentar — Darce ficaria muito orgulhosa.

— *Soberano?* — perguntei, ignorando a parte sobre minha esposa, que, claro, poderia falar por si mesma mais tarde, naquela noite, se quisesse. — O que você quer dizer com isso?

— Não sei. Foi como se você tivesse chegado em um cavalo para resolver tudo. Como se você estivesse vestindo uma armadura brilhante. Acho que me senti muito orgulhosa de estar lá com você. Orgulhosa por você.

— Mas e os outros? Do jeito que as coisas terminaram, eles com certeza não ficaram com uma boa impressão.

— Você pode se surpreender, Lucas — respondeu Jill, antes de Isaiah e Bess chegarem e insistirem para que orássemos pelo ferimento de Eli, pelo projeto e por todo o resto, que foi o que fizemos após darmos as mãos.

Responda a minha carta e conto o resto da história.

Que tal?

Karl, Karl, Karl.

Ainda não desisti do meu João de Ferro.

Não se preocupe, sou muito paciente.

Seu analisando mais fiel,
Lucas.

## 10

Prezado Karl,

Todo esse tempo que passei com Eli me fez pensar muito sobre meu pai.

    Sei que falamos sobre papai de vez em quando durante minha análise, mas conversamos principalmente sobre minha mãe, não é verdade? Você me apresentou — e me lembro muito bem disso por conta do impacto que senti — ao termo "fome de pai", que ecoou de imediato em mim, talvez porque sempre tive uma tremenda fome de pai. Tenho refletido muito sobre o que você disse uma vez acerca de redimir o pai curando o eu e, logo, quebrando o ciclo de dor que os homens sempre transmitem de uma geração para a outra, até que um filho chegue e o interrompa.

    Eu contei para você que foi por isso que eu e Darce decidimos não ter filhos, por que fiz uma vasectomia para garantir que nunca transmitiríamos o pior do que havíamos herdado.

    Você balançou a cabeça em uma demonstração de tristeza e disse que todo homem da minha linhagem — remontando ao primeiro homem que já existiu — ainda estava dentro de mim, tentando se libertar da constelação sempre crescente de mágoas ancestrais. Você disse que, quando eu curava qualquer parte de mim, estava curando todos os muitos pais e avôs que viviam bem lá no fundo de Lucas Goodgame. Que, quando eu fazia amor, todos eles também faziam amor de novo. Que, quando eu tinha um relacionamento saudável com um filho, meus antepassados também experimentavam essa alegria regeneradora. E que, quando enfim eu aprendesse a amar a mim mesmo e começasse a existir sem vergonha, eles finalmente também se libertariam da vergonha deles. Nesse momento, eles poderiam começar a ajudar como antepassados saudáveis, curados e emancipados, que — quando necessário — se reuniriam como um grande exército dentro de mim, elevando meu potencial e me fornecendo a sabedoria duramente conquistada de mil vidas.

A princípio, sua fala me deixou triste; pensei que você estava me dizendo que eu havia perdido a oportunidade de presentear meus antepassados com a capacidade de gerar um menino novamente e iniciá-lo na vida de homem adulto, mas então você me disse que toda vez que um jovem entrava na minha sala da escola, eu estava emancipando meus antepassados. Você disse que eu estava, sim, ajudando os garotos, mas também estava me curando e, logo, curando os homens que vieram antes de mim em minha árvore genealógica — as muitas almas que foram incorporadas ao meu DNA. Eu era seu redentor. Sua oportunidade renovada de plenitude.

Tornei-me consciente disso em meu trabalho com os alunos da Majestic High School. Eu o levava muito a sério. Tratava meu trabalho como uma missão sagrada. Mas acho que não entendi completamente o que você quis dizer até Eli armar sua barraca em meu quintal.

Os pais de Darce eram mais velhos e, portanto, um pouco mais tranquilos e descontraídos do que os meus quando estávamos crescendo. Meus sogros morreram quando tínhamos apenas vinte e poucos anos. A mãe dela — fumante inveterada — foi primeiro. Derrame cerebral fulminante. O marido logo a seguiu, levado por um infarto que Darcy costumava dizer que era literalmente um coração partido. Era agradável imaginar que meu sogro amasse tanto sua esposa que não poderia viver sem ela, e esse pensamento fez Darce atravessar o período de luto mais rápido do que se ela tivesse se concentrado na realidade cruel do gosto do pai por sorvete, carne vermelha, frituras e o consequente bloqueio das artérias. Acho que o que estou querendo dizer é... não sei. Essa coisa que sempre senti como quebrada dentro de mim, bem, acho que Darcy não tinha isso.

Tem uma história que nunca contei na análise e não sei bem por que. Talvez nunca tenha surgido a oportunidade, ou talvez eu só esteja me permitindo lembrar dela agora — quem sabe, por conta de todo o tempo que tenho passado com Eli —, mas gostaria de compartilhá-la com você aqui se não tiver problema.

    Aconteceu em meu primeiro ano de faculdade. Eu já lhe disse muitas vezes que eu era um jovem desajeitado e talvez até estranho. Por causa disso, no início, não fiz muitos amigos. Todos no meu dormitório eram muito comunicativos e estavam ansiosos para fazer parte daquela enorme onda que nos empurrava em direção ao futuro. Mas eu sentia um desejo enorme de voltar ao passado, de alguma forma. Talvez eu sentisse que não tinha vivido tudo o que deveria na infância.

    Lembro de ficar andando, no lado de fora da casa onde cresci, na manhã em que meus pais me deixariam na faculdade. O carro estava cheio. Mamãe estava se maquiando lá dentro. Talvez meu pai estivesse se vestindo, e eu não conseguia parar de andar em torno de nossa pequena casa. Dei voltas e mais voltas, dezenas de vezes, ou centenas. Não entendi essa compulsão até muitos anos mais tarde, quando percebi que eu tinha andado no sentido anti-horário. Agora acho que talvez eu estivesse, de alguma forma, tentando fazer o tempo voltar atrás, empurrando o ponteiro dos minutos imaginário no relógio imaginário, repetidas vezes, na tentativa de uma nova chance para conseguir o que quer que eu deveria ter recebido durante meus anos de formação — exatamente o que eu passaria a maior parte da vida adulta tentando dar aos filhos dos outros.

    Lembro de estar, a seguir, descarregando o carro do papai e dos meus pais me ajudando a levar minhas roupas, as roupas de cama e o material escolar para meu quarto no dormitório — individual, ou seja, sem companheiro de quarto, como eu havia solicitado, pensando que seria melhor ter um lugar para ficar sozinho de vez em quando. Depois, eu e meus pais no meu novo quarto, do tamanho de uma van, e mamãe falando sobre quanto dinheiro eles estavam gastando em algo que ela mesma nunca tivera a oportunidade de desfrutar — porque ela tinha que ir e voltar da faculdade todos os dias. Então meu pai enfiou uma nota de vinte dólares na minha mão e, quando dei por mim, estava sozinho em meu quarto com a porta fechada.

    Comecei a andar de um lado para o outro nos dois metros que eu tinha de espaço, ouvindo outros jovens rindo, gritando e se apresentando do lado de fora, no corredor movimentado. Parecia tão fácil para eles. No entanto, eu estava com medo até de abrir a porta, e ela ficou fechada por dias. Ali, naquela primeira hora — com meu coração batendo como se quisesse escapar do peito e voltar para meus pais e nossa casinha nos limites de Majestic, Pensilvânia —, perguntei-me por que só eu não tinha conseguido obter as instruções, quaisquer que fossem elas, que os outros garotos tinham claramente recebido, aquilo que lhes permitia olhar nos olhos uns dos outros, dar tapinhas nas costas uns dos outros e entrar no banheiro compartilhado sem sentir que suas cabeças poderiam explodir.

Muitos garotos do meu andar batiam à porta e tentavam se apresentar, mas eu mantinha a cabeça baixa e falava pouco. Recusei todos os convites, até que todo mundo parou de me convidar.

Sentava no fundo de todas as aulas e punha o capuz sempre que eu não estava em meu quarto.

Fiquei péssimo por algumas semanas e, para ser honesto, pensei muito em me matar, só para me livrar da ansiedade incapacitante e da depressão profunda, embora nunca tivesse chegado a elaborar um plano concreto nem mesmo tivesse coragem de fantasiar os detalhes.

A dor foi crescendo até o ponto de eu perguntar a meus pais se poderia passar um fim de semana em casa, dizendo a minha mãe que sentia falta dela. Eu sabia que isso lhe agradaria o suficiente para ela concordar, o que acabou acontecendo.

Quando meu pai veio me buscar na sexta-feira à noite, ele não parecia bem. Papai sempre fora taciturno e, no geral, talvez até indiferente a mim, mas no caminho para casa ele estava agitado, gritando com os outros motoristas na estrada, murmurando sobre o trânsito e dirigindo perigosamente. Quando perguntei o que havia de errado, ele apenas resmungou algo sobre o trabalho, sem usar frases completas, nem estabelecer qualquer tipo de conexão com seu único filho. À medida que o tempo passava, tive mais certeza de que ir para casa era um erro.

Minha mãe parecia contente em me ver, preparando um bom jantar e até sua torta de maçã caseira, mas, quando, naquela noite, deitei em minha antiga cama, comecei a relembrar os olhares que ela me lançou durante o jantar — o jeito que me olhou quando eu disse que a faculdade estava "boa", que minhas aulas eram "boas", que "não, ainda não tinha conhecido uma garota legal", que não sabia ainda no que queria me especializar, mas, sim, que eu era grato pela oportunidade de ir à faculdade quando tantos outros jovens de minha idade tinham que arrumar um emprego. Deitado na cama, relembrando o jantar, comecei a ver o sorriso de minha mãe como o de um lobo, com sangue escorrendo de sua boca, o que me pareceu ridículo, então tirei essa imagem da cabeça e tentei imaginar como ela realmente era.

*Presunçosa* foi a palavra que me ocorreu.

Ou *satisfeita*.

Sempre que eu respondia a uma de suas perguntas, ela dava um sorriso afetado, como se estivesse gostando de meus fracassos, devorando meus erros como se fossem bombons.

Todas as vezes que olhei para meu pai, ele estava com os olhos grudados no prato. Não houve palavras de reconhecimento, muito menos de encorajamento ou compaixão. Mal engoliu sua última garfada, papai saiu da mesa e ligou a TV na sala de estar, enquanto eu e mamãe fomos guardar a comida que sobrara em potes de plástico, antes de lavarmos, secarmos e guardarmos a louça. Nesse processo, mamãe reclamou de seu trabalho, de seus amigos, da organização dos corredores do supermercado, de como não havia vagas de estacionamento suficientes na loja de conveniência local e de que meu pai não percebera que ela tinha cortado o cabelo.

— Lucas — disse ela —, nem pense em ficar parecido com aquele homem idiota e vazio ali no sofá, porque você é tudo o que eu tenho neste mundo.

Pouco depois disso, fui me deitar.

No meio da noite, acordei em pânico e tentei encontrar o banheiro, mas minha casa de infância tinha se transformado em um labirinto, que tentei percorrer de modo frenético, como um rato de laboratório em busca de queijo. Tive a sensação de que não havia telhado e, quando olhei para cima, uma versão gigantesca de minha mãe estava zombando de mim, seu rosto tão grande como o sol do meio-dia. Seu olhar quente fez evaporar em um instante toda a saliva da minha boca. Parecia que minha garganta estava se fechando e eu não conseguia respirar.

Sentei na minha antiga cama, ofegante, dizendo a mim mesmo que era apenas um sonho. Quando finalmente recuperei o fôlego, saí de meu quarto

— meio que esperando me encontrar preso em um labirinto. O corredor levava às escadas, como sempre, então desci e saí pela porta da frente para circular a casa no sentido anti-horário, o que fiz até o sol nascer na manhã seguinte, quando pedi a meu pai que me levasse de volta para a faculdade.

Minha mãe reclamou amargamente do preço da gasolina e de meu desperdício de dinheiro por vir para casa e ficar menos de doze horas, mas logo papai estava atrás do volante, e eu, sentado no banco do carona, só que dessa vez ele resolveu falar comigo.

— Lucas — disse ele —, estou cansado. Você já é um homem, então é hora de sermos francos um com o outro. Não aguento mais sua mãe. Fiz o melhor que pude. Aguentei até você sair de casa, mas não posso mais continuar fingindo.

Ele continuou dizendo que estava indo embora e que eu teria que assumir a responsabilidade e ser "o homem da casa", o que significava cuidar de minha mãe, porque ele não poderia mais fazer isso. Fiquei chocado demais para dizer qualquer coisa; dava para ver que estava falando muito sério e se sentia aliviado por tirar um peso enorme do peito. Eu sempre soube que ele não me amava, e ali, enfim, admitia isso de uma vez por todas.

Quando me deixou na frente de meu dormitório, me entregou cinco notas de cem dólares novinhas em folha e disse para eu me cuidar.

Consegui voltar para meu quarto antes de enlouquecer.

Em seguida, lembro de estar sentado na minha cama socando a parte interna da coxa esquerda até ficar roxa, momento em que decidi meter mãos à obra, e comecei a socar com os dois punhos, até que se formasse uma contusão redonda que envolvia toda a parte superior da minha perna.

No meio da tarde, recebi uma batida amigável à porta. Tentei ignorá-la, mas a pessoa continuou batendo, então acabei me levantando e, cambaleando, fui pôr fim àquele barulho.

Quando puxei a maçaneta, havia um garoto alto, magro e de aparência desajeitada parado na minha porta — uma onda de cabelo ruivo caía sobre seu olho esquerdo.

— Você é o Lucas Goodgame, não é?

Fiz que sim com a cabeça.

— Me chamam de Smithy. Moro duas portas pra lá.

Fiz que sim novamente.

— Você não é de falar muito, certo?

Dei de ombros.

— Não tem problema.

Olhei para ele, sem saber o que responder.

Ele levantou a mão direita, em que segurava um envelope.

— Achei isso na minha caixa de correio. É letra de garota. Também tem cheiro de garota. Sempre um bom sinal. Quase dei uma espiada. Mas tem seu nome escrito, então, parabéns, Romeu.

Ele me entregou o envelope, mas não olhei logo, pois estava nervoso demais. Eu precisava de privacidade. Precisava que esse Smithy fosse embora. Mas, como ele estava sendo tão prestativo, não tive coragem de dizer isso.

— Olhe só — disse ele. — Vou ser direto. Você não parece nada bem. O que não tem problema. Não é nada de mais. Mas eu estava pensando em pedir uma pizza mais tarde, talvez beber umas cervejas e jogar videogame ou algo do tipo. Não quer me fazer companhia?

Como não respondi, ele continuou:

— Pense na minha proposta. Estou a três metros de você e vou ficar lá a noite toda. Talvez você possa me contar sobre a sua amiga.

Após dar um soquinho amigável no meu braço, Smithy finalmente foi embora, e eu fechei a porta e olhei para a carta em minha mão.

Era de Darcy.

Tínhamos trabalhado juntos na Tire uma Casquinha no verão anterior, quando era propriedade da família DiTullio. Eu servia os sorvetes, enquanto ela encantava os clientes — cuidando do caixa, batendo papo com as mães, flertando descaradamente com qualquer homem que entrasse pela porta — e, como num passe de mágica, enchendo nossa caixinha de gorjetas várias vezes por turno. Quando o movimento ficava fraco, eu ouvia Darcy falar sobre suas esperanças e seus sonhos em relação a trabalhar com crianças com deficiência; sobre como os rapazes com quem ela saía sempre a frustravam e desapontavam; sobre todas as suas aventuras imprudentes e loucas com Jill, e sobre o que mais ela quisesse falar. Eu poderia ficar ouvindo o som de sua voz para sempre.

No final do verão, quando estávamos nos despedindo, ela me beijou na bochecha e pediu o endereço da minha faculdade.

— Para quê? — retorqui.

— Para sermos amigos por correspondência — disse ela. — Nenhum garoto nunca me ouviu do jeito que você me ouve. E eu tenho um palpite de que você escreve *aquela* carta. Deve ter muita coisa para dizer nessa sua cabecinha fofa.

Eu nunca tinha escrito uma carta para ninguém em toda a minha vida, mas, de qualquer maneira, fiz que sim e então — com as mãos encharcadas de suor — anotei o número de telefone de casa para que ela pudesse ligar mais tarde naquela noite e pegar o endereço da faculdade, o que ela fez. Li o endereço de forma clara para ela duas vezes pelo telefone, sem querer acreditar que o usaria, mesmo enquanto o lia de volta para mim a fim de confirmar e com uma magia sedutora que, de alguma forma, fez meu novo endereço soar como uma balada.

Em meu quarto individual no dormitório, olhando para a primeira carta que alguém me escrevera — analisando a caligrafia redondinha e muito feminina de Darcy, escrita com tinta roxa, e tentando interpretar simbolicamente os recortes de revista que ela tinha colado de maneira artística fora do envelope, incluindo um jovem e belo casal se beijando —, senti como se tivesse nas mãos um tipo de relíquia sagrada. Não precisei abrir o envelope para saber que aquilo que estivesse lá dentro iria me salvar, porque eu já tinha sido salvo. Cada osso de meu corpo vibrava lindamente fazendo coro a essa última afirmação.

Por fim, deitei em minha cama minúscula, do tamanho de um caixão, abri o envelope e devorei as palavras de Darcy.

Mais tarde, naquela noite, enfiei a cabeça na porta aberta de Smithy, que, antes de me oferecer uma fatia de pizza gordurosa, disse:

— Lucas! Você veio!

Passei o domingo inteiro respondendo à carta de Darcy. Contei a ela sobre meus pais. Sobre jogar videogame com Smithy, que, sem dúvida, parecia ser o destino personificado. Disse que trabalhar com ela no verão anterior talvez tivesse sido a melhor coisa que me aconteceu; que eu adorava ouvi-la; que ela era muito gentil e ajudaria muitas crianças no futuro, e que eu estava radiante por escrever para ela. Escrevi página após página, deixando-a vislumbrar o que amadurecia dentro de mim havia tanto tempo, dizendo coisas que eu jamais dissera a alguém em toda a minha vida. Comprei uma rosa barata de um vendedor de rua, arranquei todas as pétalas e as deixei secando dentro de um livro. Depois, coloquei-as nas páginas dobradas da carta para que as pétalas vermelhas e perfumadas caíssem em seu colo enquanto ela estivesse lendo. Pedi revistas para várias pessoas — conversando com muitos de meus colegas de dormitório pela primeira vez — e recortei palavras e imagens, que colei nas páginas da carta e no envelope, tentando ser tão criativo quanto Darcy.

Na segunda-feira, comprei selos na loja do campus e colei três no envelope, só para garantir que chegasse até ela. Quando deixei a carta na caixa de correio do pátio, tive uma sensação avassaladoramente calorosa que parecia indicar que minha vida estava prestes a mudar de forma radical.

E eu não estava errado.

Hoje escrevo para você para falar sobre esse sentimento novo e reanimador, até mesmo salvador, que a carta de Darcy me deu no início da faculdade, porque é exatamente assim que estou começando a me sentir sempre que passo um tempo com Eli. Por sorte, isso tem acontecido todos os dias.

Quando ele me dá um sorriso no café da manhã, é como se, metaforicamente, eu tivesse acabado de postar a primeira carta para ele no correio.

Como se eu tivesse posto em movimento algo que não entendo totalmente, mas que vai transformar minha vida de modo intenso e para melhor. Talvez quase de uma forma predestinada.

Cada dia é um recomeço glorioso.

Antes, quando ela ainda falava comigo, Darcy alada dizia que escrever para você era saudável, e acho que ela tem mesmo razão.

Além de Darcy, você é a única pessoa com quem fiquei assim tão próximo no papel.

Sei que você percebe o significado disso.

Karl, Karl, Karl.

Por favor, me escreva de volta.

Algumas palavras encorajadoras poderiam me fazer muito bem — apenas uma frase ou duas. Imagino que não levaria mais de um minuto para rabiscar e postar algumas linhas.
Um esforço mínimo, porém, com efeito máximo.
Tenho certeza de que você já descobriu o envelope autoendereçado e selado que enviei em anexo para sua comodidade, tornando o processo de resposta o mais fácil possível para você. Desculpe por não ter pensado nisso antes. Pode ter parecido falta de consideração, embora eu não tivesse nenhuma intenção de ofendê-lo. Só não pensei nisso antes, provavelmente devido ao estresse pós-traumático. Ou talvez a psique esteja apenas inconscientemente priorizando Eli neste momento, e você — melhor do que ninguém — com certeza pode entender o porquê.

Seu analisando mais fiel,
Lucas.

11

Prezado Karl,

Devo admitir que, no início, não fiquei convencido com o otimismo de Jill após a reunião na biblioteca. Tive uma noite agitada e fiquei rolando na cama. Darcy alada me observou com desaprovação, fincando o cotovelo num travesseiro e apoiando o rosto no punho fechado. "Ó, homem de pouca fé!", sua expressão mal-humorada parecia dizer, mas não consegui me sentir tranquilo e meu sono acabou terrivelmente afetado. Contudo, no dia seguinte — enquanto eu limpava tudo depois do café da manhã —, uma batida soou na porta da frente.

— São eles — disse Eli, que nem por um segundo duvidou da genialidade de nosso plano, nem mesmo quando foi parar no pronto-socorro por conta dele.

— Eles *quem*? — perguntei, esfregando a banha de bacon da frigideira de ferro fundido de Darcy e me perguntando até quanta sobra de gordura seria considerada tempero.

— Quem a gente conseguiu convencer! — respondeu ele, correndo para saber quem estava na varanda da entrada.

Quando Eli abriu a porta, Mark e Tony estavam lá meio sem jeito, vestindo camisas polo pastel, bermuda cáqui, mocassins de couro e suéteres leves de verão que lhes caíam perfeitamente nas costas como capas.

Eli me deu um olhar do tipo "Eu falei", antes de convidar as visitas a entrar e se sentarem no sofá da sala, o que os dois fizeram com o que pode ser melhor descrito como uma hesitação calculada. Mark deve ter convencido Tony de que nos visitar naquela manhã era uma boa ideia, pensei, porque sempre que Tony lançava um olhar de interrogação para Mark, este assentia, como se dissesse "Isso já foi discutido. Nós vamos fazer isso". Ou ele apertava o joelho de Tony.

Eli se afundou na poltrona reclinável, e puxei uma cadeira de madeira da sala de jantar para ficar de frente para nossas visitas. Percebi que eu estava batendo com o pé esquerdo no chão, então me forcei a parar e comecei a alisar o vinco de minha calça de linho. Darce as comprara para nossa viagem ao Havaí, que fizemos no ano anterior a ela ganhar asas. Tenho dormido com essa calça, bastante confortável, desde a tragédia, por isso está tão amassada.

— Foi uma apresentação e tanto que vocês fizeram ontem à noite — disse Mark, agora sorrindo de um jeito amável e confiável. Ele não estava de forma alguma fazendo pouco de nós. Prosseguiu dizendo que, quando eu, Eli e Jill fomos para o hospital, ele e Tony ficaram com o Grupo dos Sobreviventes ajudando a limpar o sangue e a desinfetar a sala de reuniões da biblioteca. Assim que terminaram, os Sobreviventes fizeram outra reunião para discutir os méritos do que eu e Eli havíamos proposto.

— A Sandra fez um grande discurso — observou Mark franzindo as sobrancelhas —, e, para falar a verdade, ela fez o que pôde para refutar tudo o que você expôs. "Nossos recursos emocionais e financeiros poderiam ser mais bem gastos!", ela gritava sem parar. "Mais bem alocados!"

— Mas — disse Tony com uma ponta de raiva na voz — ela foi... *insensível*.

— Especialmente com o Eli em uma ambulância, a caminho do hospital — acrescentou Mark.

— Eu estou bem — disse Eli.

Seguiu-se um silêncio constrangedor.

— Nós dois somos formados em cinema — interveio Tony, nos trazendo de volta ao assunto. — Trabalhamos na indústria por anos, principalmente como produtores, até ganharmos o suficiente para devolver ao Majestic Theater sua glória original.

— Somos uma espécie de profissionais da restauração — disse Mark.

— De prédios *e* pessoas. Embora esta talvez seja a nossa primeira cidade.

— Eu tenho uma câmera digital — acrescentou Tony, nos deixando animados — que uso muito para filmar curtas. Também tenho equipamentos de edição, e nós dois temos amigos que trabalham na indústria cinematográfica da Filadélfia e de Nova York.

— Nós vamos interpretar os papéis principais — disse Eli, inclinando-se para a frente na poltrona com um brilho protetor no olhar. — Eu e o sr. Goodgame também vamos codirigir. Insistimos em manter o controle do roteiro.

— A estreia do filme também tem que ser no Majestic Theater — acrescentei. — Isso é inegociável.

— Claro — disse Mark.

— Esse é o ponto principal — acrescentou Tony. — Por isso estamos aqui sentados com vocês agora.

— Queremos... — começou Mark. — Como foi que você disse ontem à noite?

— Consagrar o espaço? — perguntei.

Mark e Tony fizeram que sim.

Porém, a tensão voltou quando eles insistiram em ler o roteiro antes de se comprometerem. Com nosso destino em jogo, eu e Eli abrimos o PDF no meu notebook e os deixamos sozinhos na sala.

Lá fora, jogamos *frisbee* de um lado para o outro, no espaço entre a barraca e a parte de trás da casa.

Eli estava um pouco inflado — como diriam vocês, junguianos — pela adulação e a atenção dispensadas por Mark e Tony. Eu sei porque ele ficava tentando fazer jogadas mais ousadas, agarrando o disco com a mão atrás das costas e entre as pernas, o que conseguiu fazer em cerca de quarenta por cento das vezes, mas com energia inesgotável, alegria e até arrogância.

— Não se preocupe, sr. Goodgame. Eles vão adorar. Não tem como não gostar.

— Mas será que vão entender?

— Eles disseram que fizeram faculdade de cinema, não disseram? E são donos do histórico Majestic Theater! Se não for eles, quem mais vai entender? — observou Eli, antes de enumerar muitos outros fatos sobre Mark e Tony para provar que eles eram aficionados por cinema e, portanto, nossos iguais na narração de histórias, o que significava que, em termos criativos, todos certamente nos daríamos bem.

Mas então Eli franziu as sobrancelhas e disse:

— Você acha que eles vão considerar o nosso roteiro um pouco *batido*? Quero dizer, todos os filmes de monstro seguem uma fórmula, então não é bem plágio, mas uma homenagem aos tropos amados. Certo?

Ele seguiu falando um pouco sobre o gênero, enumerando cenas específicas, pontos do enredo e temas de filmes de que eu já tinha ouvido falar, tendo até assistido a alguns — como *Drácula*, *O monstro da lagoa negra*, *O lobisomem*, *Frankenstein* e *King Kong* —, e de outros de que eu nunca tinha ouvido falar, como *Godzilla*, *A marca da pantera*, *O homem leopardo* e *O monstro do mar*. As falas de Eli sobre os filmes de monstro são sempre interessantes e animadas por uma paixão imbatível, mas eu estava ficando cada vez mais preocupado que Tony e Mark não entendessem o subtexto da nossa história — que, na primeira leitura, não lhe dava um tapa na cara com letras garrafais, mas sussurrava no segundo plano com autoridade revigorante.

Uma compreensão profunda e completa do que tínhamos escrito com certeza exigia diversas leituras, por várias semanas e talvez até meses. Será que era mesmo possível perceber — em apenas uma leitura apressada — que o filme não tratava simplesmente de "um monstro", mas era uma investigação repleta de nuances da psique ferida de um garoto real? Um garoto que *se sente* um monstro? Será que eles entenderiam a complexidade sutil da figura paterna improvisada que ama o menino monstro apesar de todos os seus defeitos? Será que eles seriam capazes de perceber que esse improvável laço de amor platônico ensina uma cidade inteira a ser humana de novo? Que a cidade está amargurada por uma tragédia que, na realidade, não tem nada a ver com o menino monstro em questão, sobre quem os habitantes projetam todo seu ódio, sua vergonha e sua frustração? Será que Mark e Tony reconheceriam o nível de dificuldade da missão que Darcy alada colocou diretamente sobre meus ombros — o que faz meus ossos ficarem agitados com uma vibração gloriosa?

Eu sabia que me mataria ver Mark e Tony saindo da leitura com emoções contraditórias e anotações para acrescentar cenas quentes de amor ou perseguições de carro, discutir publicidade indireta ou até mesmo sugerir como elevar o nível de talento, sobretudo porque nem eu nem Eli jamais tínhamos atuado oficialmente. Mas, se os então totalmente desconhecidos Ben Affleck e Matt Damon podiam estrelar a produção multimilionária *Gênio indomável*, com certeza eu e Eli poderíamos protagonizar nossa própria produção local, *O Majestoso Príncipe dos Monstros*. Mark e Tony nem eram mais produtores de Hollywood, e por nada neste mundo eu venderia a integridade do nosso filme para os primeiros caipiras locais que baterem à porta. Não, vou aguentar firme! E vou aguentar com dignidade inabalável e um orgulho que transcende a fama, o dinheiro e a aprovação da comunidade cinematográfica local!

Eu realmente fiquei nervoso no quintal jogando *frisbee* e aguardando o destino do roteiro de nosso filme.

Mas então Eli apontou para a casa. Quando me virei, Mark e Tony estavam fazendo joinha com os quatro polegares. Em seguida, todos apertamos as mãos e falamos sobre a montagem do filme, esboçando toda a logística necessária, cuja maior parte eu não sabia nem que existia, tampouco havia considerado.

— Os membros do Grupo dos Sobreviventes vão ter prioridade na escolha dos papéis — disse eu mais uma vez. — Isso é inegociável.

— Claro — respondeu Mark, sorrindo como qualquer pai orgulhoso faria. Em seguida, acrescentou: — Isso vai ser um grande acontecimento para nossa cidade.

— Absolutamente transcendente — ecoou Tony. — A arte vai vencer.

Quando dei por mim, estávamos todos no Cup Of Spoons compartilhando as boas notícias com Jill, que preparou para cada um de nós um sanduíche de bacon, alface e tomate e uma tigela de sopa fria de tomate. Ficamos os quatro lá sentados, comendo, bebendo, sorrindo e conversando sobre o filme quando — no meio da refeição — percebi que tinha me esquecido de examinar o local para verificar se havia alguém olhando para mim ou para Eli. Ao observar Eli, vi que também se esquecera disso, mesmo com a parte de trás da cabeça raspada e com uma enorme bandagem branca no crânio, que chamava tanta atenção quanto uma cauda de papel higiênico saindo das calças de alguém.

Tive certeza de que Jill estava realmente empolgada com o filme quando se recusou a nos cobrar pela refeição, momento em que Mark e Tony lhe disseram que contavam com ela para ser a fornecedora oficial de alimentos e bebidas do filme, que eles chamaram de "serviço de catering". A essa altura, Mark declarou:

— E também vamos pagar bem!

— Bem, pelo menos, a média que costumam pagar por esse serviço — acrescentou Tony.

Quando Eli lhes contou sobre o orçamento que havíamos criado com base nos quatrocentos dólares dele e o dinheiro do seguro de vida que Jill brigara para receber da seguradora depois da suposta morte de Darcy, Mark piscou algumas vezes e disse:

— Vocês realmente não sabem como funciona o mundo do cinema, não é mesmo?

Eu e Eli nos olhamos, admitindo nossa ingenuidade, antes de Tony acrescentar:

— Vocês, rapazes, entram com o talento. Nós cuidamos da produção. O que significa que somos responsáveis por garantir o financiamento e pagar a todos os envolvidos.

— Nós vamos ser pagos? — perguntou Eli.

— Bem, não — respondeu Mark. — Mas não vão precisar tirar um centavo do próprio bolso.

— Em troca de quê? — perguntei, novamente preocupado com a integridade do projeto, querendo permanecer focado na missão.

Tony estendeu a mão por cima da mesa, agarrou a minha e deu um tapinha dizendo:

— Queremos que vocês dois façam o filme exatamente como foi escrito. Queremos fazer isso pelos Sobreviventes. Estamos aqui só para ajudar.

— Como padrinhos mágicos — disse Mark, rindo com vontade, o que fez Tony balançar a cabeça e revirar os olhos. — Falando sério — continuou Mark com muito mais gravidade —, precisamos sim de filmes para assistir juntos, em comunidade. Precisamos rir e chorar na mesma sala, e esta é a maneira perfeita de resgatar nosso espaço sagrado, como você mostrou de um jeito tão eloquente na noite passada, na biblioteca. E precisamos nos curar.

— Nossa, e como precisamos — ecoou Tony.

— Quando começamos a filmar? — perguntou Eli, pondo fim a uma pausa significativa na conversa animada e dando início à discussão dos passos seguintes.

Eu e Eli distribuiríamos cópias impressas de nosso roteiro — cada uma com uma marca-d'água com o nome do destinatário, é claro, para que ninguém violasse nossa propriedade intelectual sem incorrer as devidas consequências legais. Tony e Mark disseram que tinham um contato que começaria a trabalhar no figurino de imediato, incluindo uma nova roupa de monstro que não esquentasse, sendo assim mais segura, que eles prometeram que ficaria exatamente igual à original, que eu e Eli concordamos em deixar temporariamente aos seus cuidados. Eles tinham outro contato que começaria a correr atrás dos acessórios e da ajuda da polícia, pois tínhamos colocado no roteiro muitas viaturas com luzes piscando, sirenes tocando e dezenas de homens fardados. Pedi a eles, nossos produtores, que entrassem em contato com o policial Bobby, explicando-lhes que ele era ex-aluno meu e quase certamente seria solidário com nossa causa. Eles anotaram o nome no celular de Mark e disseram que iriam logo ver isso.

— O que *nós* precisamos fazer? — perguntou Eli, e eles responderam que depois de distribuir os roteiros, precisávamos decorar nossas falas e entrar no personagem, o que parecia bastante fácil, já que tínhamos escrito as falas e criado os personagens do monstro e de sua figura paterna improvável baseados inteiramente em nós mesmos.

— Perfeito — disse Mark, encerrando a reunião, e então todos apertamos as mãos.

No caminho de volta para casa, eu e Eli estávamos praticamente flutuando. Não conseguíamos acreditar em nossa sorte, sobretudo após o desastre que se abatera sobre nós na noite anterior. Porém, quando viramos em minha rua e ouvimos uma mulher gritando a plenos pulmões, sabíamos que nossa sorte havia mudado novamente.

— Se esconda! — gritou Eli, me puxando para trás de um arbusto antes de me levar para o quintal do sr. Underwood, a partir de onde começamos a pular cercas e a andar agachados, tentando nos esgueirar até nossa casa.

Em meu quintal, vimos que a barraca laranja havia sido vandalizada. Meti rápido a chave na porta dos fundos. Eu e Eli entramos discretamente, travamos a porta e rastejamos, ao estilo militar, até a sala de estar. De lá, ouvimos a mulher enlouquecida batendo pesado na porta da frente com os punhos carnudos e gritando coisas como "Você roubou um dos meus filhos, mas não vai roubar dois!" e "Que tipo de psicopata dá abrigo a um adolescente que nem é da própria família?" e "Vou acabar com você nem que seja a última coisa que eu faça!".

— Quem é essa mulher aí fora? — perguntei a Eli.

Ele olhou para mim surpreso.

Quando ele enfim disse que era sua mãe, senti um frio na barriga. Parecia que alguém estava tentando tirar minha alma pelo umbigo de novo, e eu queria que estivéssemos na cozinha para olhar o ponteiro dos minutos do relógio se movendo em um ritmo constante até o lugar onde eu poderia simplesmente desligar e, assim, me libertar da teia pegajosa que vocês, junguianos, chamam de "a deusa negra", por pelo menos mais uma semana.

— O hospital deve ter ligado para ela por causa do seguro-saúde — explicou Eli, o que fazia muito sentido, embora eu me pergunte por que ela levou mais de meio dia para vir a nossa casa, sabendo que o filho tinha sido gravemente ferido.

— Onde é que ela achou que você estava esse tempo todo? — perguntei.

Eli apenas deu de ombros e disse que a mãe não batia bem da cabeça.

Um dos meus vizinhos devia ter chamado a polícia, porque de repente ouvi a voz estrondosa de Bobby lá fora dizendo à sra. Hansen para se acalmar e se afastar da casa, pois não queria ter que usar a força, especialmente depois de tudo o que ela havia sofrido. Mas a mulher continuava berrando, dizendo que não tinha medo dele, perguntando se ele iria atirar nela e falando que era exatamente por isso que todo mundo odiava os policiais hoje em dia.

— Você não sabia mesmo que era minha mãe? — perguntou Eli.

Olhei para ele, sem conseguir fazer meus olhos se ajustarem e focarem seu rosto, ali, deitados um ao lado do outro no tapete da sala. Então Bobby tocou a campainha e disse:

— Sr. Goodgame, você está aí?

Eu e Eli ficamos em silêncio por um tempo até que meu telefone começou a tocar.

Na tela, aparecia: Policial Bobby.

Ele tinha o número do meu celular por conta de todas as vezes que me transportara em sua viatura e também da investigação que a polícia fizera logo após a tragédia do Majestic Theater. Deixei Bobby cair na caixa postal e ele deixou um longo recado, que apaguei depois sem ouvir.

Eu e o garoto ficamos no chão por mais uma meia hora, apenas olhando para o teto, até Eli quebrar o silêncio:

— Sr. Goodgame, posso pedir um favor?

Quando eu disse "claro", ele acrescentou:

— Nunca me conte o que realmente aconteceu na noite em que o meu irmão morreu, certo?

Meu coração disparou e minha garganta se fechou como um punho cerrado. Eu não poderia ter falado nem se minha vida dependesse disso.

— Não quero saber. Tipo, *nunca* — disse Eli, antes de se levantar e sair pela porta dos fundos.

Demorou uns vinte minutos para meus batimentos diminuírem e minha respiração desacelerar.

Quando entrei na cozinha e olhei pela janela da pia, vi que a barraca de Eli estava armada de novo. De alguma forma, eu sabia que ele estava lá dentro, se recuperando do ataque da mãe contra a espécie de santuário que estávamos construindo. E — como alguém que muitas vezes encontra refúgio nas qualidades medicinais da solidão — eu também sabia que era melhor deixá-lo sozinho.

Melhor para Eli.

Melhor para mim.

Melhor para o nosso filme.

Bobby deve ter ido ao Cup Of Spoons, pois logo voltou com Jill, que o deixou entrar em casa e me fez sentar em frente a ele na mesa da sala de jantar. Ele fez muitas perguntas acerca de como Eli viera morar comigo e com Jill. No início, Jill tentou responder a todas por mim, mas Bobby disse que tinha que ouvir minha versão da história, deixando claro que Jill já tinha contado a dela. Quando enfim falei, fui sincero sobre tudo, dizendo a ele exatamente o que já contei a você aqui nestas cartas. Quando terminei de falar, ele disse:

— O garoto tem dezoito anos, então, oficialmente, já é adulto. Mas vou precisar falar com ele. *Sozinho*.

Levamos Bobby até lá fora, pela porta dos fundos, e depois voltamos depressa para a cozinha, para observar pela janela. Nosso policial favorito atravessou o gramado e foi até a barraca, chamando o tempo todo o nome de Eli. Como Eli não respondeu, Bobby se inclinou e abriu lentamente o zíper. Em seguida, se agachou como um receptor de beisebol por cerca de um minuto, antes de desaparecer no tecido laranja.

Jill começou a falar rápido demais, imaginando o que Eli estaria dizendo a Bobby e também me assegurando de que nem ela nem eu tínhamos feito nada errado.

— Pelo contrário! — declarou ela, tentando elevar o seu moral. — Depois do que aconteceu com a Darcy, devíamos ganhar uma medalha por acolher esse garoto.

Enquanto ela continuou falando daquele jeito, seu rosto foi ficando cada vez mais vermelho, e sua voz, mais alta e agitada, a ponto de eu temer que ela fosse até a barraca para expulsar Bobby de nossa propriedade. Então lembrei a Jill que eu o ajudara quando ele tinha a idade de Eli.

— Ele é um dos bons — observei, pretendendo dizer que Bobby realmente parece querer proteger e servir sua comunidade. Dá para ver isso em seus olhos sempre que ele fala com alguém quando está de farda. É quase como se ele estivesse se esforçando ao máximo para dizer "Sim, eu tenho um distintivo e uma arma, mas só vou usá-los para o bem e nunca para fazer você se sentir inferior a outra pessoa".

Bobby saiu da barraca uns vinte minutos depois e veio até nós.

— Sobre o que vocês estavam conversando lá fora? — perguntou Jill em um tom agressivo, que eu sabia que era para me proteger, mas que me fez tremer por Bobby.

— Só precisava ter certeza de que o Eli estava aqui por vontade própria — respondeu Bobby, o que deixou Jill ainda mais irritada e fez ela começar a usar palavras como *ridículo, invasivo* e *humilhante*.

Bobby assimilou com humildade o discurso veemente de Jill, permitindo que ela gastasse toda sua energia enquanto ele assentia e mantinha contato visual com tanta facilidade que daria inveja até ao melhor profissional de saúde mental. Até você, Karl, teria admirado a capacidade do rapaz de cultivar o que você chama de ego objetivo.

Quando Jill terminou de dizer poucas e boas a Bobby, ele afirmou:

— O garoto diz que vocês dois estão salvando a vida dele. — Ele então tirou o quepe de policial e acrescentou: — Tenho que investigar todos os chamados e denúncias, não importa de onde venham. Sabemos que a sra. Hansen está sofrendo e não deve ser fácil quando o único filho que restou não fala com você. Tenho certeza de que vocês entendem.

Isso pareceu acabar com toda a raiva de Jill, que logo mudou de postura e perguntou a Bobby se ele queria um chá gelado, que ele aceitou agradecido.

Sentamos todos na mesa da cozinha e Bobby disse:

— Que história é essa de filme de monstro? E de precisar da participação da polícia?

Pelo visto nossos novos produtores estavam trabalhando bem rápido. Bobby confirmou minha suspeita ao dizer que Mark e Tony lhe deixaram uma mensagem de voz. Bobby já tinha inclusive se comprometido, na barraca, a ajudar Eli.

Sorri como um garotinho com as mãos cheias de doces.

Então Bobby disse que quase todos os policiais da cidade correriam para receber comentários positivos da imprensa — afinal, a comunidade vinha sendo bastante dura com a polícia nos últimos tempos —, especialmente porque Eli garantiu a ele que todo mundo admiraria os homens e as mulheres de farda por não se levarem muito a sério ao participar do primeiro longa-metragem de Majestic.

Quando Bobby disse que estava preocupado em relação a como os policiais locais seriam representados em nosso filme, fiquei surpreso ao saber que Eli lhe contara tanto sobre o enredo. Senti então uma grande necessidade de tranquilizar Bobby, que havia sido tão gentil comigo.

— Ninguém no nosso filme é bom ou mau — falei, e passei a explicar que até mesmo o monstro não é um ou outro, mas *ambos*. Era importante assegurar que Bobby compreendesse que a divisão bom/mau não está presente em nosso universo cinematográfico. Apenas representações verdadeiras de pessoas como um todo, que têm, ao mesmo tempo, um lado de sombra e um lado de luz. Quando ele fez que sim, acrescentei que a história está profundamente enraizada na psicologia junguiana e é uma homenagem a você, Karl. Bem, pelo menos é assim que vejo a minha contribuição. Isso deixa você orgulhoso?

Bobby sorriu educadamente e me agradeceu por ficar longe de sua casa, pois ele não tinha me visto passando por aí nos últimos tempos. Então todos bebericamos o chá gelado em nossos copos suados em silêncio por cerca de um minuto, antes de o policial dizer que precisava continuar a patrulha pelas ruas de Majestic. Pediu licença, colocando o quepe na cabeça.

Jill voltou para o Cup Of Spoons, e eu fui até a barraca, mas não conversei com Eli sobre o que ele havia dito a Bobby, nem mesmo sobre envolvermos toda a força policial local no *Majestoso Príncipe dos Monstros*. Em vez disso, deitei ao lado dele e perguntei:

— Você quer falar sobre sua mãe?

Como ele não respondeu, comecei a falar da minha, contando muitas das coisas que já contei para você na análise e também nestas cartas. Não olhei para o rosto de Eli, pois eu tinha receio de não conseguir continuar falando se fizesse isso, contudo, eu sentia que ele estava ouvindo, absorvendo tudo o que eu tinha a dizer. Havia algo no fundo da minha alma que me garantia que eu estava cuidando do garoto — dizendo exatamente o que ele precisava ouvir naquele momento — e, no fim das contas, fazendo-o se sentir menos sozinho.

Quando terminei, Eli disse:

— Por que elas não nos amam? Nossas mães?

— Você não pode dar o que não tem — respondi, e ficamos ali com a verdade dura dessa afirmação.

Então Eli disse:

— As outras crianças têm mães amorosas. A maioria das pessoas parece ter pelo menos uma mãe decente. Será que só tivemos azar?

Como eu não tinha certeza do que responder, fiquei calado.

— Mamãe costumava obrigar o Jacob a usar vestido e batom quando éramos crianças. Só dentro de casa, onde ninguém mais podia ver. Como castigo — disse Eli, de um jeito que deixou claro que a mãe havia feito algo semelhante com ele. Em seguida, acrescentou: — Eu não sou como o Jacob. — Tive a impressão de que havia uma pergunta escondida nos silêncios entre as palavras.

Respondi a essa pergunta implícita, dizendo:

— Não, você é exatamente o oposto do Jacob. A sombra dele.

Dava para ver que Eli não sabia o que eu queria dizer com sombra, porque ele não teve a vantagem de conversar com você por duas horas, toda a sexta à noite, durante catorze meses. Mas, como ele não pediu uma explicação, também não lhe dei nenhuma.

Por fim, fomos para o escritório de Darcy e começamos a colocar marcas-d'água nos roteiros. Para nossa surpresa, isso levou um bom tempo, pois tivemos que individualizar dezenas de cópias, e meu notebook velho começou a dar pane. Mas essa atividade manteve nossa mente longe de assuntos pesados como mães cruéis e irmãos homicidas. Quando nos demos conta, estávamos reunidos em volta da mesa da sala de jantar devorando um prato de macarrão ao *pesto* que Jill trouxera.

Depois do jantar, percebemos que não tínhamos papel suficiente, então tivemos que esperar até de manhã para comprar mais. Em seguida, ficamos sem tinta. Depois nos demos conta de que precisávamos de envelopes pardos, de modo que ficamos quase dois dias inteiros indo e vindo da papelaria. Quando terminamos tudo, destinamos a cada Sobrevivente um envelope pardo, em que escrevemos o nome de cada um, antes de colocar dentro as páginas com a marca-d'água correspondente.

Você já deve ter recebido uma cópia do roteiro com a marca-d'água com seu nome completo. Não é que eu não confie em você em relação a nossa propriedade intelectual — claro que confio, especialmente considerando tudo o que já lhe contei —, mas não posso demonstrar favoritismo no mundo do cinema, que é muito diferente e fora do nosso *setting* analítico. Ninguém vai poder me acusar de nepotismo, isso eu garanto. Como você ainda não entrou em contato comigo, presumo que até agora não tenha lido o roteiro. Tenho certeza de que isso vai motivá-lo a finalmente escrever para mim. Em particular, porque fui levado pelas Musas a escrever um dos papéis pensando em você. Também tenho certeza de que você saberá qual é quando se decidir a ler o roteiro. (Dica: é o analista junguiano da figura paterna.) Queremos escalar o elenco o mais rápido possível, pois gostaríamos que a estreia acontecesse antes do fim do verão, apenas para acelerar o processo de cura de que a cidade de Majestic tanto precisa.

Espero que você não se importe de eu ter entregado o roteiro em mãos, enfiando-o na abertura do correio na sua porta da frente. Não olhei por suas janelas e nunca mais vou olhar. Prometo. Eu e Eli não queremos arriscar que nosso trabalho seja entregue nos endereços errados ou se extravie. Entregamos em mãos todos os outros roteiros, de forma que você não recebeu tratamento especial, e eu também não usei isso como desculpa para espiá-lo ou algo assustador assim.

Então, se você chamou o policial Bobby por minha causa, não era necessário.

Mas não se preocupe. Eu sou um homem resiliente.

E o melhor da minha alma ainda ama o melhor da sua alma.

A psique continua dizendo: "Vá até Karl. Inclua-o. Liberte-o. Cure-o".

Os analistas também são gente.

Por favor, junte-se a nós.

Seu analisando mais fiel,
Lucas.

12

Prezado Karl,

Vamos falar primeiro das más notícias, para depois falarmos das boas?

Bobby trouxe seu envelope pardo de volta para mim e para Eli, dizendo que eu não deveria ter chegado tão perto de sua casa, embora, nas últimas semanas, eu não tenha espiado dentro das janelas, respeitando sua privacidade. Expliquei isso a Bobby, que, por sua vez, respondeu que não importava. Eli até tentou argumentar que entregara sozinho o seu roteiro e minha última carta, o que não era de forma alguma ilegal, pois não havia qualquer ordem de restrição ou algo parecido em relação ao garoto. Porém, Bobby disse que havia um vídeo mostrando os *dois*, eu e Eli, parados na varanda da entrada, e eu enfiando o envelope pardo na abertura do correio.

Quando você instalou câmeras na sua casa? E por quê?

Não vi uma câmera, mas Eli diz que hoje em dia elas são tão pequenas que talvez houvesse uma na campainha, que, segundo ele, passaria facilmente despercebida, em particular porque não estávamos olhando.

Não sei por que, nos últimos tempos, você tem tanto medo de mim — eu nunca lhe faria mal —, porém, mais uma vez, concordei em "ficar longe da propriedade". Jurei isso repetidas vezes para Bobby, que alega que pode ter muitos problemas se eu continuar "infringindo a lei", porque ele, do fundo do coração, não quer me prender. Jill enfatizou a gravidade da ameaça para a carreira de Bobby, e é por isso que vou enviar esta carta — com sua cópia original do roteiro — pelo correio.

Como você verá, o elenco está quase completo, só falta preencher o papel do analista, que estou guardando provisoriamente para você, caso você caia em si. Isaiah, no entanto, se ofereceu, com toda a gentileza, para ser seu substituto. Ele leu suas falas na primeira mesa de leitura e — ouso dizer — está bastante convincente como analista junguiano. Deve ser graças a todo seu treinamento religioso e a sua conexão pessoal com o numinoso.

Jill interpretou o papel que escrevemos para Sandra, que, reconheço, é meio fraco. Nós a colocamos como prefeita de Majestic, tentando apelar para o ego de Sandra, mas o personagem só diz coisas como "Vale a pena salvar esta cidade!" e "Deus salve Majestic!", quando todo mundo ainda pensa que o monstro é mau, e "Vocês são os verdadeiros filhos de Majestic", no final, quando coloca medalhas no pescoço do menino monstro e de sua figura paterna durante a cerimônia de homenagem. Jill realmente não é metida o bastante para o papel, mas deu tudo de si na leitura. O nome do personagem da prefeita é Sara.

A primeira parte da má notícia é que você tem um forte concorrente. Mesmo depois de apenas um único ensaio, os outros atores — incluindo eu e Eli — se acostumaram com Isaiah interpretando o analista junguiano, cujo nome é Carl com C em vez de K, a propósito. Isaiah agora tem algum esforço reconhecido, mas ainda há uma chance de você aparecer e pegar o papel, se agir rápido. Talvez você queira usar um dos números de telefone listados na última página do roteiro. Pode falar com Mark ou Tony, os produtores, se preferir, em vez de com os colegas atores ou diretores.

Mas você não vai querer perder essa chance única de interpretar um papel escrito especificamente para você e, ao mesmo tempo, ajudar a curar sua comunidade traumatizada. Até aqui, o resto dos Sobreviventes parece estar tirando algo de proveitoso do projeto. Essa sensação boa com certeza vai se multiplicar assim que colocarmos o figurino e a maquiagem e começarmos a filmar.

Você nunca quis ver seu rosto lá na tela grande do Majestic Theater, lindamente emoldurado pelas cortinas vermelhas entreabertas?

Tique-taque, Karl. Tique-taque.

A segunda parte da má notícia é que não vejo Darce alada há alguns dias. Na primeira noite em que ela não veio voando pela janela — fico triste em admitir —, eu nem percebi. Foi depois da primeira leitura, sobre a qual vou lhe contar mais para a frente. Depois disso, Mark e Tony se encontraram comigo e com Eli na nossa sala de estar para discutir possíveis trocas de papéis de última hora e para ajustar o roteiro quando necessário, depois de ouvir todos dizendo as falas em voz alta. Não acreditei quando Tony disse que eram quase três da manhã e ainda nem havíamos terminado tudo o que planejáramos fazer. Concordamos em continuar pela manhã, durante o café da manhã, no Cup Of Spoons. Em seguida, subi as escadas para meu quarto. No segundo em que meu rosto bateu no travesseiro, apaguei. Só na manhã seguinte percebi que não tinha visto Darcy alada na noite anterior e então comecei a sentir um vazio por dentro.

Eu disse a mim mesmo que *talvez* minha esposa estivesse lá no canto quando fui para a cama, só que eu estava exausto demais para notar sua presença. Como ela queria muito que eu fizesse o filme com Eli, sabia que ela seria compreensiva, então não dei importância e considerei o ocorrido um obstáculo estranho em nosso relacionamento numinoso saudável. Mas Darce não apareceu nas noites seguintes, e agora estou começando a me preocupar que talvez ela não tenha conseguido mais resistir e tenha voado em direção à luz. Tenho certeza de que ela não iria embora sem se despedir, mas admito que também estou um pouco apavorado com essa possibilidade. Acho que anjos não podem se machucar, nem adoecer, nem — Deus me livre — morrer aqui na Terra. Mas um dia o diabo também não foi um anjo? E veja o que aconteceu com ele!

Tenho dito a mim mesmo que talvez Darcy alada esteja me testando ou me preparando para ficar longe dela, pois, desde o início, sei que não vai poder ficar comigo aqui na Terra para sempre.

Talvez ela apareça esta noite e tudo fique bem?

Vamos esperar que isso aconteça, certo?

Continuando...

Todos os membros originais do Grupo dos Sobreviventes — exceto você e mais você sabe quem — concordaram de imediato em participar do filme. Porém, DeSean Priest disse que não queria interpretar o médico que — tenta criar um medicamento para curar o câncer em estágio quatro da filha — acaba criando sem querer resíduos radioativos verde-neon, dos quais tenta se livrar atirando-os em um bueiro, sem saber que um adolescente tem usado a rede de esgoto subterrânea da cidade como esconderijo secreto, onde também cria rolinhas para homenagear o irmão falecido, um grande fã de pássaros. Os resíduos radioativos combinam o DNA encontrado nas plumas com o DNA de nosso jovem herói Earl, o que faz brotar, de forma espontânea, penas em cada centímetro de sua pele e acaba por transformá-lo no Poderoso Homem Enlutado.

Como DeSean é o pediatra da cidade, ele teme que ser visto na tela fazendo experimentos com substâncias não aprovadas pela FDA — mesmo sob o véu da ficção — envie a mensagem errada a seus pacientes. Eu e Eli tentamos dissuadi-lo, contudo ele não cedeu e acabou convencendo Ernie Baum — o açougueiro local favorito de todos — a trocar de papel com ele. Tínhamos escalado Ernie para viver um açougueiro chamado Eddie, achando que ele poderia trazer mais realismo ao papel. Todavia, Ernie gostou da ideia de interpretar um "cientista maluco" e até trouxe uma cópia de *Frankenstein*, de Mary Shelley, para a mesa de leitura. Robin Withers tinha lhe dado o clássico quando ele foi à biblioteca pedir algo que o ajudasse a se preparar para o filme. Ernie prometeu treinar DeSean na fina arte do ofício de açougueiro, para que sua cena de luta com facas parecesse realista. Contra nossa vontade, permitimos a troca. Para ser honesto, eu e Eli não gostamos muito de ter nossa atribuição de papéis questionada, mas, quando vimos a energia que os recém-apaziguados Ernie e DeSean trouxeram para a mesa de leitura, soubemos que tínhamos feito a coisa certa. Às vezes, é preciso dobrar para não quebrar, como dizem por aí.

A mesa de leitura nos trouxe de volta à sala de conferências da biblioteca, só que desta vez foi Eli quem fez o discurso. Depois de dizer "revelação total", ele explicou que oficialmente nosso filme era seu projeto final do ensino médio, que precisava entregar para se formar. Disse que não havia participado da cerimônia de formatura com sua turma por motivos óbvios — o que significava que ninguém o queria lá. Percebi que todos os Sobreviventes se sentiram um pouco mal com aquilo, o que serviu de motivação extra para o que estávamos prestes a começar.

Eli disse que esperava enviar a versão final do nosso filme de monstro para algumas faculdades de cinema, a fim de ser admitido para o semestre de inverno nos Estados Unidos. Seu objetivo era deixar Majestic até janeiro.

Eu não sabia disso.

Ele estava com as mãos enfiadas nos bolsos da bermuda e a voz trêmula. Houve muitos "tipo" e "hã" espalhados por toda a sua fala, mas ninguém realmente se importou com isso.

O número de vezes que as pessoas olharam para mim, no entanto, foi desconcertante. Eu estava bem à direita de Eli, e todos estávamos sentados em um grande círculo, então, a princípio, pensei que o meu ângulo de visão estivesse me enganando e todos estivessem olhando para Eli, pois era ele quem estava falando. Mas quanto mais observava, mais eu percebia que as pessoas olhavam para mim e sorriam como se estivessem orgulhosas deste seu amigo, mas eu não conseguia entender por quê.

Quando todos pensaram que Eli havia acabado, a sala aplaudiu o garoto educadamente, mas, na verdade, ainda tinha mais.

Sobre o som das palmas, Eli deixou escapar:

— Eu não sou como o meu irmão Jacob.

O que fez todos pararem de aplaudir.

Houve um silêncio profundo.

Acho que Eli não pretendia dizer essas últimas oito palavras em voz alta, pois olhou para mim com um pânico renovado e, em seguida, irrompeu em lágrimas, antes de sair correndo da sala. Isaiah pulou instintivamente de seu assento, mas eu já estava correndo atrás do garoto e levantei a mão no ar, querendo dizer "Deixa comigo".

Segui Eli da biblioteca até a floresta que ficava além do estacionamento. Quando, por fim, o alcancei, ele tinha pegado um galho caído e estava batendo com ele em um carvalho, usando as duas mãos para balançar o ramo morto para a frente e para trás como um taco de beisebol gigante.

Ele gritava que sabia sobre as armas e deveria ter contado para alguém, e agora todas aquelas pessoas estavam ali sorrindo e ajudando. E que poderia ter evitado a tragédia se tivesse dito alguma coisa a alguém sobre a coleção cada vez maior de armas e munições do irmão e sobre Jacob ter ficado cada vez mais perverso; falando coisas perturbadoras; ouvindo música deprimente;

passando muito tempo na floresta a cerca de uma hora de Majestic, caçando animais ilegalmente; juntando uma coleção crescente de crânios de guaxinim e raposa; sempre se gabando de como havia se tornado um bom atirador, até mesmo dizendo que "poderia tirar uma vida sem sentir nada" e...

Quando Eli realmente começou a perder o controle, envolvi-o em meus braços, obrigando-o a largar o galho, que caiu com um baque no chão da floresta. Em seguida, eu disse:

— Você não é o seu irmão. Você não fez nada de errado.

— Mas eu podia ter dito alguma coisa! Eu devia ter chamado a polícia! Como posso pedir àquelas pessoas que me ajudem agora?

Enquanto suas lágrimas e seu ranho molhavam meu peito, eu lhe disse que não estávamos pedindo nada. Não, estávamos dando a elas a oportunidade de fazer parte de uma iniciativa artística, que oferecia a possibilidade de comunhão, cura e superação.

— Elas querem estar aqui — falei, com as mãos nos ombros dele e olhando em seus olhos. — Eu quero estar aqui. Você sabe o que aconteceu com a minha esposa. E eu ainda estou aqui. *Eu estou aqui.*

— Por quê? — perguntou ele.

— Bem, eu sempre quis protagonizar um filme de monstro — respondi, tentando desanuviar o clima. — E esta pode ser minha única chance.

Eli se soltou de mim e começou a chutar paus e pedras.

— Agora todo mundo vai achar que não sou profissional. Ninguém quer trabalhar com um diretor que fica dando chilique.

— Você está brincando? Os melhores diretores são todos emocionalmente instáveis.

Ele sorriu e enumerou uma série de diretores de cinema que surtaram durante as filmagens de algum filme, dizendo que me enviaria vídeos do YouTube mais tarde, naquela noite, o que ele fez.

Eu o ajudei a se limpar o melhor que pudemos no banheiro da biblioteca, e ficamos surpresos ao ver que Bobby e dois de seus colegas haviam se juntado ao círculo de leitura, enquanto Eli tinha seu primeiro ataque oficial como diretor, estando, portanto, no caminho para se tornar um diretor autoral.

— Todo mundo lá na delegacia adorou o roteiro — disse Bobby quando entramos na sala —, mas só podemos dispensar três policiais para esta leitura. Vocês vão ter toda a força policial de Majestic quando as câmeras começarem a rodar. É uma promessa.

Então Bobby piscou para mim, o que era estranho, pois eu acreditava que ele iria mesmo trazer a força toda para as filmagens.

Para não perder o embalo, Mark disse que — como produtor — ele precisava começar a leitura, porque havia babás sendo pagas por hora e as pessoas tinham empregos de verdade aonde deveriam estar de manhã.

Eu e Eli tomamos nossos lugares, entrando no muito mais seguro mundo ficcional dos filmes de monstro. Houve o esperado nervosismo da primeira leitura, mas todos realmente entraram em seus papéis, e sempre que Eli levantava os olhos depois de interpretar suas falas, todos os adultos da sala assentiam e vibravam com os punhos no ar, o que deixou o garoto todo orgulhoso.

A soma de tudo isso fez minhas entranhas queimarem até incinerar todos os pensamentos sombrios que estavam transformando partes secretas de mim em escuridão, desde que você devolveu o seu roteiro e que Darcy alada parou de voar através da janela do quarto todas as noites.

Nos últimos tempos, estou precisando muito de estabilidade.

Se alguma vez você chegar a ler o roteiro, que enviei novamente para sua casa, verá que a figura paterna do monstro se chama Louis, que — para manter-se equilibrado — precisa falar com seu analista uma vez por semana e, portanto, sua sanidade mental se deteriora rapidamente quando Carl é sequestrado pelo Homem Enlutado cheio de penas, que o obriga a ouvir todas as loucas divagações do menino monstro induzidas pela radioatividade. Mas, em uma reviravolta surpresa no segundo ato, Carl ajuda o Homem Enlutado a perceber que, na verdade, ele não é o monstro que pensa ser. Ele faz isso ouvindo e respondendo quando necessário, dizendo uma palavra gentil aqui e ali, bem como dando ao Homem Enlutado uma lente junguiana através da qual ele pode ver e começar a entender seu novo mundo estranhamente fraturado. Então o menino pássaro e Carl resgatam Louis de sua loucura, e tudo acaba bem.

Claro, o texto não é assim tão detalhado. A maior parte do que foi dito no parágrafo anterior é subtexto, que você com certeza entenderá quando finalmente ler o roteiro.

Vai ser um filme fantástico.
O público vai adorar.
E espere até ler a surpresa do terceiro ato.
Não vai sobrar um olho seco no cinema.
Você não vai querer perder isso.

Seu analisando mais fiel,
Lucas.

13

Prezado Karl,

Embora Darce tenha se transformado em anjo no começo de dezembro, de qualquer forma comprei e embrulhei presentes de Natal para ela. A maior parte de minhas compras natalinas já havia sido concluída quando Jacob Hansen abriu fogo contra todos os que estávamos no Majestic Theater naquela noite fatídica. Mas, em uma de minhas muitas e longas caminhadas após a tragédia de dezembro, quando eu percorria uns trinta quilômetros por dia indo de velório a velório, passei pela Majestic Books e, bem ali na janela, estava o presente perfeito para minha esposa.

Entrei e disse a Maggie Stevens que eu tinha que dar aquilo para Darce, e ela então o colocou em um saco de papel, me entregou e disse:

— Não precisa pagar.

Eu, claro, tirei dinheiro e o estendi para ela, mas ela acenou com as mãos e ficou dizendo "Não posso aceitar o seu dinheiro, Lucas" e "Feliz Natal" e "Obrigada pelo que você fez" e até "Você é um herói".

Essa última frase foi como se ela tivesse enfiado uma faca bem pontuda no meu pescoço, então dei meia-volta, saí da loja e — voltando para casa, na expectativa de embrulhar o presente de Darcy alada antes que ela o visse — comecei a engolir em seco repetidas vezes, em uma tentativa desesperada de fazer aquele sentimento horrível desaparecer.

Como em todas as outras noites naquela época, Darce alada me visitou na véspera de Natal. Eu tinha todos os seus presentes dispostos em uma piramidezinha no canto do nosso quarto, onde ela com frequência velava por mim enquanto eu tentava dormir durante a noite. Cada caixa de presente estava embrulhada em papel branco e amarrada com laços dourados. Quando entrou voando pela janela, Darce olhou para sua pirâmide de presentes e sorriu com tristeza. Então me contou que anjos não tinham permissão para aceitar presentes de seres humanos, mesmo que o anjo em questão tivesse sido casado em vida com quem estava dando o presente.

Argumentei com ela, dizendo:

— Que mal que isso pode fazer?

Porém, ela ficou balançando a cabeça. Eu não queria acreditar, sobretudo depois de todo o trabalho que tive fazendo os embrulhos, até mesmo medindo todas as caixas com uma régua e fazendo todos os cortes e dobras necessários. Aquela pirâmide de presentes poderia aparecer em qualquer revista cara e glamorosa ou em qualquer vitrine chique de Manhattan — era o presente perfeito.

— Dê para a Jill — disse Darce alada.

Quando olhei em seus olhos, eles pareciam dizer: "Jill desistiu da viagem para ver os pais no Natal, na Carolina do Norte, só para você não ficar sozinho. Ela está cuidando de você, como uma melhor amiga deveria fazer. Até mesmo mantendo sua mãe longe. Não a deixe acordar sem presentes na manhã de Natal".

Perguntei se poderíamos pelo menos abrir um deles juntos. Talvez o menor. Então, puxei com suavidade um quadrado branco achatado — aquele que Maggie havia me dado na Majestic Books — do meio da pirâmide.

— Aqui — falei. — Ganhei este presente de graça.

Darcy alada franziu as sobrancelhas, mas, mesmo assim, desembrulhei para ela, revelando um calendário de gatos angelicais, com doze gatos diferentes vestidos como anjos — um para cada mês do ano seguinte. Dei uma olhada em todas as figuras, que retratam harpas, auréolas, nuvens, grandes pares de asas com penas e, claro, gatos. Fomos obrigados a sacrificar Justin, o adorado gato malhado e velhinho de Darcy, no verão passado. Como ela ainda não havia se recuperado emocionalmente para acolher um novo gatinho, pensei que o calendário fosse o substituto perfeito. Minha esposa sorriu com a imagem de cada mês, mas havia algo novo e talvez até estranho em seu rosto. Percebi que ela provavelmente não precisava mais de calendários terrestres — menos ainda de animais de estimação — e, portanto, estava fazendo a minha vontade só para que eu não me sentisse mal em relação a meus pensamentos e motivos humanos tolos e à necessidade de que as pessoas gostem dos presentes que eu lhes dê.

— Vou pendurar na cozinha — falei, por fim, tentando manter minha dignidade. — Vai me lembrar de você. Você sempre amou um calendário fofo com animaizinhos.

Quando ela abriu suas asas gigantescas, entrei nelas, e ela me envolveu apertado como a um recém-nascido.

Jill já havia posto música natalina para tocar quando acordei tarde na manhã seguinte e segui o cheiro de café escada abaixo até a sala de estar. De alguma forma, ela conseguira montar e decorar uma pequena árvore, que com certeza não estava ali na noite anterior, pois eu tinha dito a Jill várias vezes que não queria comemorar o nascimento de Cristo naquele ano de um jeito muito extravagante. Enquanto eu estava ali no meio da escada, assimilando a nova atmosfera festiva, Jill saiu da cozinha e me observou com atenção, como se eu pudesse ter um acesso de raiva. E fiquei tentado a ter, porque eu não queria nada daquilo. Mas então lembrei do que Darce alada dissera na noite anterior e, em vez de gritar com Jill e jogar a arvorezinha de Natal porta afora, voltei para meu quarto e comecei a transportar a pirâmide de presentes pelas escadas. Coloquei cada um ao redor da árvore, fazendo um círculo completo de embrulhos, e Jill disse:

— Não comprei nada para você, a não ser a árvore.

Expliquei que os havia comprado para Darcy, que certamente gostaria que sua melhor amiga ficasse com eles.

Jill mordeu o lábio, virou de costas e foi para o lavabo. Quando retornou, uns vinte minutos depois, me serviu o café da manhã como almoço, porque já era meio-dia. Tinha preparado salsicha e waffles, que cobriu com açúcar de confeiteiro, morangos e creme de leite. Eu não estava com muita fome, mas comi o máximo que pude. Não porque estivesse delicioso — com certeza estava —, mas porque percebi que esse era o presente de Natal de

Jill para mim e lembrei de como foi horrível quando Darcy alada rejeitou o meu.

Enquanto Jill limpava a cozinha, liguei para minha mãe, só para me livrar logo disso. Ela não perguntou o que eu estava fazendo em meu primeiro Natal sem Darcy. Na verdade, não me fez uma única pergunta. Em vez disso, falou sobre como seu condomínio fechado à beira-mar estava encantador com todos os barcos iluminados para a véspera de Natal. Continuou falando sem parar sobre o conjunto de pulseira de diamantes "de tirar o fôlego" e brincos de "muitos quilates" que seu namorado, Harvey, tinha comprado para ela. Em seguida, falou de como eles estavam se divertindo com o filho e os netos de Harvey. Aparentemente, eles estavam indo para um passeio, ao pôr do sol, no barco de pesca de Harvey. Depois de uns quinze minutos, mamãe disse que tinha de voltar para a festa, antes de acrescentar que era uma pena eu não ter ido para lá, pois o filho de Harvey, Hunter, era um ser humano notável e um homem com quem talvez eu até pudesse aprender uma ou duas coisas.

— Feliz Natal, mãe — falei, e desliguei o telefone.

Na sala, consegui convencer Jill a abrir a maior parte dos presentes de Darcy, o que ela fez com relutância. Jill disse que usaria a jaqueta de couro que comprei, mas os sapatos combinando eram muito pequenos. Eu lhe disse que, por sorte, tinha guardado todas as notas fiscais. Ela confirmou que os cremes para rosto e para mãos poderiam ser bem aproveitados com os sais e as bombas efervescentes de banho e o vale-presente para uma massagem no Majestic Zen. Havia também os presentes menores, como giletes cor-de-rosa, espuma para depilação e um pacote tamanho família de doces, que Darcy adorava comer assistindo a um filme. Mas então Jill abriu a caixinha com o cartão-presente de plástico que dava direito a frequentar o Majestic Theater por um ano inteiro, o que a fez ficar pálida e perguntar por que eu tinha embrulhado aquilo. Deu para ver que ela ficou muito incomodada; seus olhos estavam arregalados e todo seu corpo começou a tremer.

— Para quando reabrirem o Majestic — expliquei.

Darcy adorava ir ao cinema. Íamos praticamente todo fim de semana. O dinheiro e o vale-cinema que gastávamos sempre valeram a pena.

Todo Natal, dávamos vales-cinema um ao outro. Era uma tradição. Jill também ama cinema. Foi mil vezes comigo e com Darce ao Majestic. Talvez mais. Então eu sabia que ela usaria o vale, mesmo que não apreciasse a pintura do teto da grande sala de exibição do Majestic Theater tanto quanto eu e Darcy. Estranhamente, isso me faz pensar que há algum detalhe sobre o Majestic de que não estou me lembrando, algo importante e talvez até divino.

Jill ficou ali sentada tremendo, com o vale-cinema nas mãos e a boca aberta.

Comecei a perceber que, de alguma forma, eu tinha estragado o Natal dela, mas não sabia bem como nem por quê. Ela realmente achava que Mark e Tony iriam demolir um prédio histórico só porque houve uma tragédia? Cancelar os filmes e perder um espaço tão sagrado seria nos punir duas vezes. Não fazia o menor sentido. Mas a expressão no rosto de Jill deixou claro que ela nunca entenderia a lógica daquele meu raciocínio. E, por alguma razão, essa constatação me deixou com muita raiva.

Eu me levantei, peguei meu casaco e saí pela porta da frente.

Enfiei as mãos fundo nos bolsos e andei tão rápido que estava praticamente correndo. Todas as luzes e decorações de Natal se embaralhavam na minha visão periférica, criando fluxos ininterruptos e intensos de contentamento elétrico que não consegui encontrar uma maneira de metabolizar. Eu me sentia como um homem faminto separado por um vidro inquebrável de um banquete fumegante e suculento magistralmente disposto em uma grande mesa. Eu poderia socar, chutar e dar cabeçadas naquele vidro quanto quisesse, mas nunca teria permissão para provar a comida do outro lado. Eu só tinha permissão para olhar e babar.

Bati com força em sua porta, Karl, mas, é claro, você não atendeu. Também passei várias vezes pela casa dos Hansen.

Não sei quantos quilômetros percorri naquele dia, mas, quando Bobby encostou sua viatura ao meu lado, o sol já tinha se posto havia muito tempo.

— Está agradável e quentinho aqui, sr. Goodgame — disse ele depois de abaixar o vidro. — Entre.

Naquele momento, minhas orelhas tinham virado pedras de gelo e eu estava começando a ficar preocupado com os efeitos mais permanentes do congelamento de tecidos, então obedeci sem protestar.

Enquanto ele me levava para casa, eu não conseguia parar de tremer, e, a certa altura, Bobby estendeu o braço e colocou a mão no meu ombro esquerdo. Eu não tinha certeza se ele estava tentando me aquecer ou se estava apenas tentando dizer que iria ficar tudo bem. De qualquer forma, cruzei o braço direito à frente do peito e coloquei a mão em cima da dele. Acho que eu estava tentando dizer "obrigado". Acabamos fazendo o resto do caminho para casa naquela posição.

Quando paramos em minha porta, perguntei a Bobby se ele queria entrar para tomar um café, mas ele falou que tinha de voltar para casa, para sua família, e só aí percebi que ele estava de folga e apenas fazendo um favor para Jill. Eu não queria mais atrapalhar seu feriado, então fiz que sim e fui para casa. Bobby esperou que eu entrasse para engatar a marcha de novo, e acenamos um para o outro enquanto ele ia embora.

Não havia mais música de Natal tocando e o papel de embrulho que havíamos deixado no chão da sala já tinha sido jogado fora. O círculo de presentes também tinha desaparecido, e eu nunca mais os vi, então não sei ao certo o que aconteceu com eles. Encontrei Jill sentada à mesa da cozinha transferindo as datas importantes que eu e Darce tentávamos lembrar todos os anos — aniversários e aniversários de casamento, datas de troca dos filtros do aquecimento e do ar-condicionado — do calendário dos cachorros salva-vidas, do ano anterior, para o calendário dos gatos angelicais, do novo ano. Foi estranho, porque não me lembrava de ter trazido o calendário dos gatos do quarto, o que provavelmente significava que Jill entrara em meu espaço privado enquanto eu estava fora e o encontrara. Eu não lhe dei permissão para fazer isso. Também não lhe dei permissão para transferir as datas. E minha pele começou a formigar, como às vezes acontece quando alguém toca em algo meu sem minha permissão.

— O que você está fazendo? — perguntei quando ficou óbvio que ela não iria tirar os olhos da tarefa que estava realizando.

Como ela não respondeu, subi para o quarto e fiquei lá a noite toda. Mais tarde, quando chegou, Darce alada me disse para ter paciência com Jill, pois ela havia passado por um grande choque e não tinha um anjo para guiá-la no período confuso que se seguiu à tragédia, o que fazia sentido. Na manhã seguinte, a árvore de Natal da sala tinha sumido e tudo voltou ao normal entre mim e Jill. Bem, até irmos para Maryland, no final da primavera, mas já falei sobre isso.

Eis a razão por que lhe contei essa história de Natal: para explicar como Eli soube que o aniversário de Jill era no início de julho. Foi o calendário dos gatos angelicais pendurado na cozinha que lhe deu a dica. Depois que ele virou a folha de junho, com um gatinho malhado e alado tocando harpa, para a folha de julho, com um gato adulto alado de smoking voando nas nuvens iluminadas pelo sol, Eli disse:

— Você sabia que o aniversário da Jill é na semana que vem? Sete de julho.

Quando eu disse que sabia, mas tinha esquecido, Eli acrescentou:

— Você tem que fazer alguma coisa para ela.

— *Eu?* — indaguei. — Você não quer dizer *nós?*

— Olhe só — disse Eli, balançando a cabeça —, Jill está sempre cozinhando para nós e para todo mundo em Majestic, então por que você não vai com ela a um bom restaurante na cidade ou algo assim? Ela merece uma noite de folga. Vamos deixar alguém cozinhar para ela, para variar.

— Você não quer vir junto? — perguntei, e ele perguntou de volta o que exatamente estava acontecendo entre mim e Jill, ao que respondi que éramos bons amigos havia muitos anos. Então contei que eu, Jill e Darcy tínhamos frequentado a mesma escola que ele, onde eu e Eli nos conhecemos, quando eu costumava ajudar adolescentes problemáticos.

Eli não pareceu se importar que todos tivéssemos a mesma *alma mater*. Em vez disso, começou a fazer um discurso sobre tudo o que Jill estava fazendo por nós dois, salientando que ela sozinha cozinhava, limpava, lavava roupa e agora fornecia o catering para a produção do nosso filme de monstro, além de ter um emprego em tempo integral.

— Então — disse Eli com determinação —, no aniversário dela, você vai levar a Jill para jantar num lugar bonito e chique.

Quando dei por mim, já estava vestido com uma calça cáqui e uma camisa social e sentado no banco do carona da caminhonete de Jill, que seguiu em direção a Center City, na Filadélfia. Jill usava um vestido de verão branco que deixava à mostra suas pernas bem torneadas, sandálias de couro que realçavam as unhas recém-pintadas e grandes e compridos brincos dourados que balançavam através das duas metades de cabelo louro que emolduravam seu rosto, que ela maquiara especialmente para a nossa noite.

Estacionamos em uma garagem perto da Rittenhouse Square e depois caminhamos até um restaurante chamado 215, que Eli havia encontrado na internet, dizendo que era "o novo lugar da moda".

Quando entramos, Jill disse à recepcionista que tínhamos uma reserva em nome de "Majestic Films Incorporated", pois Eli havia lhes informado nossa conta corporativa e até mesmo nosso cartão de crédito corporativo, que Mark nos dera para ocasiões como aquela.

— Por aqui — disse a moça, nos conduzindo a uma das melhores mesas, no canto, onde teríamos privacidade. Depois de nos dar o cardápio, ela disse: — Não é sempre que temos gente de Hollywood aqui. — E piscou para Jill, embora eu não saiba muito bem por quê.

Era um restaurante de *tapas*, onde era normal pedir muitos pratos pequenos, o que Jill fez por nós dois, e pouco depois a comida começou a chegar e não parou por mais de uma hora. Jill estava no céu e ficava dizendo "Dá para imaginar como isso é *bom*?". Ela fez tantas perguntas específicas sobre a comida aos garçons que o chef acabou por aparecer e lhe ofereceu uma visita à cozinha, o que ela aceitou com alegria. Dava para ver que esse chef, uns dez anos mais novo do que nós, gostou de Jill, porque ficava olhando para o traseiro da minha amiga sempre que os olhos dela estavam focados em uma das muitas panelas fervendo, das frigideiras chiando ou dos tabuleiros assando nos grandes fornos prateados. Ele também ficava tocando de leve nos braços de Jill enquanto a levava de um lado para o outro mostrando seu espaço de trabalho e, em nenhum momento, fez contato visual comigo. Eu os seguia como um apêndice fantasma. Comecei a ter uma sensação estranha na boca do estômago — parecia que eu tinha engolido uma bola de fogo — e então fiquei um pouco chateado com Jill, embora não soubesse bem por quê.

Depois que pagamos a conta, Jill perguntou se poderíamos dar uma volta pela cidade. Era uma noite quente, mas não quente demais. Apenas o suficiente para fazer a pele se sentir viva, e os pulmões, um pouco pesados com o ar úmido da cidade.

No Rittenhouse Square Park, sentamos em um banco, e Jill disse:

— Quarenta e nove. Como o tempo passou rápido.

Quando dei de ombros, ela acrescentou:

— Queria que a Darcy estivesse aqui.

Ela pegou minha mão e a segurou em seu colo. Quando lhe lancei um olhar de interrogação, ela disse:

— Está tudo bem.

Então ficou observando as pessoas passando enquanto acariciava delicadamente a parte interna de meu pulso. Quase fez cócegas, mas achei seu toque hipnotizante. Fiquei sentado ali, incapaz de mover um músculo pelo que pareceu meia hora.

Jill se virou e olhou nos meus olhos por um longo instante antes de dizer:

— Eu e você, Lucas, vamos ficar bem. O Eli também vai. Você entende isso, não entende? Porque é isso que quero para o meu aniversário, que você saiba que nós três vamos ficar bem.

Como eu não disse nada, ela beijou minha bochecha direita e me levou pela mão para o estacionamento.

No caminho de volta — de novo sentado no banco do carona da caminhonete de Jill —, eu estava suando e me sentindo repugnante. Parecia que eu tinha cometido um crime, quando tudo o que eu tinha feito era seguir as instruções de Eli, levando nossa Jill para jantar fora em seu aniversário de quarenta e nove anos, agradecendo-lhe por tudo o que fizera por mim e por Eli, mostrando que ela era estimada.

Mas a noite não me pareceu certa.

Quando Jill estacionou a caminhonete na entrada de nossa garagem, a barraca de Eli estava novamente brilhando como uma abóbora de Halloween. Fiquei contente por ele não ter saído para ver como nossa noite tinha corrido.

Já dentro de casa, Jill ficou olhando para mim por um bom tempo enquanto estávamos no nosso minúsculo hall de entrada, antes de perguntar:

— Quer subir até meu quarto?

Engoli em seco e senti meu rosto ficar pálido. Quando comecei a tremer, Jill me abraçou e, em um tom de voz muito diferente, disse:

— Tudo bem, Lucas. Foi um aniversário muito bom. Obrigada.

Quando finalmente parei de tremer, Jill me beijou na bochecha esquerda dessa vez, subiu as escadas e desapareceu no quarto de hóspedes.

Fiquei ali parado no hall, tentando decifrar o que acabara de acontecer. Era como se meus pés estivessem presos ao chão e meus punhos pesassem meia tonelada cada um. Somente quando o encantamento passou, consegui subir os degraus. E, então, mais uma vez, eu estava em meu quarto com a porta trancada. Abri bem as janelas, mas Darcy alada não apareceu.

Estou realmente começando a ficar preocupado com ela.
Acha que fiz algo errado, Karl?
Foi errado deixar Jill segurar minha mão no banco do parque?
Foi errado gostar e talvez até mesmo precisar do toque de outra mulher?
Você tocou outra mulher desde que Leandra deixou o planeta?
Saber como você responderia a essas perguntas poderia me ajudar de verdade.

Seu analisando mais fiel,
Lucas.

# 14

Prezado Karl,

Pouco antes da última leitura do roteiro com todo o elenco, algo chamado "Guarda-Roupa Móvel" apareceu no estacionamento da biblioteca de Majestic. Essencialmente, o Guarda-Roupa Móvel é um trator pequeno com reboque, cuja parte de trás tem um contêiner transformado em ateliê, cheio de tecidos, máquinas de costura, figurinos e acessórios.

Mark e Tony sorriam de orelha a orelha quando apresentaram todo o nosso elenco à motorista e proprietária — uma mulher com saia jeans e botas de *cowgirl* chamada Arlene. Ao que parece, ela se oferecera para ser nossa figurinista e diretora de figurino. Arlene sorriu ao apresentar seu assistente, River, um jovem negro e de aparência andrógina, com a cabeça cheia de longas tranças.

— Estamos curtindo demais a energia desse projeto em que vocês estão trabalhando — disse Arlene, do para-choque traseiro do veículo.

— E também curtimos o roteiro — completou River. — É meio Lovecraft. Temperado com o Jacques Tourneur do início dos anos 1940.

Eu não fazia a menor ideia de quem o rapaz estava falando, mas o comentário iluminou o rosto de Eli como uma chuva de fogos de artifício.

Quando nos demos conta, todos os Sobreviventes — junto a Jill e Isaiah — estavam se revezando no fundo do Guarda-Roupa Móvel, para surgirem completamente transformados minutos depois.

Eles me colocaram em um jeans e um moletom que dizia "Os Mágicos de Majestic". Eu lhes disse que as mascotes da nossa escola local eram os Mavericks, mas River argumentou que "Mágicos" era mais moderno e preciso, pois era evidente que estávamos tentando realizar alguma mágica com o projeto.

— Confie em mim — disse River, e foi o que fiz, em particular quando saí do Guarda-Roupa Móvel e Eli fez um sinal de aprovação com a cabeça.

Eles vestiram Isaiah com um terno de linho branco e um chapéu *fedora* de palha, o que, para mim, não lembrava muito um "analista junguiano", mas como meu melhor amigo estava todo satisfeito com a roupa — sentindo-se em Hollywood, se é que você me entende — não falei nada sobre a falta de autenticidade.

Jill estava vestida de um jeito hilário, com um terninho azul-turquesa, parecendo uma versão muito mais bonita de uma Hillary Clinton de meia-idade. Como qualquer coisa fica bem em Jill, ela, é claro, parecia uma linda estrela de cinema e foi ovacionada quando deu uma desfiladinha na frente do Guarda-Roupa Móvel.

Arlene e River deixaram o melhor para o final. Quando Eli saiu do veículo, coberto da cabeça aos pés com penas de faisão, todos aplaudiram como se tivéssemos acabado de ganhar um campeonato esportivo. O monstro parecia até ter listras de tigre, o que significava que nossos novos figurinistas tinham alinhado todas as marcações das penas de modo correto. De alguma forma, Arlene e River conseguiram recriar com perfeição a nossa visão da criatura, também conhecida como Majestoso Príncipe dos Monstros, vulgo Monstro Enlutado. *Tinha até pele de cabra-de-leque nas costas.* Porém, o grande conhecimento de costura que eles tinham lhes permitiu usar uma camada de base de elastano, muito mais leve, maleável e respirável.

— Sou ágil e legal como um pássaro — gritou Eli, enquanto usava o para-choque do Guarda-Roupa Móvel como trampolim, lançando-se alto no ar, onde batia os braços e abria bem as pernas, todo coberto de penas.

Voltamos para a sala de conferências da biblioteca, para nossa segunda leitura, e os figurinos realmente pareciam melhorar nosso desempenho. Ninguém se levantou para ir ao banheiro, nem atendeu o celular, nem pareceu distraído durante os cerca de noventa minutos que a leitura durou. Quando terminamos, não havia uma pessoa que não houvesse se emocionado — exceto eu —, embora todos, obviamente, já tivessem vivenciado o último ato.

River e Arlene, sentados com Mark e Tony à frente do círculo, se debulhavam em lágrimas.

— Não sei como vocês conseguem fazer isto depois de tudo o que passaram — disse Arlene.

— Eu não consigo nem imaginar — observou River.

Eu, Jill, Eli, Mark e Tony ficamos para trás para ajudar Arlene e River a pendurar as roupas limpas de volta em cabides e arrumando-as de acordo com as cenas. Eu não fazia ideia de quanto tempo e esforço eram necessários para a preparação e a manutenção do figurino.

A certa altura, quando eu estava sozinho com River, ele disse:

— Então você é o verdadeiro herói por aqui, hein? — Isso me fez sentir como se ele estivesse tentando sugar um dos meus globos oculares para fora da órbita. Fiquei paralisado, e acho que ele tomou por modéstia, pois acrescentou: — Acho que eu não conseguiria fazer o que você fez ou o que está fazendo.

Em vez de responder, dei meia-volta e comecei a andar. Sei que isso foi uma grosseria, em particular depois de tudo o que River e Arlene estavam fazendo para tornar nosso filme um sucesso, mas era como se eu estivesse no piloto automático ou fosse uma marionete, com meus braços e pernas presos a barbantes controlados por algo que eu não conseguia ver nem entender. Eu estava a três portas de distância de casa quando Jill e Eli pararam a meu lado na caminhonete de Jill.

— Ei! — disse Jill pela janela aberta. — Aconteceu alguma coisa?

Fiz que não.

— Seja lá o que o River tenha dito, ele não parou de se desculpar. Ele se sentiu péssimo.

Acenei a cabeça, querendo dizer "Está tudo bem".

Acho que Jill mandou Eli para a barraca, porque ele não entrou com a gente. Quando me sentei no sofá, Jill deixou-se cair ao meu lado. Ficamos em silêncio por um bom tempo, até que ela disse:

— Do que você precisa?

— Quero falar com a Sandra Coyle uma última vez — falei, o que me surpreendeu.

— Você acha que eu não consigo interpretar o papel de prefeita? — respondeu Jill, meio brincando e meio a sério.

Disse-lhe que com certeza ela faria uma Sara muito melhor do que a de Sandra — falei um pouco sobre o desempenho dela na leitura, que tinha sido excelente —, mas então contei a verdade, acrescentando:

— É que você não estava lá no cinema naquela noite. E, bem... a Sandra estava.

— Tudo bem — disse Jill, e subiu para o quarto de hóspedes, me deixando sozinho no sofá.

Peguei o celular e passei por todos os números do Grupo dos Sobreviventes que eu havia adicionado aos meus contatos depois da primeira reunião em dezembro. Quando encontrei o nome de Sandra, cliquei em cima e coloquei o telefone no ouvido.

Depois de tocar umas cinco vezes, Sandra atendeu e disse:

— Lucas, você sabe que horas são? *É quase meia-noite*!

— Não vi que era tão tarde — respondi com sinceridade, ao que se seguiu uma longa pausa antes de Sandra perguntar o que eu queria.

Foi aí que senti meu eu comum sair do meu corpo novamente. A versão mundana caminhou até o lado oposto da sala e encostou o ombro na parede, onde observei um Outro Lucas superior responder à pergunta de Sandra.

Disse que queríamos que ela participasse do nosso filme. Que sabíamos que ela o considerava um desperdício de recursos emocionais e financeiros. Descrevi as leituras do roteiro com uma intensidade quase poética. Como rimos todos juntos na sala de conferências da biblioteca — tão alto que Robin disse que estávamos praticamente fazendo os livros tremerem nas prateleiras. Contei que todos, menos eu, choraram juntos em diversas ocasiões. Portanto, o projeto do filme de monstro era de fato terapêutico. Parecia estar milagrosamente ajudando os Sobreviventes e talvez também pudesse ajudá-la se ao menos ela se juntasse a nós. Porque não era bom se esconder e se excluir. E a arte sem dúvida poderia ser medicinal, e essa provavelmente era uma das razões pelas quais ela fora ao Majestic Theater com o marido, Greg, naquela noite. Porque ela conhecia os poderes unificadores e calmantes da tela do cinema. Eu estava explorando a grande paixão transformadora que às vezes se esconde em minha sombra. Pensei que talvez estivesse conseguindo convencer Sandra. Então não fiquei surpreso quando ela me pediu para ir a sua casa de manhã, às oito horas, com o que, é claro, concordei de imediato.

Mas, quando desliguei o telefone, comecei a me sentir como se tivesse caído em uma armadilha para ursos psicológica. A boca com dentes de aço havia dilacerado o osso da minha perna e, agora, meu coto sangrento estava acorrentado a uma estaca gigante, da qual, por mais que eu tentasse, não conseguiria me soltar.

Abri as janelas lá de cima, como sempre, mas Darcy alada não apareceu. Já se passou um tempo assustadoramente longo desde que ela me teve em suas asas. Deitado em minha cama, pensei em Sandra e em você, os dois se excluindo do projeto. Tive curiosidade para saber suas razões. Tentei olhar as coisas de forma neutra a partir do seu ponto de vista. Eu entenderia vocês não quererem participar se odiassem cinema, mas vocês dois estavam lá com todos nós, no Majestic Theater, na noite da tragédia. Eu os vi inúmeras outras vezes na catedral cinematográfica de Mark e Tony. Você se lembra de como eu sempre acenava de uma distância respeitosa e você devolvia o aceno com a cabeça, em reconhecimento, de forma a não deixar transparecer para ninguém que nós dois tínhamos uma relação alquímica clandestina? Seja como for, sei que você e Sandra pelo menos *gostam* de filmes. Então, eu realmente não consigo fazer as peças se encaixarem. Se você quer acabar com sua parte do mistério, sou todo ouvidos. Ou talvez seja mais apropriado dizer — dado o atual modo de comunicação — que sou todo olhos.

Por volta das cinco da manhã, percebi que não iria dormir, então me levantei, tomei banho e ainda consegui pegar Jill bem na hora que ela estava saindo para mais um dia de trabalho na cozinha do Cup Of Spoons.

— O que você está fazendo acordado tão cedo? — perguntou ela com as chaves da caminhonete balançando na mão direita.

— Não consegui dormir — respondi.

Jill examinou meu rosto por um instante e disse:

— Me desculpe, mas estou atrasada.

Ela saiu correndo pela porta da frente, então percebi que ainda estava magoada por eu querer devolver seu papel a Sandra. Mas a psique estava me dizendo que eu precisava falar com Sandra, e você me ensinou a sempre ouvir a psique.

Queria fazer uma caminhada bem longa, mas fiquei com receio de suar muito e cheirar mal para meu encontro com Sandra, então fiz um café e o bebi, observando a luz da manhã varrer os últimos pedacinhos da escuridão da noite anterior.

Quando o relógio da cozinha deu sete e vinte, respirei fundo e saí de casa.

Atravessando Majestic — saindo da parte das casas menores, passando pelas casas médias e, por fim, entrando na área das casas grandes —, tentei esclarecer mentalmente o que ao certo eu esperava conseguir quando olhasse nos olhos de Sandra.

Será que eu queria apenas fechar o conjunto — ou seja, garantir que todos os dezessete membros do Grupo dos Sobreviventes participassem só para que ficasse completo?

Não era isso, pensei, sobretudo porque eu tinha certeza de que não teria sua participação.

Será que eu queria exercer algum tipo de controle sobre Sandra para satisfazer uma necessidade narcísica?

Não.

A intensidade glacial de sua voz — que parecia fazer todo mundo querer olhar para os próprios cadarços — me motivou. Assim como a dor que eu sentia irradiar dela sempre que estava a três metros de mim. Pensei que talvez eu pudesse livrar Sandra desse desconforto.

Disse a mim mesmo que era uma tarefa que valia a pena quando abri o portão de ferro da gigantesca casa dos Coyle, segui pelos jardins de rosas que ladeavam o caminho de pedestres e toquei a campainha.

Uma mulher jovem e bem-vestida, com cabelo castanho-avermelhado curto e maquiagem perfeita atendeu e disse:

— Sr. Goodgame, a Sandra está esperando por você.

Ao entrar na casa, percebi que a jovem provavelmente era a assistente com quem eu falara uma vez ao telefone quando liguei para convidar Sandra para a primeira reunião sobre o filme na biblioteca, então perguntei:

— Você é a Willow?

— Sou — respondeu ela em um tom quase melódico. Em seguida, apontou para uma espécie de sala de estar e, antes de ir embora, disse: — A Sandra já está vindo.

Fiquei parado ali no corredor esperando ouvir os filhos de Sandra, mas a casa estava silenciosa. Eu me perguntei se ela tinha mandado as crianças irem morar com algum parente, ou para um internato, o que me fez franzir a testa. Talvez eles tivessem dormido na casa de amigos, pensei.

Quando entrei na sala, vi um piano de cauda, uma bela lareira de pedra, diversos quadros com paisagens de outro mundo, que eu não conseguiria identificar em um mapa, um sofá de estilo vitoriano dourado e duas cadeiras pesadas de madeira e couro. Mas o que realmente me chamou a atenção foi o retrato gigantesco do falecido Greg Coyle exposto em um cavalete de madeira, de forma que ele ficava olhando para você — mantendo contato visual — independentemente de onde você estivesse na sala. Um sorriso confiante, mas humilde, revelava dentes inacreditavelmente brancos. Seu nariz era longo e pronunciado e atraente de um jeito régio. Na cabeça, pequenos cachos grisalhos pareciam um chapéu, pois ele mantinha as laterais do cabelo bem-aparadas. Greg era um belo e talentoso jogador de golfe conhecido por ser amável. Doava com frequência seu tempo para alunos nossos que eram atletas da equipe de golfe da escola, entre os quais ele era muito popular.

Sandra chegou vestindo um terno listrado e bebendo chá quente em um conjunto de xícara e pires de porcelana. Ela se sentou no sofá dourado e eu, em um dos cadeirões de madeira.

— Espero que você tenha cumprimentado o Greg — disse ela.

Era uma afirmação estranha que eu não sabia bem como responder, então fiquei calado, o que a fez sorrir.

— Ouça, Lucas — disse ela, colocando a xícara e o pires na mesa de centro que nos separava. — Você me impressionou. O discurso que você fez na biblioteca e o que disse ontem à noite. A propósito, nunca mais me ligue àquela hora.

Assenti e pedi desculpas, porque eu realmente não tinha percebido que era tão tarde quando liguei.

— Você é muito bom em convencer as pessoas. Diria até que você tem um dom.

Nesse momento, minha pele começou a formigar de um jeito ruim.

— Quero lhe contar um segredinho. Estou disputando as eleições e consegui garantir um bom financiamento — disse Sandra, antes de apresentar a posição específica e os nomes famosos de seus financiadores, com os quais fiquei, no mínimo, impressionado. Ela então acrescentou: — Quer se juntar a minha equipe? Você poderia ajudar a escrever meus discursos. Quem sabe, posso até levar você para o palanque comigo de vez em quando. Se eu ganhar, tenho certeza de que poderia achar mais trabalho para um homem talentoso como você. E você seria bem recompensado, é claro.

Mostrou o valor que estava disposta a me pagar para ser seu consultor por, no mínimo, um ano, e era bem mais do que eu jamais tinha recebido da cidade de Majestic para ajudar seus secundaristas problemáticos por um tempo equivalente.

— O que eu quero — continuou Sandra — é o poder *de verdade*. O poder necessário para realmente fazer a diferença. O poder de garantir que os outros nunca passem pelo que eu e você passamos em dezembro. Você gostaria que isso acontecesse, não? Proteger os outros do sofrimento e do horror que temos enfrentado nestes últimos meses?

Eu me peguei concordando, esquecendo por completo do propósito original daquela conversa.

— Então se junte a minha equipe, Lucas. Vamos fazer algo concreto. Colocar a política na direção certa. Conseguir leis mais rígidas. Salvar vidas!

Como não respondi, Sandra continuou:

— Você não está entendendo. Certo. Vou colocar as cartas na mesa. Você é um autêntico herói, Lucas. Isso é um capital político. Mas não se você arruinar a sua imagem fazendo filmes de monstro com o irmão de um psicopata. Um garoto que, vamos ser francos, provavelmente também é um psicopata. Se quer fazer parte de uma solução *de verdade*, se quer *de fato* honrar a Darcy, você tem que deixar a infantilidade de lado e ser um homem. Sei que suas intenções são boas, mas você precisa confiar em mim quando digo que Sandra Coyle vai conduzir a verdadeira resposta à tragédia do Majestic Theater. E vou levar você de carona. O que me diz?

Pisquei várias vezes — um tanto atordoado com a estranha oferta — e respondi:

— O Eli não é um psicopata.

— É gentil da sua parte querer poupar o garoto, mas você pode realmente desfazer seja lá o que for que a mãe tenha feito com ele e com o irmão? Você pode mudar o DNA dele? É óbvio que o garoto é uma causa perdida. Todo mundo sabe disso. E uma distração, falando em termos políticos. Não queremos que a opinião pública tenha pena dele. Precisamos de uma narrativa limpa, e é também por isso que preciso de você na minha equipe.

Olhei para a cabeça enorme de Greg por um segundo antes de voltar meu olhar para Sandra e dizer:

— Eu vim aqui convencer você a participar do filme. Muita gente está se envolvendo. Tem sido uma experiência positiva para todo mundo.

— Aquele salário que eu ofereci antes... — disse Sandra. — E se eu dobrar o valor? Ouvi dizer que você não conseguiu colocar os pés na escola desde a tragédia. Você com certeza é jovem demais para viver da aposentadoria que estão pagando aos professores hoje em dia.

Era verdade. De acordo com Jill, meu dinheiro não iria durar nem dois anos, imagine o resto da minha vida. Mas eu não tinha ido até ali para falar sobre dinheiro. Então eu disse:

— Há algum tipo de acordo que a gente possa fazer? Algum outro pedido que você tenha? Acho que você quer participar do nosso filme.

Sandra me olhou com frieza. Era como se ela estivesse me analisando — tentando descobrir algo antes de dar o próximo passo. Mas então ela apertou os olhos e um peso se abateu sobre a sala, tornando o ar quase irrespirável.

— Depois do que aconteceu — disse ela, por fim —, eu nunca mais quero pensar em um cinema. Não quero nem sentir o cheiro da pipoca.

Seu olhar me atravessou. E senti o ódio em seu coração quando ela disse:

— Aquele garoto vai desapontá-lo. Escreva o que eu estou dizendo. A fruta não cai longe do pé.

Gostaria de poder dizer que dei uma resposta rápida ou que, pelo menos, defendi Eli, mas apenas fui embora da casa de Sandra enquanto ela gritava:

— Pense na minha oferta, Lucas! Ela termina em quarenta e oito horas!

Enquanto caminhava a passos largos para casa, eu sabia que não precisava de nem mais um segundo para decidir o que quer que fosse. Jamais apoiaria uma candidata que rotulava um adolescente — com quem ela nunca havia trocado uma palavra — de psicopata. Minha resposta foi um sonoro não. Um bilhão de vezes não.

Quando cheguei em casa, Eli não estava lá nem em sua barraca. Encontrei um bilhete dele na mesa da cozinha explicando que iria passar o dia com Tony, que concordara em ensiná-lo a usar a câmera digital e também em dar ao garoto um curso intensivo de composição cinematográfica, marcação — que, aparentemente, refere-se ao lugar onde todas as pessoas devem ficar em uma cena — e de várias outras técnicas de filmagem. Na noite anterior, Tony chamara aquilo de "aula básica de cinema", o que me fez sorrir. Agora, sem dúvida, parecia que muitos adultos estavam ansiosos e prontos para orientar Eli em direção a um futuro melhor. Não sei bem como eu e Jill fizemos isso acontecer, mas, de qualquer forma, me senti aliviado, pois tirou um grande peso de minhas costas, uma vez que eu não era mais o único responsável por Eli.

Como não tinha dormido na noite anterior, eu estava bastante cansado, então subi para o nosso quarto, deitei na cama e apaguei.

Quando acordei, estava um breu, mas pude sentir um vento batendo em meu rosto a um ritmo constante, e foi quando percebi que Darcy voltara e estava batendo as asas para me refrescar enquanto eu dormia. Como eu não conseguia ver nada, tentei acender a luz, mas nada aconteceu quando apertei o interruptor. Chamei o nome de Darcy. Ela não respondeu. Mas eu continuava sentindo o vento. Segui a direção dele até o canto do quarto, onde algo me agarrou, e então todo o ar foi lentamente sugado dos meus pulmões. Eu podia sentir as cócegas suaves das penas em todo o meu corpo.

— Darcy? — falei, com o fôlego que me restava, mas as penas me apertaram com mais força, até eu perder a consciência, que, ironicamente, foi quando acordei.

O sol que entrava pelas janelas do quarto sugeria que era fim de tarde. Fiquei ali deitado por um bom tempo, tentando recuperar o fôlego, enquanto partículas de pó dançavam nos raios de sol. Comecei a me perguntar onde Darce poderia estar. A ansiedade da separação era mais intensa do que qualquer outra coisa que eu já tinha experimentado. Fazia minhas entranhas tremerem violentamente — como se eu tivesse engolido um corvo e ele estivesse batendo as asas e tentando abrir caminho para fora de mim a bicadas. A dor provocada por essa ansiedade bombeava veneno para cada veia do meu corpo, até eu não conseguir mais levantar os braços, as pernas, nem a cabeça do colchão. Não consegui controlar nenhum músculo de meu corpo até próximo ao pôr do sol, quando o antídoto chegou na forma de Eli irrompendo pela porta da frente e gritando com alegria:

— Sr. Goodgame! Tenho muita coisa para contar!

Com a magia desfeita, sentei e gritei de volta:

— Mal posso esperar para ouvir! *Estou indo*!

Sentamos no sofá da sala, e Eli me mostrou como ele e Tony traçaram cada cena do nosso filme em um imenso bloco de notas. Era como olhar para uma enorme tira de quadrinhos, vendo a história avançar um fotograma de cada vez. Eli falava a mil por hora, gesticulando e, de vez em quando, dando golpes de caratê na almofada no canto do sofá. Enquanto ele falava sem parar, pensei: "Como alguém pode não amar esse garoto?".

— Sr. Goodgame, está tudo bem? — perguntou ele, e percebi que eu tinha me distraído um pouco, então sorri e fiz que sim.

Ele sorriu de volta e retomou seu monólogo, que repetiu na íntegra quando Jill chegou em casa com frango à parmegiana e *linguine* para o jantar. Depois de lavar e secar a louça, nós três fomos jogar *frisbee* no quintal até Eli decidir "relaxar" em sua barraca, enquanto eu e Jill nos balançamos lado a lado na rede de Darcy. Ali, eu lhe contei que ela interpretaria oficialmente Sara.

— Então a Sandra rejeitou você? — perguntou ela.

Respondi que, como ser humano, me senti obrigado a tentar dar a Sandra o remédio que nosso filme estava oferecendo. Mas, como artista, estava aliviado por agora ter uma mulher inteligente, talentosa e bonita como Jill no papel de prefeita de Majestic. Dava para ver que minha amiga ficou contente, pois ela comemorou cruzando a metade de baixo das pernas para fora da rede várias vezes.

Quando, dali a uma meia hora, Jill começou a bocejar, eu disse que também estava cansado, me retirei para meu quarto e escrevi esta carta para você.

Para terminar, lamento lhe informar que o prazo para você participar de nosso filme está oficialmente encerrado, pois começamos a filmar amanhã e, a esta altura, seria injusto tirar o papel do analista junguiano de Isaiah, que já teve o figurino ajustado para seu corpo e compareceu a todas as leituras, reuniões etc. Ele também está sempre me puxando para o lado — para longe dos Sobreviventes. Em lugares tranquilos e vazios, ele coloca sua testa na minha, olha nos meus olhos e diz que está orgulhoso de mim. Em seguida, bate nas minhas costas com muita força e grita "Obrigado, Jesus, por homens como Lucas Goodgame! *Aaaa-mém*!", o que sempre me faz rir, porque parece que ele canta seus améns de um jeito que dá para ver que ele é tão feliz por dentro quanto parece ser por fora.

Eu me sinto muito sortudo por morar na cidade de Majestic com esse tipo de gente.

Seu analisando mais fiel,
Lucas.

## 15

Prezado Karl,

Quero lhe contar sobre os primeiros dias extremamente animados de nossa filmagem, mas, antes de chegar a essas histórias divertidas, sou obrigado a compartilhar um sonho que tive. Desconfio que seu insight analítico pode ser de grande ajuda para minha psique se estabilizar.

Infelizmente, devo admitir que, depois da tragédia, parei de atualizar o diário de sonhos que você pediu que eu fizesse. Falhei sobretudo porque abri mão de dormir para ficar com Darcy alada, e ninguém consegue sonhar bem acordado. Minha esposa, infelizmente, ainda está "desaparecida em combate". Agora não consigo dormir porque desconheço o paradeiro dela. Você não pode encontrar um anjo que não quer ser encontrado, então não há muito o que eu possa fazer, certo? Estou me esforçando para ser paciente e, ao mesmo tempo, permanecer calmo, confiando que meu amor e o de Darcy superará tudo.

Mas voltemos ao sonho, com que o inconsciente me brindou na noite anterior ao primeiro dia de filmagem da nossa obra, logo depois que terminei de escrever a última carta que lhe enviei.

No sonho, estou no terceiro ano. Estamos fazendo uma prova de matemática e estou preocupado porque a resposta de todos os problemas é treze. Verifico o que fiz várias vezes, mas sempre chego ao número treze, o que parece muito improvável. Fico em dúvida se é uma pegadinha ou se recebi uma prova diferente e personalizada, feita para pegar quem tentar colar da minha prova, pois nenhum dos meus colegas parece assustado. Dou uma espiada nas respostas deles. Não consigo encontrar um único treze escrito em nenhum outro lugar da sala, o que me faz ter medo de tirar uma nota baixa.

— Lucas Goodgame! — grita a sra. Falana, minha professora. — Tire os olhos do trabalho de seus colegas e traga a sua prova para mim já.

Os outros alunos começam a me gozar em uníssono, como um coro grego, cantando "Uhhhhhh!", enquanto me arrasto, com a prova na mão e a cabeça baixa em constrangimento, para a frente da sala.

Quando chego à mesa da sra. Falana, estendo a prova cheia de números treze para ela, mas, quando levanto os olhos, ela se transformou em um esqueleto nu. Você pode achar que meu eu do sonho ficou apavorado, mas não, ele não ficou. O esqueleto diz:

— Apresente-se à sra. Case imediatamente.

Então eu acordo.

Você sempre pergunta quais sentimentos estão associados ao sonho, então vou listá-los aqui. Senti uma vergonha profunda. Senti como se estivesse sozinho. Talvez até como se eu tivesse recebido algo que não queria.

Para contextualizar, preciso lhe contar o que acho que aconteceu comigo no terceiro ano.

Em um dia de outono, próximo ao Halloween, a sra. Falana me puxou para o lado e disse:

— Você vai passar as manhãs de sexta-feira com a sra. Case, no final do corredor.

Lembro de achar que tinha feito algo errado ou sido reprovado em algum tipo de teste e, por causa disso, estava sendo enviado para aulas de reforço.

Naquela primeira manhã de sexta-feira, enquanto caminhava pelo corredor vazio em direção à sala da sra. Case, lembrei da prova estranha que a sra. Falana havia nos aplicado algumas semanas antes. Não havia questões de ortografia, nem de matemática, nem de geografia, nem de interpretação de texto nela. Em vez disso, só havia fileiras de figuras estranhas. Pediram-nos para escolher três figuras das muitas colunas e, em seguida, explicar nossas escolhas. Eu nunca tinha feito uma prova como aquela. Todos os meus colegas também acharam a experiência bastante esquisita. Mais estranho ainda, depois de discuti-la em detalhes no refeitório, naquele dia, todos nós simplesmente esquecemos a bizarra prova e ninguém nunca mais falou nela.

Quando entrei na sala de aula, no final do corredor, naquela primeira manhã com a sra. Case — a quem eu não me lembrava de ter visto no prédio antes —, vi uma mulher com longos cabelos pretos e pele clara. Ela estava sentada a uma mesa redonda. Agora, em minha cabeça, vejo a sra. Case com um vestido verde-escuro e muitos anéis de prata nos dedos. Ela também tem uma longa corrente de prata no pescoço, no fim da qual — bem entre seus seios — está pendurada uma bola de prata que reflete a imagem distorcida de quem está à frente dela, só que de cabeça para baixo.

— Entre, Lucas — disse ela. — E sente-se no seu lugar à mesa.

— Estou encrencado? — perguntei.

Ela riu e disse:

— Pelo contrário.

— Então por que é que eu estou aqui?

Quando a sra. Case disse que eu tinha sido incluído no Programa de Superdotados e Talentosos do ensino fundamental, protestei, dizendo:

— Eu nunca tiro dez. Não sou inteligente. Isso é um erro.

— Existem diferentes tipos de inteligência — respondeu ela, abrindo um baralho diante de mim na mesa. Perguntou se eu conhecia aquelas cartas e, depois que dei de ombros, disse: — Elas vão me ajudar a entender você melhor. Dê uma olhada.

Lembro que as cartas pareciam medievais, embora eu não conhecesse essa palavra naquela época. Mas havia reis, rainhas, torres, magos, anjos, sóis e luas. Lembravam um pouco as capas dos álbuns do Led Zeppelin, que eu tinha visto na coleção de discos de papai.

A sra. Case recolheu todas as cartas, embaralhou-as bem e espalhou-as viradas para baixo na mesa redonda.

— Escolha uma — disse ela.

Então perguntei:

— Qual delas?

Ela sorriu com astúcia e disse:

— *Essa* é a questão, não é mesmo?

Examinei as cartas com cuidado, sem entender o que estava acontecendo. Mas então minha pele começou a formigar e, de repente, a carta mais próxima da minha mão esquerda chamou minha atenção. Quando a virei, vi um esqueleto se apoiando em uma foice. A seus pés, duas cabeças decapitadas — a de uma mulher, à esquerda, e a de um homem coroado, à direita. Na parte inferior, li o número treze seguido da palavra *morte* e um símbolo estranho.

— Isso é ruim? — perguntei.

Mas a sra. Case estava sorrindo.

— Nada neste baralho é ruim ou bom.

— O que isso significa? — perguntei.

— Significa que você tem ossos muito bons.

Ela recolheu todas as cartas de novo e colocou-as na caixa.

Nunca mais vi o baralho de tarô dela. Agora, em minha memória, me vejo sentado na sala de aula, no final do corredor, lendo histórias estranhas com a sra. Case toda sexta de manhã. Contos de fadas, acho que esse é o nome. Eu e ela nos revezávamos lendo em voz alta um para o outro — histórias sobre bruxas, *trolls*, príncipes, gigantes e feiticeiras. Depois de cada história, ela perguntava o que aquilo significava para mim e eu fazia o meu melhor para responder honestamente. Nunca sabia se estava respondendo certo ou não, mas a sra. Case dizia que o importante era pensar nas histórias e deixá-las entrar em nossos ossos, onde ficariam para o resto de nossa vida e talvez até nos ajudassem a atravessar os momentos mais difíceis.

— Como é que uma história pode me ajudar? — perguntava eu.

E ela sempre respondia:

— Você vai ver. A resposta vai passar um milhão de vezes bem na frente dos seus olhos antes de você morrer.

Havia mais dois alunos na turma da sra. Falana que saíam da aula uma vez por semana para passar um tempo com a sra. Case. Perguntei a eles o que faziam com ela, a professora estranha do final do corredor. Jason Bachman sempre tirava a maior nota nas provas de matemática que a sra. Falana nos aplicava e, por isso, com a sra. Case ele só ficava resolvendo problemas de matemática. Carla Naso era a melhor aluna de ortografia e, quando estava na sala da sra. Case, ficava estudando o dicionário. Eles me perguntaram o que eu ficava fazendo e eu disse "interpretação de texto", embora o que eu fazia com a sra. Case não se parecesse muito com as provas de interpretação de texto da sra. Falana, nas quais eu geralmente tirava nota baixa.

— Que carta vocês escolheram quando ela espalhou aquele baralho estranho parecido com a capa do CD do Led Zeppelin? — perguntei a Jason e a Carla.

Eles me olharam sem entender nada e responderam:

— Do que é que você está falando?

Descrevi o baralho de tarô com mais detalhes, mas eles apenas deram de ombros e se entreolharam como se quisessem dizer: "O Lucas Goodgame é muito panaca!".

Eu não conseguia entender por que havia sido escolhido para ir à sala da sra. Case, mas eu gostava de passar tempo com ela, então parei de fazer perguntas.

Não me lembro de quando parei de ver a sra. Case uma vez por semana. Quero dizer que nossos encontros continuaram durante todo o ensino fundamental, mas a verdade é que só me lembro das primeiras vezes que fui levado da aula e das poucas conversas que tive com Jason e Carla antes de perceber que eles estavam tendo experiências radicalmente diferentes. Depois disso, nunca mais falei sobre a sra. Case com ninguém, e provavelmente meu cérebro parou de gravar as lembranças de tudo o que aconteceu.

Na semana passada, quebrei a regra de "só aos domingos" e liguei para minha mãe, que logo desembestou em outro de seus monólogos. Levei quase meia hora, mas finalmente consegui interrompê-la para perguntar o que ela se lembrava da sra. Case. Ela riu e respondeu que não havia nenhuma sra. Case na Majestic Elementary School.

— Eu com certeza me lembraria se você fosse retirado da aula da sra. Falana uma vez por semana para ter aula de reforço, porque eu teria ficado morta de vergonha — disse mamãe. — *Eu era presidente da Associação de Pais e Professores.*

Mamãe disse que eu e a sra. Case não tínhamos aula de reforço, mas quando ela perguntou o que exatamente essa suposta sra. Case me ensinava, fiquei em silêncio. Uma parte de mim, de fato, não se lembrava do que eu tinha vivido e a outra sentia que aqueles ensinamentos eram secretos — só para os meus ouvidos e os meus olhos. Comecei a ter receio de perder até mesmo o que eu lembrava se compartilhasse tudo aquilo com a pessoa errada. E cada parte de mim sabia que mamãe definitivamente era a pessoa errada.

Karl, lembro de você dizer, em uma de nossas sessões, que a carta da Morte estava associada ao renascimento espiritual e ao signo de Escorpião, sob o qual nasci. Ela pode representar o fim de uma coisa, mas também o começo de algo novo, o que parece oportuno, agora no início de nossa filmagem, sobre a qual lhe contarei em instantes.

Há uma parte de mim que não tem certeza se tudo isso é uma lembrança do que aconteceu comigo na infância ou se é algo que sonhei. Acho que, em nossas sessões, eu teria falado sobre o que vivi com a sra. Case se tivesse mesmo acontecido. No entanto, isso está em minha memória agora enquanto escrevo para você. De qualquer maneira, por que você acha que estou tendo esses sonhos, pensamentos e ideias? O que pensa disso? Sei que você estudou tarô e misticismo judaico.

Não há mais ninguém com quem eu me sinta confortável para ter esse tipo de conversa, nem mesmo Jill ou Isaiah. E não seria justo com Eli, que tem sua própria bagagem psicológica para processar, sem contar o projeto atual, que já superou nossas expectativas mais otimistas.

Talvez você já saiba disso, mas os filmes não são rodados em ordem cronológica. A filmagem é feita de acordo com os horários dos atores de cada cena, garantindo que todos estejam disponíveis. E, às vezes, você filma de acordo com o clima, o que significa que as cenas externas são filmadas quando a mãe natureza coopera com o roteiro, e as cenas internas são deixadas para quando ela tiver outros planos. Eli e Tony ordenaram cada cena do filme de acordo com a dificuldade logística e planejaram filmar as mais complicadas primeiro, prevendo que, se algo der errado, podemos mudar para uma cena mais fácil e jogar a mais difícil para o dia seguinte.

Eu não sabia nada disso até começar a fazer perguntas no primeiro dia, sobretudo porque fiquei surpreso ao ver que filmaríamos primeiro as últimas cenas do filme. Eli explicou que organizar toda a força policial de Majestic e suas viaturas era o maior pesadelo logístico. Então ele apontou para o céu e disse:

— O tempo está perfeito para filmar as perseguições de carro. Não podemos fazer isso na chuva. E temos que fazer tudo entre a hora do rush da manhã e do fim de tarde, pois precisamos bloquear a estrada. Além disso, vamos fazer a filmagem com drone hoje.

— Filmagem com drone? — perguntei.

Eli explicou que Mark e Tony haviam contratado um cinegrafista que operava drones para captar as cenas aéreas. Então, depois, em um dia chuvoso ou no meio da noite eles montariam um chroma-key, talvez no ginásio da Associação Cristã de Moços, suspenderiam Eli no teto, vestido com seu figurino de monstro, e filmariam suas cenas de voo.

— Quando é que escrevemos cenas de voo? — perguntei.

Eli explicou que ele e Tony tinham feito alguns ajustes no roteiro enquanto eu tinha tirado um tempo para colocar minha cabeça no lugar, o que me fez sentir como se eu quisesse sair do meu corpo novamente, em particular porque Eli disse com muita naturalidade que eu precisava colocar minha cabeça no lugar. Quando relembrei as duas semanas anteriores, percebi que não tinha passado muito tempo com o garoto, deixando todos os nossos novos colegas assumirem a responsabilidade. Eu não sabia muito sobre fazer filmes, verdade seja dita, e tentei me consolar pensando nisso não tanto como *me retirar*, mas sim como *me retirar do caminho*. Mark e Tony eram ótimas pessoas. Eli estava feliz como eu nunca o vira. Então por que eu me sentia tão sombrio por dentro, como se estivesse desaparecendo um pouquinho?

Por sorte, não havia muito tempo para ficar remoendo esses sentimentos ruins, pois logo estávamos filmando Bobby e todos os outros policiais dirigindo por Majestic ligeiramente acima do limite de velocidade. Tony e Eli explicaram que eles poderiam acelerar o filme na pós-produção para parecer que os policiais estavam dirigindo mais rápido do que de fato estavam, porque Bobby disse que eles não poderiam infringir o limite de velocidade se não houvesse uma emergência real, o que não havia. Foi interessante ver Tony e Eli colocando câmeras nas ruas e dentro das viaturas e até mesmo filmando de galhos de árvores e dos telhados das lojas. Passamos a manhã inteira filmando faroletes de carros de polícia e curvas fechadas frenéticas e gravando sirenes e conversas dos policiais. Todos os policiais fizeram um ótimo trabalho de interpretação, sobretudo porque Eli, é claro, não estava mesmo voando por Majestic, então Bobby e seus colegas tiveram que apontar para as nuvens e olhar para o céu azul com uma intensidade que só reservamos para o sobrenatural. Eles fizeram um trabalho tão bom que comecei a acreditar que o monstro de penas estava mesmo lá em cima, era só eu inclinar a cabeça para trás e ver com meus próprios olhos.

Eli ficava dando toques nos atores, dizendo coisas como "Você não vê isso todos os dias. É um homem com penas voando! Você está apavorado, mas também intrigado. Como os policiais no final de *E. T.*".

Era animador ver como todos — até mesmo quem passava pela rua — respeitavam as instruções de Eli. Sempre que os caras do som, contratados por Mark e Tony, colocavam os microfones na posição devida, Eli dizia "Silêncio no set", e tudo ficava tão silencioso que eu conseguia ouvir meu coração bater.

Em seguida, filmamos meu personagem — a figura paterna do monstro — correndo pela floresta com Eli vestido em seu figurino.

— Apenas voe para longe! — grito para o monstro enquanto corremos em zigue-zague pelas árvores, seguidos por cinegrafistas e os caras do som.

— Não tenho poder de voo suficiente para carregar nós dois! — retruca o monstro.

— Eu já sou um velho. Você tem muita coisa pela frente. E tem que haver um local para jovens como você. Em algum lugar nesse mundo enorme, tem que haver.

— Nunca vou abandonar você. *Nunca*!

Quando chegamos ao riacho, não era exatamente o rio furioso do roteiro, mas Eli me garantiu que, na pós-produção, eles fariam retoques para que o riacho parecesse intransponível.

De costas para o regato gotejante, que vai parecer um rio bravíssimo na versão final do filme, o monstro e a figura paterna enfrentam os oito membros da força policial de Majestic, que nos apontam armas falsas que parecem bem reais.

Aqui Bobby diz:

— Fim da linha para vocês dois. A CIA mandou atirar para matar todos os alvos humanos. Mas querem o monstro para testes e experimentos. Depois disso, vão dissecar o menino-pássaro para o bem da ciência e para evitar que nasçam penas espontaneamente em qualquer outra pessoa. Deus me livre! Buracos de bala podem destruir informações científicas importantes. *Todo mundo entendeu?*

— Ei, traidor da espécie — diz a policial Betty, apontando sua arma falsa para minha cara. — Venha aqui, vamos fazer isso parecer suicídio.

Como previsto no roteiro, o personagem de Eli diz "Nããããããão!" e começa a correr em direção a Betty, que, em um reflexo, mira no monstro e dispara a arma de mentira, mas meu personagem se coloca na frente do menino de penas, levando um tiro bem no peito. Na verdade, eu mergulho no ar, abrindo bem os braços e as pernas, cena que — na pós-produção — Eli e Tony vão deixar em câmera lenta usando uma técnica bem moderna. Cortamos aqui, para que a equipe de maquiagem e efeitos especiais contratada por Mark e Tony possa me ajudar com a versão perfurada por balas e cheia de sangue do meu figurino e me fazer parecer como se estivesse prestes a morrer com um tiro no peito.

Em nossas leituras, vários Sobreviventes mencionaram o gatilho de ter um ferimento à bala em nosso filme, dado tudo o que tínhamos vivido na tragédia do Majestic Theater. Argumentei a favor de manter aquela cena fundamental, dizendo:

— Como podemos superar algo que não conseguimos enfrentar nem na ficção?

Defendi a liberdade artística e o poder medicinal da história.

— Remédio tem gosto amargo — disse eu —, mas cura!

Com meu personagem todo ensanguentado na grama à beira do rio, a polícia — com suas armas falsas ainda apontadas para o monstro — começa a se aproximar de nós.

— Lembrem-se — grita Bobby —, os cientistas precisam do monstro vivo. Não atirem para matar! Tentem nem atirar.

Nesse momento, o monstro grita a plenos pulmões, recorrendo a uma reserva profunda de força e habilidades que ele nem sabia que tinha, e estende as mãos a sua frente, fazendo os policiais voarem para trás, até as árvores.

Nossa equipe de efeitos especiais tinha colocado cordas camufladas em volta da cintura dos atores. Várias pessoas puxavam essas cordas, fazendo com que os policiais voassem para trás até colchões escondidos sob os detritos da floresta.

Então o monstro me ajuda a ficar de pé e diz:

— Aguente firme, pai. Vou buscar ajuda.

— Mas você não tem força para voar comigo nos seus braços — diz meu personagem.

— Agora eu tenho — responde ele.

Em seguida, eu e Eli pulamos no ar, mas o resto do nosso voo será gravado posteriormente no chroma-key.

O monstro voa com meu personagem até a casa da prefeita Sara, que na vida real é a casa de Mark e Tony. Como mencionei, Jill interpreta a prefeita, que fica horrorizada ao saber que a CIA cooptou nossa força policial ilegalmente. Ela rapidamente consegue atendimento médico para meu personagem, que quase morre na mesa de cirurgia, mas acaba sendo salvo pela cirurgiã de trauma, muito bem interpretada pela Sobrevivente Julia Wilco. Eli diz que — na pós-produção — vamos inserir algumas cenas de arquivo de uma cirurgia de peito aberto, cortando dos "órgãos internos reluzentes" para o meu rosto adormecido, com um tubo de oxigênio no nariz.

No dia seguinte, filmamos as cenas restantes do hospital, nas quais eu e Isaiah damos vida a nossa grande e comovente passagem à beira da cama no pós-operatório. Ele interpreta o seu papel, meu analista junguiano — Carl com C — que, quando acordo da cirurgia, diz "Eu realmente achei que íamos perder você", antes de acrescentar que está orgulhoso de mim "por fazer amizade com os monstros sombrios do mundo", porque, "como diz Jung, 'há ouro na sombra'". Quando assistir ao filme, você vai identificar de imediato todas as referências junguianas espalhadas por ele. Espero que isso o faça sorrir de orgulho.

Aquela cena que mencionei antes, em que o monstro e meu personagem recebem medalhas da prefeita Sara, interpretada por Jill — lembrando um pouco o final de *Star Wars* —, fora garantida no terceiro dia de filmagem, que aconteceu alguns dias atrás. Hoje, na verdade, foi o sexto dia de filmagem.

Com as notáveis exceções de você e Sandra, todos os Sobreviventes — estando ou não nas cenas do dia — têm ficado pelo set de filmagem, encorajando quem está participando de determinada cena e também ajudando na montagem e desmontagem de cada cenário, bem como em outros aspectos de iluminação, som, figurino e filmagem. Tem até gente passando as férias do trabalho lá.

É curioso porque foi Darcy alada quem me apontou essa direção, dizendo tantas vezes "O garoto é o caminho a seguir", mas nunca a vi voando no céu durante as filmagens. Estou fazendo este filme para ela, que terá logo na abertura: "Dedicado a Darcy Goodgame". Haverá também uma seção *in memoriam* com os nomes das dezoito vítimas no Majestic Theater, incluindo Jacob Hansen. Recebi muitas críticas quando disse que queria incluir o nome dele, mas assim que ameacei encerrar toda a produção e comecei a gritar de novo na sala de conferências da biblioteca — chegando mesmo a derrubar o púlpito —, os Sobreviventes concordaram. E talvez tenha até sido bom Sandra Coyle não participar do filme, porque eu não conseguiria de jeito nenhum colocar o nome de Jacob na seção *in memoriam* se Sandra tivesse voz.

Talvez tudo tenha uma razão.

Nos últimos tempos, Eli está morando com Mark e Tony, porque é na casa deles que está todo o equipamento de edição, e o garoto quer ter controle total até a montagem final, o que eu compreendo. Perguntei a Eli se tinha problema eu não me envolver com a edição, dizendo que estrelar o filme talvez fosse o máximo que eu conseguisse aguentar naqueles dias. Ele imediatamente concordou em assumir a minha parte em tudo isso, dizendo:

— O Tony tem sido incrível. Estou aprendendo muito. Não consigo nem acreditar.

Antes de eu entrar para escrever esta carta, eu e Jill ficamos nos balançando na rede de Darcy por cerca de uma hora. A maior parte do tempo ficamos em silêncio, pois tivemos um longo dia de filmagem. Mas, no final, Jill disse:

— Lucas?

— Oi — respondi.

— Você está bem? Parece um pouco distante ultimamente — completou ela.

Jill não disse isso com maldade, mas de uma forma amorosa e apreensiva, que foi mais como: "O que posso fazer por você? Como posso ajudar?".

Mas não consegui pensar em nada que Jill pudesse fazer por mim. Ela não tinha a capacidade de encontrar anjos. E acho que não iria querer conversar comigo sobre meus sonhos estranhos. Sei que ela teria ouvido. Jill ouviria qualquer coisa que eu quisesse lhe dizer. Mas eu não sabia se ela tinha a capacidade de escutar o que eu precisava dizer. Acho que não seria capaz de compreender. E talvez não haja sofrimento maior do que falar com toda a franqueza e, ainda assim, não conseguir estabelecer uma conexão significativa com as pessoas que se importam com você.

Em vez de responder, peguei a mão de Jill e segurei-a enquanto os últimos vestígios de vermelho e laranja sumiam no horizonte.

— Você está muito convincente como a figura paterna do monstro — disse Jill. — Especialmente na cena do tiro.

Então eu lhe disse que ninguém jamais havia interpretado uma prefeita melhor do que ela, mesmo que algumas cenas ainda precisassem ser filmadas.

— Pare de tirar sarro de mim — disse ela.

— Não estou tirando sarro de você — respondi, e me sentei um pouco mais ereto na rede para poder apreciar a expressão em seu rosto.

Quando ela mordeu o lábio e cutucou de leve minhas costelas com o dedo indicador, percebi que estava só me provocando, então sorri, relaxei o corpo, entrelacei os dedos atrás da cabeça e procurei no céu a primeira estrela da noite.

— Não vou a lugar algum — disse Jill. — Vou acompanhar isso até o fim. Até acabar. Não importa aonde vai nos levar.

Eu não tinha certeza do que ela queria dizer com "Não importa aonde vai nos levar" — que parecia meio sombrio —, mas era bom tê-la ali perto de mim na rede e, então, quando ela encostou o ombro no meu, eu não me afastei. Ficamos nessa posição até que algumas estrelas surgissem no céu e cintilassem todas ao mesmo tempo para nós, em vez de uma de cada vez.

Quando disse que estava cansado, Jill assentiu, então entramos e subimos as escadas para os nossos respectivos quartos. Fiquei curioso para saber o que tinha acontecido com a casa de Jill. Será que alguém estava morando lá agora que ela se mudara para cá? Não saber a resposta a essa pergunta me deixou assustado, mas deixei-a de lado e comecei a escrever esta carta, o que me acalmou bastante.

Eu realmente acho que uma sessão poderia me fazer bem.

Se você está constrangido por sua necessidade de parar com seus analisandos por um tempo, saiba que eu nunca o recriminaria por precisar de um período sabático. Eu ficaria muito grato por seu retorno. Nem precisaríamos mencionar esse hiato, poderíamos simplesmente recomeçar de onde paramos e nunca mais falar sobre nossa pausa.

Tenho receio de ter usado Eli e o filme apenas como uma distração da escuridão que pode estar afugentando toda a luz de mim. Estou começando a ficar muito preocupado comigo, Karl.

Para ser totalmente honesto, sempre que paro de pensar em Eli e no filme, fico tão apavorado que mal consigo respirar. Você é a única pessoa que sabe disso. Confio em você. Eu o perdoo por precisar de um tempo das minhas neuroses, mas, por favor, não me decepcione agora. Você é meio que minha única esperança.

Obrigado, desde já.

Seu analisando mais fiel,
Lucas.

## 16

Prezado Karl,

Desculpe não ter escrito antes. Não tenho me sentido bem. Terminar o filme de Eli acabou com todas as forças que me restavam. Só agora — semanas depois de encerrarmos as filmagens — me sinto capaz de sentar e lhe escrever outra carta.

Eli e Tony foram editando tudo à medida que as filmagens avançavam. Agora, o filme está em pós-produção e — por razões que não entendo muito bem —, de repente, há um enorme esforço extra para que a estreia aconteça antes do fim oficial do verão. Como resultado, a barraca laranja no meu quintal não se ilumina mais quando o sol se põe. Eli passa sete noites por semana com Tony e Mark. Eu e Jill mal o vemos.

Não sei por que, mas tenho cantarolado "Puff, the Magic Dragon" na minha cabeça repetidamente e não consigo parar, por mais que eu tente. Meu pai tinha um disco de Peter, Paul and Mary e costumava botá-lo para tocar quando eu era pequeno. Essa música sempre me deixava muito triste. Ainda deixa. Mas, ao mesmo tempo, adoro ela. Pensei que talvez Darcy alada fosse Puff e eu, Jackie Paper, o garoto que faz amizade com o nobre dragão. Mas então percebi que eu era Puff, e Eli, Jackie Paper, pois, nos últimos tempos — desde que Eli sumiu de minha vida —, sinto que escorreguei para uma espécie de caverna psicológica. Sem dúvida, já não me divirto tanto.

Acho difícil ser corajoso. Hoje em dia, eu realmente não tenho um caminho com cerejeiras onde brincar.

Sempre que meu pai colocava o disco de Peter, Paul and Mary e essa música começava a tocar, eu me perguntava se algum dia encontraria meu Puff. Como eu queria que um dragão mágico fosse meu melhor amigo — a ponto de chorar toda vez que eu ouvia a letra, talvez porque me sentisse sempre muito só.

Tudo bem que Eli esteja com Tony agora.

Jill ainda está aqui comigo.

Para ser franco, não consigo mais ficar tão empolgado quanto Eli com nosso projeto. Não fui capaz de chamar aquele outro Lucas mais forte e confiante para me substituir. Tenho certeza de que Darcy alada voou para a luz branca sem nem mesmo se despedir. Não a culpo. Quero dizer, as outras dezesseis vítimas não conseguiram resistir nem por um segundo, que dirá os meses que Darcy aguentou por aqui, só para ter certeza de que eu estava bem.

Não sei se já contei, mas todas as noites, pouco antes de pegarmos no sono, na escuridão segura do nosso quarto, eu e Darcy conversávamos sobre as coisas pelas quais éramos gratos. Nosso gato, Justin, costumava se enrodilhar entre nossas cabeças, ronronando sua gratidão também. Darcy sempre agradecia por seus alunos, dizendo que eles lhe davam propósito e esperança no futuro. Ela era fonoaudióloga, então ajudava crianças a pronunciarem as falsas vogais e as consoantes duras. Falava sobre eles o tempo todo, com tanto entusiasmo que era impossível não se apaixonar por minha esposa. Muitas vezes me pergunto quem estará ajudando os alunos de Darcy agora e se essa pessoa ama aquelas crianças com a mesma generosidade que ela. Pensei em ir à Majestic Elementary School só para dizer ao novo fonoaudiólogo como esse trabalho é importante, mas só consegui chegar até o estacionamento da escola, de novo. É como se alguém tivesse colocado um campo de força ao redor de todas as escolas da cidade — um que me mantém do lado de fora.

Deitado na cama à noite, durante nossas sessões de gratidão, eu dizia a Darce que também era grato por meus alunos, pois era bom poder ajudá-los a enfrentar seus problemas, assim como sou grato pela chance de ajudar Eli quando ninguém na cidade dava bola para ele.

Darcy sempre falava que era grata por seu marido empático, e eu sempre dizia a ela que agradecia por minha esposa gentil e sábia.

Nós dois listávamos coisas, como comida, abrigo, os nomes de nossos amigos, a possibilidade de fazer longas caminhadas e fazer parte de uma comunidade segura e afetuosa, o remédio que Darcy precisava para sua diabetes e as lentes de contato que me permitiam enxergar. Sempre dizíamos o seu nome, Karl, porque você estava me ajudando muito com os meus complexos materno e paterno e com minhas feridas de infância. Você me curar, é claro, beneficiava Darcy tanto quanto a este seu amigo. Você estava me iniciando no mundo dos homens porque meu pai não soube fazer isso. Assim, pouco depois de iniciarmos nosso trabalho juntos, Darcy começou a dizer seu nome todas as noites quando fazíamos nossa lista de gratidão lá no escuro, com Justin ronronando entre nossas cabeças.

Enquanto estou aqui escrevendo esta carta, Jill está no quarto ao lado. Apenas quinze centímetros de parede separam a melhor amiga de minha esposa de mim. Talvez placas de gesso acartonado de cinco centímetros de espessura revestindo algum material isolante. Eu poderia abrir caminho socando com minhas próprias mãos. No entanto, me sinto tão dolorosamente sozinho, e sei que é ingratidão, em especial considerando quantas pessoas em Majestic estão dando uma força para o filme de monstro de Eli.

Antes de começarmos a filmar, Tony nos avisou:

— Vocês vão achar os primeiros minutos no set de filmagem muito empolgantes. Nas semanas seguintes, vocês vão querer chorar de tanto tédio.

Eu não entendia como isso era possível, mas depois de testemunhar quanto tempo levou para preparar uma simples sequência de trinta segundos — marcando e iluminando a cena, colocando os caras do som no lugar, decidindo os ângulos da câmera, verificando se os atores estavam vestidos de forma correta e usando a maquiagem adequada, e filmando, em seguida, a mesma cena uma vez atrás da outra, dizendo as mesmas falas um milhão de vezes seguidas —, comecei a entender que fazer filmes dá muito mais trabalho e não é tão glamoroso quanto se imagina.

Uma coisa engraçada também começou a acontecer. Todos estavam cooperando, mantendo uma postura otimista e parecendo felizes por ter algo que desviasse sua cabeça da tragédia que ainda estávamos lamentando. Essa espécie de ligação afetiva intensa continuou a surgir em todos os lugares do set. Pessoas se abraçando, rindo, até cantando e dançando. Era como se tivéssemos virado crianças novamente e estivéssemos ansiosos para agradar a alguma versão desconhecida de nossos pais, se é que isso faz algum sentido. Estávamos todos sendo bons meninos e boas meninas, recebendo instruções e orientações de Eli e Tony com ânimo em nossos corações. Jesus Gomez até mandou fazer umas camisetas brancas com os dizeres "Resgatando o Majestic Theater" escritos em dourado no peito. Todo mundo as vestia sempre que não estava rodando suas cenas, que exigiam o figurino apropriado tirado do Guarda-Roupa Móvel de Arlene e River, que, por sua vez e de modo profissional, seguiam-nos por Majestic enquanto filmávamos. E mesmo pessoas que não estavam no Majestic Theater na noite da tragédia saíam e nos observavam com respeito e curiosidade. Algumas começaram a se oferecer para ajudar, enquanto outras faziam doações em dinheiro para Tony e Mark poderem cobrir os custos crescentes do filme.

    Mas quanto mais gente aparecia para apoiar Eli, mais a cidade se curava e mais sozinho eu me sentia. Então era como se eu estivesse realmente desaparecendo de novo. Comecei a evitar espelhos; tinha medo de não conseguir mais ver meu reflexo. Por sorte, todos estavam tão ocupados com a filmagem que não perceberam meu distanciamento. A única pessoa que disse alguma coisa sobre isso foi Jill, que começou a me fazer perguntas todas as noites na rede de Darcy. De alguma forma, ficar se balançando lá fora, ombro a ombro, se tornou nosso ritual noturno.

— Você está bem mesmo, Lucas? — perguntava Jill.

— Estou — respondia eu.

    Então ela pegava minha mão e a apertava, como se dissesse "Eu sei que você está mentindo, mas tudo bem, porque eu estou com você".

    No entanto, aquilo não me fazia sentir menos só.

    Jill encarregou seu assistente de cozinha, Randy, de supervisionar todos os cozinheiros para a equipe de filmagem. Tanta gente de Majestic se ofereceu para ajudar a fazer compras, cozinhar e servir a comida que Jill conseguiu fazer de mim sua prioridade número um, especialmente porque o Cup Of Spoons ficou fechado durante nosso esforço criativo.

— A Jill vai cuidar de você — dizia Isaiah sempre que me pegava me escondendo nas sombras da extensa produção do filme. Então dava um tapa de leve em minha bochecha e acrescentava: — Essa mulher não vai te abandonar, meu amigo. E Deus também não vai te abandonar.

Mas as orações de Isaiah e as mãos de Jill na rede não fizeram muito por mim. Sei que isso parece ingrato e feio, mas é a verdade.

É engraçado, porque ultimamente tenho pensado muito em meu pai e em uma primavera em que ele se ofereceu para treinar meu time na Liga Juvenil de Beisebol. Tínhamos uniformes e bonés verde-escuros e éramos chamados de Centauros, que, pensando bem, é um nome estranho para um time de beisebol, embora eu ache que não foi meu pai quem escolheu esse nome. Os outros times tinham nomes comuns, como Leões, Ursos, Tigres, mas nós, por algum motivo, éramos o time metade homem metade cavalo.

Eu não era um bom jogador de beisebol e meu pai nunca parecera muito interessado no esporte, então fiquei surpreso quando ele me disse que seria meu treinador. A primeira coisa que fez foi me levar a uma loja de equipamentos esportivos para comprar um taco e uma luva.

— Escolha bem, porque você precisa se apresentar bem — lembro dele dizer.

Eu não sabia que luva e taco específicos me fariam parecer um jogador de beisebol. Qualquer luva ou taco não serviam? Fiquei muito nervoso ao olhar para as grandes paredes cheias de equipamento de beisebol na Majestic Sports, onde agora é uma Starbucks. Uma luva preta com letras douradas chamou minha atenção, então apontei para ela, mas meu pai franziu a testa e disse:

— Luvas de beisebol devem ser marrons, filho. Só um exibido é que usa luva preta. — Papai arrancou uma luva marrom da parede e me entregou. — Veja se serve — disse ele. Estava apertada e machucava minha mão, mas, quando ele declarou "Serve como uma luva", não protestei.

Repetimos a mesma cena, só que desta vez na frente da parede dos tacos. Imaginei que um taco de metal mandaria a bola para mais longe da quarta base, o que era tecnicamente correto, mas papai disse:

— Homens de verdade usam tacos de madeira. — E escolheu o que ele queria que eu usasse, que era muito pesado para eu rebater do jeito certo. — Depois de uma semana de flexões, vai servir — disse ele.

Naquela tarde, eu e papai tentamos pegar umas bolas no jardim da frente. Ele tinha uma velha luva de primeira base da época em que jogava pela Majestic High School. Lembro de ter ficado surpreso quando vi sua luva já gasta, porque nunca tínhamos pegado bola antes. Por alguma razão, fiquei muito nervoso e cada centímetro da minha pele começou a formigar sem dó. Além disso, a luva nova estava acabando com a minha mão esquerda, fazendo parar de circular todo o sangue nos meus dedos, que eu havia enfiado à força na pequena peça de vestuário.

Eu não tinha problema algum em jogar a bola para os outros garotos da minha série. Conseguia acertar a luva deles quase sempre, mas com meu pai, por mais que eu me concentrasse, a bola sempre passava por cima de sua cabeça. Ele pulava e tentava pegá-la, mas, sem querer, eu a jogava tão alto que ele não tinha chance. Quando pousava no chão, ele gritava:

— Qual é o seu problema, Lucas? Não estou entendendo. *Vá pegar*!

Com o coração disparado, eu corria pelo jardim da frente do vizinho até a rua para recuperar a bola e, na volta, meu pai dizia:

— Só porque você tem o meu sobrenome não significa que vai levar vantagem. Você tem que conquistar a sua posição no time. E está começando muito mal.

Pensei que, se eu conseguisse acertar a luva de papai de forma consistente, nunca mais desejaria qualquer outra coisa enquanto fosse vivo. Nunca quis tanto algo quanto quis que a bola fosse diretamente da minha mão para a luva de primeira base de papai. Mas, toda vez que eu tentava, a bola saía mais cedo dos meus dedos e voava uns seis metros acima da cabeça dele.

— Lucas! — gritou papai depois da quarta ou quinta vez. — Para mim, chega!

Ele entrou em casa furioso e não olhou nos meus olhos por uma semana.

Quando a temporada começou, notei que ele era muito mais paciente com meus companheiros de time, que realmente pareciam gostar dele. Também era agradável com todos os pais e nunca gritava comigo na frente de alguém envolvido na Liga Juvenil de Majestic. Papai não me incentivava tanto quanto incentivava as outras crianças, mas eu não me importava. Não ter que ouvir gritos já estava bom demais. Era sempre melhor quando a atenção de papai estava focada em outras coisas.

Papai me colocou como defensor externo esquerdo, porque quase todo mundo dos outros times rebatia com a mão direita e ninguém conseguia jogar a bola para o campo adversário, então não chegava nada para mim, o que era maravilhoso. Eu podia ficar ali na minha posição e meio que desaparecer. No banco de reservas, papai fazia todo mundo ficar de pé, bater palmas e torcer para quem estivesse rebatendo, de forma que eu também pudesse me esconder atrás de todo aquele barulho. A única vez que as pessoas realmente me viam era depois que todos os outros já tinham rebatido e o nono rebatedor era chamado para a base. Eu sempre rebatia por último porque, em quase todas as vezes, era eliminado. Todo mundo no banco de reservas batia palmas e torcia por mim, mas meu pai nunca dizia uma palavra até que estivéssemos no carro voltando para casa — momento em que ele me dava um sermão em voz alta sobre meu "potencial como jogador de beisebol" e "desperdiçar oportunidades" e "encarar a vida". Dizia que estava apenas tentando me inspirar, logo depois de falar que eu o envergonhava.

Lembro de me recolher dentro de mim naquela temporada de beisebol e, quando ganhamos o jogo do campeonato e o sr. Minetti deu um banho de champanhe em papai e todos os meus companheiros de time jogaram o boné e as luvas para o alto, comecei a temer que houvesse algo muito errado comigo. Mais tarde, papai disse que vencer as eliminatórias da Liga Juvenil foi um dos melhores momentos de sua vida. Muitos dos meus companheiros de time lhe enviaram cartas de sinceros agradecimentos com fotos deles em seus uniformes de Centauro, que foram penduradas no escritório de papai e ali ficaram até ele sair de casa em meu primeiro ano de faculdade. Não sei se mamãe jogou fora essas fotos ou se papai as levou com ele, mas, se tivesse que apostar, eu diria que foi a segunda opção.

Durante as filmagens, ninguém me tratou como meu pai me tratara na única temporada em que treinou meu time de beisebol. Ninguém gritou comigo. Ninguém me deixou constrangido. Eu tinha o papel de protagonista no filme, então metaforicamente ninguém me colocou como defensor externo esquerdo ou para rebater por último. Mas eu não conseguia torcer com a mesma intensidade de meus companheiros de equipe no final de cada cena ou quando terminamos as filmagens. Nunca me senti realmente parte da equipe. Talvez eu tenha me colocado fora do círculo, porque sem dúvida estava de novo sozinho no lado esquerdo do campo externo, temendo o momento em que me chamariam à base para ser eliminado, embora Eli e Tony estivessem sempre muito felizes com minha atuação. A certa altura, Ernie Baum disse:

— Lucas, você arrasou naquela cena do parque. *Jogada perfeita*!

Estávamos ganhando o campeonato mais uma vez e, embora eu estivesse na equipe, de alguma forma sentia que não merecia a celebração. Eu não queria estar desaparecendo. Mais do que qualquer coisa no mundo, eu queria me conectar com meus colegas de elenco, meus vizinhos, as pessoas presentes na minha vida, mas, de repente, tudo virou areia movediça e eu não conseguia agarrar um arbusto para salvar minha vida. É provável que ninguém mais tenha percebido que eu estava desaparecendo rapidamente no sufocante desconhecido.

Esta carta está ficando chata e acho que devo me desculpar por isso. Se Darcy e o gato Justin estivessem aqui esta noite, tenho certeza de que encontrariam muitas coisas pelas quais agradecer. Justin ronronaria e Darcy me lembraria de tudo o que tenho, de como sou sortudo por ter tantos amigos e vizinhos dispostos a fazer um longa-metragem de monstro comigo. Tanta gente querendo nos ajudar a resgatar o Majestic Theater para as forças do bem, unindo todos por meio de um sentimento compartilhado de humanidade e propósito.

Há algo mais que preciso dizer e é difícil.

Estou um pouco chocado por você não ter respondido minhas cartas. Por um bom tempo, evitei dizer qualquer coisa sobre isso. Pensei que talvez eu não quisesse ferir seus sentimentos ou projetar expectativas injustas. Mas, nos últimos tempos, tenho me perguntado se não estou muito zangado com você.

Às vezes, acho cruel o que você fez. Levando a que eu me abrisse e confiasse em você de verdade. Eu mostrei para você muito do que eu mantinha escondido de todos, até mesmo de Darcy, e então, quando mais precisei, você me enviou uma carta fria e insensível pondo fim a minha análise sem me dar qualquer chance de encerramento. Sei que sua esposa foi assassinada, mas a minha também foi. E todos os outros Sobreviventes me apoiaram muito e uns aos outros, o que me faz pensar se todo aquele negócio junguiano era tão poderoso como você alegou.

Lembro de você dizer que tinha suas próprias feridas, seus próprios demônios. Que aquele que cura é primeiro uma pessoa ferida. E que o objetivo era administrar a dor, atribuir-lhe sentido para seguir em frente de uma maneira que seja benéfica para os outros, o que, por sua vez, ajuda a curar o eu. "Atribuir sentido ao sofrimento", dizia você com tanta confiança. Eu realmente acreditei em você. Comprei sua ideia. E diria que tudo o que escrevi nestas cartas demonstra isso de forma bem clara.

Então qual é sua desculpa?

Por que você não respondeu nem mesmo uma vez?

Por que me abandonou?

Receio que a escuridão interior esteja vencendo.

Uma resposta — algumas palavras apenas — me ajudaria muito a aguentar firme. E, quem sabe, se eu aguentar firme por um pouco mais de tempo a luz não volte?

Achei que fazer o filme com Eli resolveria tudo, mas parece que não resolveu.

Não sei mais o que fazer.

Estou assustado.

E me sinto completamente sozinho.

Por favor, me ajude.

Seu analisando mais fiel,
Lucas.

17

Prezado Karl,

Jill alugou um smoking para eu usar na estreia do nosso filme. Parece que ela comprou um vestido chique e sapatos combinando, mas estou proibido de vê-los até a grande noite, que — conforme os anúncios afixados em cada canto da cidade — é no próximo fim de semana. Jill também colocou um na vitrine do Cup Of Spoons, informando que o café estará fechado no dia da estreia e no dia seguinte por causa do catering da grande festa pós-estreia na casa de Mark e Tony. Jill acha que ficaremos fora até tarde demais para ela se levantar e abrir para o café da manhã. Até marcou um horário para fazer cabelo e maquiagem antes da estreia, o que me parece um pouco exagerado, embora fôssemos chegar de limusine — oferecida gratuitamente pela Michael's Limos —, andar no tapete vermelho, ser fotografados por um profissional em frente aos cartazes oficiais de nosso filme e, talvez, entrevistados por repórteres da indústria cinematográfica e personalidades dos noticiários de TV locais.

Mark não para de repetir que usou seus contatos para que "nossa narrativa" caísse no radar das "pessoas que importam" e, por isso, a estreia de nosso filme vai ser "muito importante". Tenho dificuldade em imaginar tudo isso, mas, de novo, a mídia veio atrás da tragédia e não parou de me incomodar por meses. Mark insiste que não me farão "perguntas inapropriadas" e até conseguiu que um de seus contatos, que está promovendo o filme, "se encarregue" de mim durante a noite. A meu ver, isso significa que essa pessoa vai tentar garantir que nenhum repórter me faça sentir mal ou traga assuntos que possam me levar para um lugar sombrio.

Mark diz que também haverá alguém encarregado de proteger Eli da imprensa. Acho que esse serviço vai cuidar de todos os Sobreviventes, o que provavelmente está fazendo todo mundo se sentir tranquilo com essa história de tapete vermelho, mas não tenho certeza, porque não tenho falado com muita gente nos últimos tempos.

Ainda não vemos Eli tanto quanto costumávamos, mas ele veio jantar comigo e com Jill algumas vezes. De vez em quando, vamos à casa de Tony e Mark, onde o garoto agora mora em tempo integral. Todo mundo não para de falar que vou ficar muito orgulhoso quando vir o produto final. Mark e Tony se ofereceram para exibi-lo para mim antes, mas decidi que queria assistir pela primeira vez com os outros Sobreviventes e o resto de Majestic. Fechar o ciclo — resgatando o Majestic Theater, como sugerem as camisetas de Jesus Gomez — em uníssono com todos os que estavam lá naquela noite.

Todos os lugares da sala de exibição do Majestic — que é enorme — foram vendidos, mesmo com Mark e Tony colocando os ingressos da plateia a 250 dólares e os do balcão a 150. Todo o valor arrecadado será doado a uma instituição de caridade nacional que ajuda as vítimas da violência com armas de fogo. Todos votamos naquela que acreditamos ser a melhor, e foi bom que o resultado tenha sido unânime, pois significa que ninguém se sentiu mal em relação ao destino do dinheiro. Os Sobreviventes ganharam ingressos de graça, é claro, e estou lhe enviando o seu par dentro deste envelope.

Quando tentei entregar os ingressos de Sandra Coyle, sua assistente, Willow, não me convidou para entrar. Ela foi gentil e até se desculpou ao avisar que "Sandra disse que seu tempo acabou", seja lá o que isso signifique.

Quando expliquei que só queria dar ingressos de cortesia à sua chefe, Willow disse:

— Não posso aceitá-los em nome da Sandra.

Depois de pensar um pouco, perguntei se Willow poderia aceitar os ingressos em seu próprio nome, o que a fez encher as bochechas de ar por um segundo antes de responder:

— Eu gosto de você, Lucas. Gosto do que está tentando fazer. Gosto de como está sendo gentil com a Sandra. Mas ela é minha chefe.

Por fim, estendi a mão como se quisesse apertar a dela, reconhecendo minha derrota. Mas, quando ela retribuiu, pressionei o envelope contra a palma da sua mão e saí como uma flecha antes que ela tivesse a chance de devolver os ingressos. Enquanto eu fechava o portão de ferro, olhei para trás e vi Willow cobrindo a boca com a mão livre e apertando os ingressos contra o peito com a outra, o que me fez pensar que eu a tinha conquistado um pouco.

Quem sabe?

Talvez ela e Sandra apareçam na estreia por curiosidade ou "medo de ficar de fora", como meus alunos costumavam dizer. Acho que ir à estreia seria bom para a alma de Sandra Coyle. Tenho certeza de que seu falecido marido, Greg, concordaria.

A Sobrevivente Tracy Farrow organizou encontros com uma psicóloga comportamental que se ofereceu a ajudar todos nós na preparação para a volta ao Majestic Theater, também conhecido como *a cena do trauma*. Mais uma vez, todos se encontraram na biblioteca. Fui à primeira sessão, pensando que poderia ajudar, mas foi basicamente terapia cognitivo-comportamental, que sei que você vê com certo desprezo, porque trata o sintoma sem atingir a raiz do problema. Você ficará satisfeito em saber que saí no meio do encontro e não voltei, embora a simpática psicóloga tenha oferecido seu tempo de forma voluntária e, portanto, sem qualquer custo para os Sobreviventes. Eles têm se encontrado todas as noites e continuarão fazendo isso até a estreia. Alguns dos Sobreviventes tentaram me convencer a retornar ao grupo de terapia, mas recusei com educação até que parassem de me pedir.

Jill ficou chateada quando lhe contei que não iria retornar. Insistiu que voltar ao Majestic Theater pela primeira vez desde dezembro passado poderia ser psicologicamente difícil, mas Jill nunca foi exposta à análise junguiana, então não sabe que ela é superior a todas as outras formas de tratamento psicológico.

A certa altura, durante o que parecia ser nossa primeira discussão real, Jill disse:

— Se a análise junguiana é tão boa, onde está o Karl?

Na hora, não me ocorreu uma boa resposta, mas, depois de refletir um pouco, disse a mim mesmo que você voltará no momento apropriado e que talvez seu desaparecimento repentino faça até parte de meu tratamento. O que quero dizer é que fui forçado a escrever todas estas cartas, que sem dúvida têm sido terapêuticas. É provável que a cidade de Majestic nem estivesse vivenciando a estreia de um filme se você tivesse retomado minha análise após a tragédia. Sandra teria conseguido o que queria e os Sobreviventes estariam trabalhando obedientemente em uma campanha política em vez de fazer arte de um jeito alegre e terapêutico.

Devo admitir que não entendi sua genialidade no começo, mas hoje consigo vê-la. Portanto, missão cumprida. Você pode parar de se esconder e ir à estreia, agora que aprendi o que você estava tentando me ensinar.

Agora mesmo, enquanto eu escrevia esta carta, alguém bateu com força na minha porta da frente. Quando desci e atendi, fiquei surpreso ao ver Tony, porque eram quase dez da noite e Jill já estava dormindo, ou, pelo menos, ela não saiu do quarto para ver quem estava batendo, o que provavelmente teria feito se ainda estivesse acordada. Como tinha vindo caminhando na chuva, Tony estava encharcado, então convidei-o para entrar e dei algumas toalhas do lavabo a ele. Quando sentamos no sofá, percebi que seus olhos estavam vermelhos, o que parecia um indício de que ele havia chorado.

Perguntei o que havia de errado, mas de uma forma gentil, inclinando-me para ele, usando todas as minhas habilidades naturais de escuta que muitas vezes empreguei com adolescentes problemáticos. Tony voltou a chorar ali mesmo no meu sofá, então dei um tapinha em seu ombro, querendo dizer "Está tudo bem; eu estou aqui". Isso liberou nele uma torrente de palavras, que brotavam rápida e furiosamente.

Tony falou que ele e Mark haviam considerado vender o Majestic Theater após a tragédia e até começaram a negociar com um dramaturgo local que queria transformar a histórica sala de cinema em uma casa de espetáculos para apresentações ao vivo.

— Houve sérias discussões sobre dinheiro — disse Tony. — Mas então vocês vieram com essa ideia maluca de filme de monstro. E, bem...

Ele prosseguiu dizendo que, no início, a tragédia gerou uma tensão em seu relacionamento com Mark, porque Tony estava com raiva e queria ir embora de Majestic, Pensilvânia, de qualquer jeito. Tony interpretou o tiroteio como um sinal de que as pessoas, no fundo, são más. E que talvez fosse melhor sair dos arredores da cidade, onde havia "tantos jovens brancos raivosos". Mark, no entanto, viu o momento como uma oportunidade de provar que um cinema histórico poderia fazer a diferença em uma comunidade, ser medicinal — como vocês, junguianos, dizem —, embora Tony não tenha usado exatamente essa palavra.

— Nossa discordância foi uma crise extra e menor, porque obtivemos respostas muito diferentes à tragédia. Eu queria ganhar muito dinheiro, e ele, continuar insistindo naquilo... — Tony parou por um instante. Eu me senti na obrigação de validar o que ele tinha dito até ali com um aceno de cabeça tranquilizador, que pareceu ajudá-lo a prosseguir: — Mas então você nos trouxe o Eli. Fiquei desconfiado no início porque ele era irmão do Jacob. Mas, de alguma forma, você convenceu todo mundo. Você fez isso, Lucas. E trabalhando de perto com Eli nestes últimos meses... ele é um garoto extraordinariamente bom. É como se fosse o oposto do...

Tony começou a tossir muito e as lágrimas corriam tão intensamente de seus olhos que marcavam a gola de sua camisa polo verde-esmeralda ainda mais do que a chuva.

Algo profundo dentro de mim despertou e, quando vi, meus braços estavam em volta de Tony, e ele, chorando em meu ombro enquanto eu o abraçava.

Foi quando notei Jill observando do meio da escada. Tive a sensação de que ela estava ali havia algum tempo, portanto, tinha escutado muito do que Tony dissera. Mas, assim que eu e ela nos olhamos, Jill voltou para cima e desapareceu em seu quarto. Eu sei porque ouvi a porta do quarto de hóspedes se fechando.

Tony deve tê-la ouvido também. Ele se afastou de mim e começou a enxugar os olhos com as costas das mãos enquanto dizia:

— Me desculpe, Lucas. Eu não devia estar aqui. Quero dizer, na verdade, eu é que devia estar consolando você. Só que eu me senti... bem, eu me senti *na obrigação* de... sei que isso soa ridículo... apenas de... agradecer.

Então ele se levantou e saiu pela porta da frente, de volta para a chuva, que tinha piorado.

Sentei no sofá e fiquei pensando sobre a última conversa que tive com Eli, um ou dois dias antes, quando ele veio oficialmente desarmar sua barraca. Enquanto eu o ajudava a colocar tudo em uma bolsa, ele contou que Mark e Tony estavam usando seus contatos e nosso filme para tentar fazê-lo ser aceito de última hora em uma faculdade de cinema.

Ao que parecia, Isaiah já havia aprovado a formatura de Eli, embora eu ainda não tivesse enviado a avaliação de seu projeto final. Eli disse que Isaiah assumira a responsabilidade de resolver tudo, e então percebi que eu havia começado a fugir das minhas responsabilidades como educador. Perguntei a mim mesmo quando isso tinha começado, mas não podia negar que Eli não era mais uma prioridade em minha mente. O garoto não parecia zangado ou ressentido — em vez disso, parecia triste e preocupado comigo, embora não tenha expressado diretamente seus sentimentos.

Já com tudo arrumado e pronto para ir embora, Eli olhou para os chinelos e disse:

— Você fez muito por mim, sr. Goodgame. É incrível. Tudo o que fizemos acontecer. Mas comecei a pensar que talvez você tenha feito todo esse negócio de filme de monstro por mim em vez de fazer o que você precisava por si mesmo.

Lembro que o sol batia em meus olhos com tanta intensidade que me fazia piscar repetidamente.

— Sinto muito pela sua esposa — continuou Eli. — Mas acho que talvez você precise de mais ajuda do que posso lhe dar. Eu só tenho dezoito anos.

Ele engoliu em seco e, quando finalmente olhei em seus olhos, ele jogou os braços em volta do meu pescoço e me puxou para perto. Depois de um segundo, eu também o abracei. Ele ficou assim por um bom tempo, me balançando para trás e para a frente, da esquerda para a direita, da direita para a esquerda e de volta.

— Eu realmente sinto muito por seu irmão — falei, o que o fez colocar o rosto em meu peito do jeito que Tony faria apenas alguns dias depois, conforme já descrevi. Eu e Eli ficamos assim por alguns minutos antes de ele me soltar e ir embora sem olhar para mim, nem dizer uma palavra. Desde então, não vi mais Eli e confirmei na minha cabeça, de uma vez por todas, que sou de fato Puff, o Dragão Mágico, e Eli, Jackie Paper.

Chamando-me "o melhor orador da cidade", Mark me pediu para fazer um discurso na estreia — pouco antes da abertura das cortinas vermelhas e da exibição do filme. Realmente espero que minha versão forte e eloquente ressuscite pelo menos mais uma vez. Acho que voltar ao interior do Majestic fará o Outro Lucas reviver. Muitas pessoas lá vão precisar dele para inspirá-las em direção à cura e ao bem-estar geral.

Também tenho uma fantasia sobre Darcy alada aparecendo para me apoiar. Mesmo que ela já tenha voado para a grande luz branca, talvez ela possa retornar à Terra uma última vez. É provável que os anjos também precisem de um encerramento. Quem sabe, todos os entes queridos alados dos Sobreviventes estarão no ar, entre os assentos vermelhos do Majestic Theater e o teto da sala de exibição, maravilhosamente pintado para se parecer com o céu — nuvens brancas fofas sobre um mar azul-celeste e até mesmo um sol. É de tirar o fôlego. Eu e Darcy costumávamos chegar cedo ao cinema só para admirar aquela bela obra de arte. De qualquer forma, no Majestic Theater, nunca são veiculadas propagandas e apenas um ou dois trailers são exibidos antes do filme. Mark e Tony sempre tocam ópera, o que fazia eu e Darcy nos sentirmos como se estivéssemos em um mundo diferente e mais antigo toda vez que nos sentávamos nas cadeiras vermelhas com a cabeça inclinada para trás, olhando para cima, para a obra de arte.

— A resposta de Majestic para Michelangelo — Darcy costumava dizer.

Na nossa última noite juntos, pouco antes de o filme começar, lembro de segurar a mão de minha esposa e olhar para o teto da sala de exibição, só que em vez de ópera, o que tocava era música natalina. Quando penso nisso agora, ouço Ella Fitzgerald cantando sua versão de "Angels We Have Heard on High". Darcy sempre adorou a Primeira-Dama da Canção. Lembro dos lábios quentes de minha esposa tocando de leve minha bochecha. Agora, em minha memória, sinto o cheiro de hortelã, porque esse era o sabor do brilho labial que Darce estava usando quando se transformou em anjo.

Durante nosso balançar noturno na rede de Darcy, Jill fica repetindo que não preciso ir à estreia se não quiser. Mesmo que — como eu disse — ela já tenha comprado um vestido e alugado um smoking para mim.

— Nós podíamos sair daqui. Reservar um lugar por aí. Desaparecer um pouco — diz ela, e há uma parte de mim que quer fazer exatamente isso, embora eu saiba que devo a todos estar à altura da ocasião e à frente do resgate do Majestic Theater.

— Tenho que fazer um discurso — digo a Jill.

— Não tem, não — responde ela. — Especialmente se você não estiver pronto.

— Pronto para o que exatamente? — pergunto, e isso sempre faz Jill ficar em silêncio.

O que você acha, Karl?

*Estou pronto?*

Quando sou realmente honesto comigo mesmo e dou um mergulho profundo dentro de mim — o que muitas vezes acontece quando medito ou tento voltar aos meus sonhos e continuá-los, como você me ensinou —, ouço um barulho muito suave que não consigo identificar. Às vezes, parece o vento passando por entre as árvores, só que distante. Quando me concentro e tento ouvir com mais atenção, o som aumenta e fica mais próximo, até que começo a distinguir o que ao certo estou ouvindo. Vou chegando cada vez mais perto de localizar mentalmente o som, mas bem nessa hora alguma parte defensiva no meu interior se posiciona e me chuta no nariz psicológico metafórico, trazendo-me de volta ao cotidiano monótono, onde não consigo ouvir mais nada dentro de mim.

E não consigo me livrar da sensação de que, finalmente, vou ouvir o que quer que seja esse barulho dentro de mim quando entrar na sala de exibição do Majestic Theater e me sentar ao lado da faixa preta que marcará o último assento em que a versão humana de minha esposa descansou eternamente. Soube que Mark e Tony trocaram o estofamento de todas as cadeiras do cinema, então não há possibilidade de alguém ficar traumatizado de novo devido a manchas de sangue ou algo assim. Mas, quando tento visualizar meu retorno àquele espaço, cada centímetro de minha pele começa a formigar, e cada célula de meu corpo, a vibrar. Então começo a ter medo de ouvir aquele barulho misterioso trancado lá dentro de mim.

Quando sou honesto comigo mesmo, sei que o som oculto — seja lá o que ele for — é poderoso o suficiente para me matar, só acho que não vou criar asas, virar um anjo e voar em direção à luz branca. É mais provável que a terra comece a tremer e o chão debaixo dos meus pés se abra e eu caia no calor da lava, do magma, da fumaça de um inferno que nunca fui capaz de imaginar.

De novo, para ser honesto, há uma parte de mim que espera por isso, e por que não neste momento? Há uma parte de mim que sente que merecemos um tipo de castigo eterno.

Isso é estranho?

Ou é apenas parte da condição humana, Karl?

O que Jung diria?

Talvez o Outro Lucas apareça de novo e saia vitorioso?

Como isso seria bom.

Gostaria que você estivesse lá se o Outro Lucas aparecer, mas não que me visse cair em desgraça profunda.

Sinto que há coisas que não consegui lhe contar nestas cartas. Eu queria contar. Só não me lembro de tudo. Mas é isso. Já lhe contei parte. É um primeiro passo. Mas como posso lhe contar mais se não consigo lembrar exatamente o que aconteceu?

Agora tenho pesadelos.

Jill corre para me acordar sempre que começo a gritar no meio da noite, mas nunca consigo lembrar o que eu estava sonhando, por mais que eu tente.

Acho que esta pode ser minha última carta para você, Karl. Especialmente se você não comparecer à estreia de nosso filme. Caso você não tenha percebido, lhe escrevi uma carta para cada pessoa morta no Majestic Theater em dezembro — menos Jacob Hansen. Esta é a décima sétima. Eu tinha planejado escrever dezoito, mas acredito que não terei tempo nem energia emocional para fazer isso antes da grande noite. E também acho que você não vai a nossa estreia. Ou talvez seja mais correto dizer que "Não estou me permitindo ter grandes esperanças".

Se minhas cartas tivessem valido a pena, mesmo que só um pouquinho, você já teria me escrito de volta, certo?

Junto aos ingressos está uma foto do nome de sua esposa como aparece na seção *in memoriam* do nosso filme. Pedi para Tony tirá-la. Você verá que tive o cuidado de que fosse escrito da forma correta — LEANDRA JOHNSON —, que é o mínimo que eu poderia fazer por meu analista junguiano favorito.

Para terminar, quero dizer que, aconteça o que acontecer na estreia — ou comigo depois —, você me ajudou de verdade. Eu aguardava com ansiedade nossas sessões de sexta à noite, mais do que você provavelmente imaginava. Elas me fizeram um melhor educador, amigo, filho e marido.

Eu não conseguia muito ver meu progresso. Às vezes, eu até dizia:

— Será que estou sendo enganado, Darce? Não sei. Será que vale a pena todo o dinheiro que estamos gastando?

Minha esposa costumava me olhar bem nos olhos e responder:

— Desde que começou a análise, você está muito mais leve, muito mais divertido. É como se você fosse outra pessoa. Não que eu não amasse a sua antiga versão. Mas, para variar, é bom vê-lo finalmente aproveitando a vida.

Eu estava mesmo começando a aproveitar minha vida — talvez pela primeira vez.

Isso é fato.

Caso eu nunca mais fale com você, saiba que você me ajudou. Mesmo depois que me negou acesso direto ao tratamento, você continuou ajudando. Só de pensar em você, já ajuda. Escrever estas palavras aqui, esta noite, ajuda. Eu definitivamente não teria chegado assim tão longe sem você.

Então, obrigado, obrigado, obrigado.

Você é um homem maravilhoso, Karl Johnson.

Seu analisando mais fiel,
Lucas.

# Três anos e oito meses depois

18

Prezado Karl,

Já faz um bom tempo.
 Prepare-se, porque provavelmente esta será uma carta bastante longa, escrita em diferentes momentos.
 Também serão as últimas palavras que redijo para você.
 Quando eu terminar, será para sempre, embora eu vá, é claro, continuar a honrar nossa importante relação de formas menos imediatas.
 Acho que devemos começar reconhecendo os dois óbvios problemaços que temos aqui com a gente neste espaço — seja lá como você queira denominar este *setting* que, de alguma forma, criei. Para ser franco, não tenho ideia de como chamá-lo. Uma coleção de cartas de amor? Um diário? Uma confissão dolorosamente lenta? As divagações de um louco enlutado? Tudo o que sei é que escrever para você foi minha tábua de salvação em um período terrivelmente sombrio da minha vida. Eu sei que, sem pelo menos imaginar você me lendo ou me ouvindo, minha determinação teria falhado. Eu teria sido puxado para as profundezas psicológicas mais sombrias e com certeza me afogado.
 Problemaço Óbvio Número Um:
 Parece um tanto sinistro — talvez até incerto — escrever para você agora que aceitei de vez o fato de que você está morto e esteve o tempo todo em que lhe enviei cartas. Você estava morto quando passei por sua casa

repetidas vezes — e mesmo quando bati no que pensava ainda ser a porta da frente de sua residência. Eu não queria aceitar o que tinha visto naquela época, sobretudo porque ainda precisava desesperadamente que você estivesse vivo. Acho que transformei você em um tipo de miragem psicológica, apenas para que eu pudesse continuar atravessando aquele deserto solitário em que eu estava vivendo. Minha sede insaciável por você fez minha mente ferver.

Felizmente, hoje não estou tão doente quanto naquela época. Não estou mais dissociando. Recuperei todas as lembranças, até mesmo as mais repulsivas, e estou me esforçando muito para fixá-las na consciência, integrando tudo. E também estou tentando muito me perdoar, mesmo que ninguém ache que fiz algo errado.

Sinto que agora processei os dois traumas — o massacre do Majestic Theater e encontrar você do jeito que encontrei depois que todos os funerais terminaram. Talvez eu esteja suficientemente curado para escrever esta última carta, concluindo o que comecei quando estava tão doente. Por muitas razões, parece importante fazer este capítulo sombrio chegar a sua conclusão natural. Para honrá-lo. Elevá-lo aos deuses em agradecimento, como você deve ter dito alguma vez.

Então, sim, aceitei que você, Darcy e todos os outros realmente se foram deste mundo para sempre.

Lembro de você dizer uma vez — e com certeza não vou citar da forma correta, então, por favor, desde já me perdoe — que Jung acreditava que as neuroses são a melhor resposta da psique para determinada crise e, embora sempre desejemos curar e estabilizar a psique, devemos também honrar, ou pelo menos reconhecer, suas valorosas tentativas de nos proteger.

Li, do princípio ao fim, todas as cartas malucas que lhe enviei. Ainda as tenho no meu notebook. No início, fiquei preocupado em saber com quem estavam as manifestações físicas de todas aquelas confissões desconexas. O que essas pessoas sem nome fariam com meus delírios? Alguém seria tão cruel a ponto de postar o resultado de minha instabilidade na internet? E caso sim, alguma vez me seria permitido continuar meu trabalho na Majestic High School? Não tenho certeza se eu gostaria que até mesmo Isaiah ou Jill lessem as palavras que meu eu dissociado escreveu para você. Perdi o sono pensando nisso.

Agora um jovem casal com duas filhas pequenas mora em sua casa. Quando passei por lá, por acaso, cerca de um ano atrás, vi carpinteiros transformando seu consultório no que agora parece ser uma mistura de estufa e área coberta. Através das grandes vidraças, quem estiver vagando por ali pode ver plantas altas e móveis de jardim, e acho que você realmente gostaria de tudo. Usando um roupão azul-royal e chinelos brancos, a mãe costuma tomar seu café da manhã ali. O sol nascente ilumina seu rosto enquanto ela verifica seus e-mails no tablet. Dá para ver que ela adora morar em sua casa. Às vezes, vejo as meninas brincando no gramado da frente, e elas também parecem felizes, completamente alheias à última coisa que você fez dentro de sua casa idílica.

Fiquei preocupado que minhas cartas estivessem empilhadas no chão, atrás da porta da frente, quando essa família comprou a casa. Será que aqueles jovens mãe e pai leram todos os meus pensamentos íntimos? E, caso sim, o que pensaram? Será que me rotularam de louco? Será que conseguiram passar da primeira carta? Será que viram os carimbos do correio e então leram as cartas por ordem de chegada ou aleatoriamente? Ou será que jogaram logo tudo no lixo? Tenho visto essa família na cidade. Quando aceno e digo "olá" e sorrio, eles sempre retribuem minhas gentilezas sem hesitar, o que parece ser um bom sinal.

Talvez o policial Bobby tenha pegado todas as minhas cartas. Também poderia ter sido Jill ou um corretor de imóveis gentil e discreto, muitos dos quais conheço graças a décadas de escola, pois convivi com seus filhos e suas filhas. Por alguma razão, sinto que outras pessoas leram as cartas que escrevi, mas — até agora — ninguém me disse uma palavra sobre elas. Conforme já falei muitas vezes, vivemos entre pessoas de bom coração.

Problemaço Óbvio Número Dois:

Estou traindo você.

Há mais de três anos, estou indo a outro analista junguiano. Fazemos três sessões por semana. Terças e quintas, às oito da manhã, e domingos, às nove da noite. O nome dele é Phineas, e ele me disse que vocês se conheciam bem das muitas conferências e encontros profissionais que todo analista junguiano frequenta. Isso foi tudo o que ele me contou sobre a relação de vocês, alegando que seria inapropriado ir mais longe, embora eu ache que ele pudesse ter ido.

Phineas está mais disposto a falar em geral sobre analistas junguianos e me disse que um erro comum que os analisandos cometem é pensar que seus analistas têm tudo planejado e, portanto, não são vulneráveis às forças mais sombrias deste mundo, o que, óbvio, não é verdade. Nós discutimos detalhadamente o conceito de curador ferido, o que de certa forma também se aplica a mim. Tenho muitas feridas de infância, muitos lugares despedaçados dentro de mim, mas isso me permite sentir e entender a dor dos alunos do ensino médio de um jeito que muitos de seus pais com menos lugares despedaçados — ou talvez menos conscientes deles — não conseguem.

Phineas leu as cartas que enviei para você, e — em uma tentativa de me revelar totalmente — concordei em deixá-lo ler esta também, assim que eu a terminar. Ele diz que ler minhas cartas para você o fez admirar a criatividade e a resiliência de minha psique, o que me deixou um pouco menos constrangido.

— Somos todos capazes de realizar milagres — Phineas costuma dizer.

Acho importante enfatizar, desde já, que não estou zangado com você nem decepcionado com o que você achou que tinha de fazer, porque, conhecendo você como eu conhecia, tenho certeza de que não tomou a decisão no calor do momento. Não, acredito que foi uma escolha deliberada e calculada depois de você analisar todas as opções com muito cuidado, embora Phineas diga que nunca saberemos ao certo o que estava se passando pela sua cabeça e pelo seu coração quando você fez o que fez. Fiquei ressentido e até odiei você por um tempo, mas esse tempo horrendo passou. Ainda sinto sua falta, é claro. Mas Phineas diz muitas vezes que há um Karl interior vivendo dentro de mim e que meu Karl interior estará comigo para sempre. Nesse sentido, escrever cartas como eu estava (e acho que ainda estou) fazendo foi/é uma tentativa de integrar esse Karl interior e estar em comunhão com o você eterno.

Nesses três anos, Phineas vem tentando me fazer escrever esta última carta. Desde o início do meu tratamento com ele, Phineas tem sido inflexível quanto a "fechar o ciclo do Karl", terminar o que a psique me mandou começar quando eu estava muito doente. Phineas acredita que esse será o "remédio da alma". Embora, desde o início, eu quisesse muito me curar, acho que não conseguiria ter escrito estas palavras antes. Acredito de verdade que estou terminando esse negócio de escrever cartas o mais rápido que consigo psicologicamente. Têm sido anos difíceis, para dizer o mínimo, como você verá por si mesmo daqui a pouco.

Você deve estar se perguntando como foi a estreia do filme, certo?

Resumindo: eu e Phineas levamos três anos e meio de análise, com três sessões por semana, para descobrir o que aconteceu. Não sei se realmente me lembro de tudo, porque comecei a dissociar muito. Talvez seja melhor escrever exatamente o que me lembro e, depois, você pode usar sua apurada intuição e sua intensa perspicácia para preencher as lacunas.

Na tarde da estreia, Bess e Jill foram ao salão fazer as unhas e o cabelo, enquanto Isaiah me levou para jogar golfe. Nenhum de nós é um grande jogador de golfe, mas Isaiah é sócio do Pines Country Club — onde o muito amável Greg Coyle era o profissional de golfe responsável —, então ando de carrinho por lá de vez em quando com Isaiah, e faço o possível para não quebrar nenhuma janela próxima. Naquela tarde específica de agosto — que, lembro, estava quente o bastante para fazer as últimas cigarras do verão continuarem cantando —, eu não conseguia me concentrar e perguntei a Isaiah se ele não se importava que eu apenas anotasse sua pontuação em vez de jogar uma rodada eu mesmo. Depois de tentar me convencer por um instante a jogar, dizendo que isso iria "desanuviar minha cabeça", Isaiah finalmente cedeu e então me tornei seu *caddie* — dirigindo o carrinho, aplaudindo suas boas tacadas e anotando suas jogadas. Isaiah estava estranhamente quieto, concentrado no jogo, até por volta do décimo quinto ou décimo sexto buraco, quando disse:

— Lucas, estou bastante preocupado com você.

Ele começou a listar um monte de coisas estranhas que eu tinha feito, como desaparecer do set de filmagem quando precisavam de mim, vagar por Majestic no meio da noite, não comer, coçar os braços de forma obsessiva até começar a criar ferida e algumas outras coisas. Em seguida, acrescentou:

— Se esta noite for demais para você, ninguém vai culpá-lo. Eu também posso faltar. Podemos ficar em sua casa ou onde você quiser. Talvez pegar o carro e ir até a costa ou algo assim. Apenas sair da cidade.

— Eu devo a Eli minha presença na estreia — respondi. — E tenho que fazer um discurso.

— Na verdade, você *não* tem que fazer isso — retrucou ele enquanto limpava com uma toalha vermelha um pedaço de terra de seu taco.

— Acho que tenho sim.
— Por quê?

Não consegui responder a Isaiah, pois eu sentia que tinha de retornar ao Majestic Theater e tinha esperanças de que Darcy alada estivesse lá me esperando. Eu também queria saber qual era o som dentro de mim. Mas ainda estava equilibrado o bastante para perceber que não era aconselhável dizer essas coisas, então fiquei quieto.

— Só acho que você não está pronto para isso, amigo — disse ele. — Não sei se algum de nós está totalmente preparado, mas você, em particular, Lucas, parece... não sei.

— Isaiah, estou me sentido ótimo — argumentei, e fiz o melhor que pude para manter contato visual, mas me senti pressionado de novo e acabei desviando o olhar antes de Isaiah.

Tenho certeza de que ele não me deixou escapar tão facilmente, mas em minha memória só me vejo calado ajudando meu melhor amigo a terminar sua rodada de golfe, após a qual tomamos um banho e trocamos de roupa no vestiário. Então ele me ofereceu jantar mais cedo, dizendo que tinha que gastar o valor mínimo que o clube exigia todo mês.

Nesse dia, lembro de não estar realmente lá com Isaiah e de ele sentir que eu estava bem distante, mas ao mesmo tempo dava para ver que ele não sabia o que fazer em relação a tudo isso. Eu era a pessoa que ajudava as pessoas com seus problemas de saúde mental. Isaiah era o cara que dirigia a escola e confiava em seu Deus para fazer o resto. Antes de jantarmos, ele orou, pedindo a Jesus "para ajudar o corajoso e bondoso Lucas durante a estreia", mas essa oração em particular não pareceu funcionar tão bem quanto as outras. Minha pele não formigou. Não comecei a tremer. Não senti absolutamente nada. Também não toquei na comida, o que pareceu incomodar Isaiah, que ficou insistindo:

— Você tem que comer, Lucas.

Já em minha casa, eu e Isaiah vestimos nossos smokings e ficamos na sala de estar, com o ar-condicionado ligado, assistindo ao time de beisebol Philadelphia Phillies na tv, enquanto esperávamos Bess e Jill voltarem de seu dia de beleza. Quando finalmente elas chegaram, estavam quase irreconhecíveis, muito maquiadas e com o cabelo penteado de um jeito que eu nunca tinha visto, mas eu e Isaiah éramos inteligentes o bastante e lhes dissemos que estavam fantásticas, enquanto subiam as escadas correndo para colocar seus vestidos.

— Última chance de desistir — disse Isaiah, mas eu fiz que não, e assunto encerrado.

Quando a limusine parou na frente de casa, Jill e Bess ainda estavam se vestindo, então Isaiah gritou que tínhamos que ir, pois Mark, Tony e Eli estavam nos esperando. Então, quando dei por mim, estávamos todos na parte de trás de uma grande limusine. Tony servia a todos uma taça de champanhe caro. Eli sorria como um garotinho na manhã de Natal. Bess, Isaiah e Jill estavam maravilhados com o luxo da limusine. E Mark parabenizava todos sem parar, até que Tony perguntou:

— Quantas taças de champanhe você já bebeu?

Mark enrubesceu.

— Podemos abrir o teto solar? — perguntei, pensando que talvez Darcy já pudesse estar ali, voando acima de nós.

Mark disse que estava um pouco quente para abrir o teto solar, porém Tony gritou para o motorista "aumentar o ar-condicionado e deixar o sol entrar!".

Fiquei olhando para o céu pelo resto da viagem, mas não vi Darcy alada. Eu me esforcei muito para invocá-la com a mente, mas não funcionou. Comecei a me sentir tão só que pensei que fosse ter uma crise de choro, então passei a beliscar a pele entre o polegar e o indicador da mão esquerda, cravando as unhas com tanta força que me perguntei se elas entrariam na pele até realmente ferir. A dor foi apenas suficiente para manter minhas emoções sob controle.

Jill sussurrou em meu ouvido que eu não precisava fazer aquilo se não estivesse pronto, então eu disse "Estou pronto!", só que gritando — eu sei porque todos na limusine fizeram uma cara de susto e depois ficaram em silêncio. Quando vi que Eli estava franzindo a testa, consegui me recompor o suficiente para dizer:

— Isso é muita coisa para mim, mas também é muito especial e importante.

Todos assentiram de forma tranquilizadora, mas eu sabia que tinha estragado o passeio de limusine de meus amigos, o que me fez sentir pior do que eu já estava me sentindo.

Quando chegamos ao cinema, o Departamento de Polícia de Majestic tinha bloqueado tudo. Havia um forte aparato policial — por todos os lados se viam policiais uniformizados. Havia também um tapete vermelho ladeado por cordões como sorrisos de veludo vermelho ligados a colunas douradas e brilhantes. Consegui ver muitos dos Sobreviventes fazendo fila para tirar fotos enquanto os repórteres lhes faziam perguntas aos gritos e tentavam fazê-los posar.

Quando saímos da limusine e nos juntamos a todos no tapete vermelho, fiquei agradavelmente surpreso ao ver Sandra Coyle. Ela usava um elegante vestido preto e luvas pretas combinando, realçados por brincos pendentes e uma gargantilha, tudo de diamantes. Willow estava lá carregando a grande foto do rosto de Greg Coyle — aquela que eu tinha visto no cavalete de madeira na sala de estar dos Coyle. Quando chegamos mais perto, ouvi Sandra falando com certa arrogância sobre o poder transformador do cinema. E como, desde o início, ela apoiara totalmente nosso filme de monstro e se sentia honrada não apenas por estar ali, mas por ter ajudado a financiar o projeto.

— Às vezes, votamos com os nossos bolsos — disse ela olhando diretamente para a câmera, pouco antes de dar um sorriso branco de ofuscar. Os repórteres pareciam atentos a cada palavra de Sandra e captavam tudo o que ela dizia com pequenos gravadores estendidos em sua direção.

Lancei um olhar de interrogação para Mark e Tony.

— A Sandra foi uma apoiadora de última hora — disse Mark.

— Última hora tipo *ontem à noite* — acrescentou Tony, dando uma leve cotovelada em minhas costelas.

— Todo mundo ama um vencedor — disse Isaiah.

Sei que relatar tudo isso parece cínico, mas fiquei feliz de verdade por ver Sandra na estreia, porque isso significava que todos os membros do Grupo dos Sobreviventes estavam presentes, nos tornando completos novamente.

Mas eu tinha começado a suar em bicas. Pensei que fosse o calor de agosto, embora houvesse grandes ventiladores para nos refrescar. Mas havia muita gente me fotografando — flashes por toda a parte —, e uma jovem me conduzia pela seção da imprensa, dizendo aos repórteres que eu infelizmente não poderia responder a nenhuma pergunta naquela noite; então evitamos ficar parados posando para fotos, momento pelo qual eu sabia que

Jill aguardava. Em seguida, Jill disse que me esperaria em nossos lugares — ao lado da faixa preta colocada por Mark e Tony na cadeira em que Darcy havia sido baleada —, e então me tranquei no banheiro privativo de Mark e de Tony e fiquei me olhando no espelho, me perguntando se ainda era eu mesmo a pessoa com quem eu estava fazendo contato visual.

Não sei quanto tempo se passou antes que a pessoa encarregada de me auxiliar começasse a bater na porta e a gritar que era hora de meu discurso, mas foi tempo o suficiente para eu começar a perder contato com a realidade. De repente, era como se eu estivesse em um dos primeiros filmes de Spike Lee, deslizando para a frente sem mover os pés, andando em uma espécie de skate invisível. Em seguida, eu estava atrás da grande cortina vermelha, à direita no palco, observando Mark, Tony e Eli falando sobre o poder redentor e unificador dos filmes e como nossa cidade de Majestic, Pensilvânia, é, e sempre será, extraordinariamente resiliente.

De repente, eles estavam falando de mim sem mencionar meu nome, dizendo coisas que eu não tinha certeza se ainda eram verdade. Quando Mark finalmente anunciou "Senhoras e senhores, apresento a vocês Lucas Goodgame!", todos na sala de exibição se levantaram e aplaudiram tão alto que as paredes de gesso tremeram. A pessoa encarregada de me auxiliar me deu um empurrãozinho e eu fiquei diante da cortina vermelha, levitando pelo palco, mais uma vez sem levantar os pés, muito menos colocando um na frente do outro. Quando eu estava no centro do palco, Eli me entregou um microfone pouco antes de ele e os outros saírem pela esquerda.

Os aplausos continuaram por algum tempo, mas, por fim, todos pararam de bater palmas e tomaram seus lugares, produzindo o som peculiar de centenas de pessoas sentando ao mesmo tempo. Fez-se então um silêncio sepulcral. Havia um refletor atingindo meus olhos, e eu não conseguia distinguir nenhum rosto na plateia, o que tornou impossível procurar Darcy alada. Comecei a ficar preocupado, até me lembrar que ela não estaria sentada em uma cadeira, mas suspensa no ar, caso tivesse vindo. Eu sabia que deveria estar tentando chamar o Lucas forte para fazer o discurso necessário, para homenagear os mortos e erguer a comunidade, mas — de um jeito egoísta — eu estava totalmente consumido pela necessidade de ver a versão angelical de minha esposa, nem que fosse pela última vez.

"Incline a cabeça para trás e levante o rosto", disse uma voz estranha e suspeita dentro de mim.

Era o que eu mais queria fazer, porém, de repente, fiquei aterrorizado, quase paralisado de pavor.

"Olhe para cima! Faça isso!", ordenava a voz, e comecei a tremer sem parar.

— Está tudo bem, Lucas! — ouvi Jill gritar da plateia. — Estou indo.

Eu conseguia ouvir as pessoas abrindo caminho para Jill passar enquanto ela ia do centro da sala de exibição até o palco, onde eu estava. Eu conseguia ouvir seus passos e então percebi que ela estava correndo. Eu sabia que eu não tinha muito tempo.

"Acabe logo com isso", disse a voz sombria. "Agora!"

Senti algo agarrando meu cabelo na parte de trás da cabeça e puxando-a, de modo que fui forçado a olhar para o teto — para o que Darcy sempre chamava de a resposta de Majestic a Michelangelo; para o que eu e ela ficávamos admirando maravilhados antes de cada filme a que já assistimos naquele edifício. Eu vi o sol, o céu azul e as nuvens. Mas o que também vi me obrigou a ficar de joelhos. Comecei a gritar. A me socar na cabeça, no peito e nas coxas. A tentar arranhar o meu rosto com as unhas. Fiquei em um estado lastimável até que a boa gente de Majestic conseguisse me ajudar, enquanto Jill dizia soluçando que ela lamentava.

Logo depois disso, fui contido e levado em uma ambulância com dois jovens socorristas me dizendo que eu ficaria bem. Eu sabia que não ficaria bem tão cedo, então continuei gritando.

Como alguém que já foi ao Majestic Theater muitas vezes, você já sabe o que vi lá em cima, pintado tão lindamente no teto — o que a psique tinha apagado da minha memória. Um bando de anjos voando majestosamente, com as asas bem abertas. Vê-los de novo quebrou o feitiço sob o qual meu inconsciente me colocou logo após a tragédia, quando olhei para minhas mãos ensanguentadas. E então, ao mesmo tempo que eu estava naquele palco olhando para os anjos eternizados no teto do cinema — quando deveria estar fazendo meu discurso —, eu também estava embaixo, nos assentos do corredor, em dezembro passado. E a vida de minha esposa estava se esvaindo rapidamente enquanto — na tela gigante — um Jimmy Stewart em preto e branco exclamava: "Feliz Natal, cinema!". Tentei desesperadamente estancar o sangue de Darcy, mas minhas mãos não conseguiam manter todo aquele líquido rubro dentro de seu crânio e de sua garganta, e vi claramente que já não havia vida em seus olhos, que refletiam a luz do filme como dois espelhinhos frios. Ouvi meus vizinhos gritando e gemendo em meio ao PÁ! PÁ! PÁ! obsceno das armas de Jacob Hansen, enquanto ele levantava e pressionava o cano das armas em cabeças e gargantas, executando todas as outras pessoas "à queima-roupa", expressão que aprendi mais tarde.

Em nossas primeiras sessões de terapia de grupo, muitos especularam que o objetivo de Jacob era mais fazer com que as pessoas que ficaram vivas sofressem do que matar nossos entes queridos. Discutindo com vários profissionais de saúde mental, também ficamos sabendo que a violência extrema combinada com a escuridão desorientadora da sala de cinema paralisou alguns de nós em seus assentos enquanto outras correram para a saída de emergência, que Jacob havia obstruído com seu carro minutos antes. Foi fácil para Jacob executar os espectadores paralisados em seus assentos. A massa de corpos avançando em direção à saída de emergência bloqueada — com as costas voltadas para o assassino — foi uma presa ainda mais fácil.

Não tenho certeza absoluta, mas acho que Darcy foi a primeira vítima fatal de Jacob, pois não me lembro de ter ouvido tiros ou gritos antes de ele acabar com a vida de minha esposa. Como muitas pessoas, Darcy adorava sentar com os pés esticados para o corredor que separava o bloco da frente de assentos da plateia do bloco de trás. Naquela noite, tínhamos chegado um pouco mais tarde do que de costume e tivemos que nos conformar com os dois últimos lugares do corredor central mais próximos da entrada que levava ao saguão, de onde Jacob surgiu.

Quando pensei que minha mente estava se desintegrando — lá atrás, durante a tragédia no início de dezembro, enquanto a alma de Darcy estava deixando seu corpo —, aquela minha versão forte e segura surgiu e assumiu o controle. Corri em direção aos clarões que saíam da boca das armas e ao PÁ! PÁ! PÁ! Então me joguei no ar, dirigindo todo o peso do meu corpo para a coluna do jovem assassino. Quando nós dois caímos no chão, agarrei um punhado de seu cabelo e comecei a bater seu rosto no concreto — sem parar —, sentindo seu crânio afundar um pouco mais a cada golpe com minha mão direita.

Era como se eu estivesse fora do meu corpo, observando um homem possuído pelo demônio, porque o Outro Lucas não conseguiu parar e não parou até — uns dez minutos depois — o policial Bobby finalmente me tirar de cima do corpo inerte e ensopado de sangue de Jacob.

De alguma forma, na noite de estreia de nosso filme de monstro, eu ajoelhado sozinho no palco em meu smoking, gritando, me socando e revivendo o trauma na frente de um cinema lotado, eu também estava olhando através das várias janelas do primeiro andar de sua casa, Karl.

Faltavam umas três noites para o Natal. Todos os funerais haviam terminado. Talvez tenha sido logo após o último. Vi seu corpo suspenso no ar. A mesa de sua sala de jantar fora empurrada para o lado. Havia uma cadeira caída embaixo de você. Quando meus olhos percorreram todo o comprimento de seu tronco inerte, consegui ver uma extensão laranja enrolada várias vezes em seu pescoço e presa ao lustre. Chutei sua porta dos fundos, os vizinhos chamaram a polícia e tentei descer você, mas era uma tarefa para dois homens, então o máximo que eu podia fazer era segurar seu corpo rígido e frio para que não houvesse mais tensão em sua traqueia, enquanto eu gritava por socorro. Suportei o seu peso até meus músculos das costas e das pernas ficarem com cãibras e não aguentarem mais. Gritei até ficar sem voz. Eu realmente tentei salvar você, Karl, porque eu o amava mais do que você provavelmente imaginava.

Phineas diz que não há problema em amar seu analista e que talvez seja até um sinal de que o processo alquímico — a reparentalidade do próprio eu — está dando certo. Sei que você não fez o que fez para me punir, mas porque é muito provável que você não conseguisse viver sem Leandra nem lidar com as consequências do que todos nós, que estávamos no Majestic Theater naquela noite, sofremos. Como alguém que teve uma resposta extrema e em grande medida involuntária à tragédia, permita-me dizer, eu entendo como a mente pode sucumbir a um acontecimento desses. Nunca vou julgá-lo por isso. Mas eu gostaria de ter olhado para sua janela um pouco mais cedo naquele dia. Talvez tivesse visto o que você estava prestes a fazer.

Em minhas fantasias, sempre pego você em flagrante, geralmente enquanto você está enrolando a extensão ao redor da base do lustre. Quando corro para a sua sala de jantar, você cai envergonhado em meus braços. Eu afago suas costas, digo que está tudo bem e que podemos buscar ajuda.

Talvez até Phineas pudesse ter ajudado você a superar isso, quem sabe? Depois de meu colapso público na estreia do filme, os socorristas me levaram para uma clínica psiquiátrica, onde — contra minha vontade — me deram remédios suficientes para me fazer dormir como um morto. Pouco antes de perder a consciência, lembro bem de perceber que o barulho do vento passando por entre as árvores infrutíferas que se escondia dentro de mim era o som da minha alma gritando. A última coisa de que me lembro antes de apagar era ter certeza absoluta de que eu nunca mais queria ouvir o som da minha alma, que minava minha vida, gritar de novo.

Por isso, tomei todos os comprimidos que a equipe médica me deu enquanto fiquei internado na clínica psiquiátrica. Os remédios me levavam a um estado de letargia que me fazia babar e dormir sentado na sala de TV, onde comecei a ver a propaganda política da campanha de Sandra Coyle. Ela agora é governadora da Pensilvânia, então me acostumei a ouvi-la falando na televisão e ver seu rosto em outdoors. Mas, naquela época, parecia que eu tinha sido transportado para um universo alternativo. Lembro de me perguntar como Sandra conseguira transformar tão rápido o grito de sua alma naquele tesouro político, enquanto eu não conseguia nem levantar meu corpo de um sofá impermeabilizado com plástico em uma unidade de isolamento.

Havia muitas pessoas internadas comigo, mas eu não conseguia interagir com elas. Para ser justo, a maioria também não era capaz de interagir comigo. Os poucos que pareciam relativamente normais recebiam privilégios e passavam muito tempo na área com grama ao ar livre perto da sala comum, que parecia uma caixa composta por quatro grandes painéis de vidro projetados para impedir que os menos sãos entrassem, sem permissão, no cubo de sol do átrio. Eu via as pessoas normais ali se iluminarem como deuses prestes a ascenderem ao paraíso. Eu ficava pensando "Se pelo menos eu pudesse entrar no cubo brilhante, isso tudo acabaria", mas os remédios praticamente me impossibilitavam ficar de pé, quanto mais percorrer a hierarquia desse novo ecossistema de saúde mental.

Tenho certeza de que Jill e Isaiah tentaram me tirar daquele lugar, ou pelo menos tentaram me ver, mas me foi dito que eu não podia receber visitas por pelo menos cinco dias, e eu não conseguia me lembrar do número do celular das pessoas, porque todos estavam gravados no meu aparelho, que fora confiscado quando cheguei. Portanto, o anacrônico telefone público na parede era inútil para mim.

    Todos os dias, eu encontrava assistentes sociais e psicólogos que me faziam um monte de perguntas inúteis: "Quais eram meus objetivos em relação a minha saúde mental?" e "Como eu planejava pagar minhas contas no futuro?" e "Eu tinha uma rede de apoio confiável?" e "Eu tinha vivido de forma adequada o luto pela morte de minha esposa?". Achei que eu sabia quanto sentia sua falta, Karl, mas só quando fui internado é que eu realmente senti todo o peso da minha dor.

    — Preciso de um analista junguiano — eu ficava repetindo para eles.

    Eu diria que não fui chato. Eu não exigia que tivesse estudado no Instituto C. G. Jung, em Zurique. Mas me recusei categoricamente a ser tratado por um não junguiano, o que acho que ofendeu todos na clínica. A certa altura, uma assistente social — uma jovem que não parecia mais velha que Eli — revirou os olhos para mim. Mas, na maior parte do tempo, eu ficava na sala de TV, dormindo sentado e me babando todo enquanto Sandra Coyle aparecia na televisão para descrever os perigos da posse não regulamentada de armas. Eu repetia para mim mesmo que não tinha problema ficar dormindo, que eu estava emocional e psicologicamente exausto e que poderia tentar fazer amizade com as pessoas ao meu redor no dia seguinte, quando estaria mais descansado.

    Mas então Isaiah e Jill foram lá dizendo que era hora de eu ir embora, ao que respondi que não poderia porque eu tinha chegado ali havia apenas um ou dois dias. Porém, insistiram que já tinham se passado três semanas, o que achei difícil de acreditar, mesmo saindo do prédio em direção ao sedã de Isaiah. Lembro de perceber que as folhas estavam mudando de cor, o que me assustou um pouco, até porque parecia provar que eu havia perdido uma quantidade significativa de tempo. Jill sentou comigo no banco de trás enquanto Isaiah dirigia, e foi aí que percebi que eu nunca conseguiria chegar ao cubo mágico de luz solar do átrio nem ascender ao paraíso. Isso me fez sentir tão triste e desanimado que quase não consegui suportar, embora, é claro, fosse muito melhor ser libertado por amigos.

    A próxima coisa de que me lembro é acordar, no banco de trás, com a cabeça no colo de Jill e encolhido em posição fetal. Jill acariciava meus cabelos. Ela e Isaiah conversavam sussurrando, então percebi que eles achavam que eu ainda estava dormindo, por isso fechei os olhos e fingi que não tinha acordado.

— Não sei se estamos fazendo a coisa certa — disse meu melhor amigo, de trás do volante.

— Bem, não podíamos deixá-lo naquele lugar — disse Jill.

— Você não vai conseguir contê-lo se ele tiver outro colapso.

— Ele não vai ter outro colapso.

— Como você sabe?

Devo ter adormecido de novo, porque essa é a única parte daquela viagem de que me lembro.

Em seguida, Jill e Isaiah me ajudaram a sair do carro, e — quando olhei em volta — fiquei surpreso ao ver que meu jardim da frente estava totalmente coberto por cartazes, cartões, flores e bichos de pelúcia. Parecia que centenas de pessoas haviam deixado mensagens personalizadas de apoio. Havia uma grande faixa pendurada, como um sorriso, na fachada da minha casa. Era branca com letras douradas, o que me fez pensar se não teria sido feita por Jesus Gomez, já que combinava com as camisetas que ele havia desenhado para todos. Nela, estava escrito: "Majestic está com você, Lucas!".

Duas semanas depois, pouco antes da primeira das partidas de futebol que começamos a jogar todo domingo de manhã — de que milagrosamente participei como goleiro do time por quase quatro anos —, Jesus me deu um par de luvas de goleiro brancas e douradas novinhas em folha. Quando lhe agradeci, ele disse que as luvas eram o mínimo que ele poderia fazer por mim.

— Vou fazer mais, meu estimado amigo — disse ele com um sorriso. Em seguida, bateu no meu peito com os punhos, como se meu peitoral direito fosse um saco de pancada de boxe, acrescentando: — Seu objetivo é fácil. Mantenha a bola fora da rede. Mas não fique muito chateado se os caras maus marcarem um gol em cima de você hoje, porque vamos continuar fazendo isso todo domingo, para sempre, e então, eu e você, Lucas Goodgame, vamos melhorar. *Você me entendeu?*

Quando assenti, foi a vez de meu peitoral esquerdo ser usado como saco de pancada. Quando terminou de bater no meu peito, ele levantou os punhos no ar e gritou: "Eu amo as manhãs de domingo", enquanto corria para o centro do campo, para o pontapé inicial, pois Jesus é o nosso centroavante e o artilheiro da liga.

Voltando a meu jardim, quando fui liberado da clínica psiquiátrica: eu queria ler cada mensagem e, ao olhar em volta, comecei a me preocupar com a quantidade de cartões de agradecimento que eu precisaria escrever, pensando que teria de comprar material de papelaria e selos e descobrir o endereço de todo mundo, mas Jill disse:

— Todo esse amor devia fazer você sorrir, não franzir a testa.

Então forcei os cantos da minha boca a se mexerem enquanto entrávamos.

Minha casa estava impecável. As janelas haviam sido limpas. Os tapetes ainda tinham marcas de aspirador. Tudo cheirava a pinho e a roupa de cama lavada. A geladeira e o freezer estavam abastecidos com dezenas de potes diferentes com os sobrenomes de moradores de Majestic escritos na tampa com marcador. Todos os nomes dos membros do Grupo dos Sobreviventes estavam lá, assim como outros.

— Tive que começar a recusar comida — disse Jill, e eu fiz que sim com a cabeça, pois não havia mais espaço na geladeira.

De repente, fiquei exausto, então fui para meu quarto e de Darcy, e desabei na cama, onde peguei logo no sono e não sonhei com nada.

Já estava escuro quando Jill me acordou, dizendo que Isaiah queria falar comigo. Pensando que iríamos conversar por telefone, fiquei surpreso quando Jill me entregou meu notebook com os rostos de Isaiah e Bess iluminados na tela. Eles estavam radiantes.

— Nasceu o bebê da Aliza — disse Bess, pouco antes de uma lágrima correr por sua bochecha esquerda.

— É uma menina — disse Isaiah. — O nome dela é Majestic. Maj para abreviar. Que tal?

— Quase três quilos e meio de alegria, totalmente saudável.

— Eu queria contar primeiro para meu melhor amigo no mundo todo.

— Vamos fazer uma videochamada quando chegarmos à Califórnia.

Tenho quase certeza de que consegui parabenizá-los e dizer que os amava, mas não posso garantir, pois ainda estava muito exausto, e quando fechei os olhos de novo, dormi catorze horas seguidas. Sei disso porque Jill não parava de dizer "Você dormiu catorze horas seguidas!", enquanto preparava meu almoço.

Naquela tarde, um homem alto, de barba pontiaguda e cabelo grisalho na altura dos ombros, sentou à minha frente no sofá, se apresentou como Phineas e disse:

— Você quer começar um processo alquímico comigo? — O que deixou claro que ele era um analista junguiano, e eu estava de novo em boas mãos.

Phineas fez um pequeno discurso, dizendo que iríamos tratar a raiz do problema, não apenas os sintomas, o que me fez sentir que finalmente eu estava prestes a obter um remédio que de fato me curaria, em vez de apenas me fazer dormir. Não resisti e perguntei se ele não tinha medo de mim, já que com certeza Jill lhe contara tudo o que eu havia feito a mim mesmo e aos outros.

Ele perguntou se eu já tinha machucado fisicamente alguém que não estivesse tentando matar meus amigos e familiares.

Eu disse que não, é claro.

Então ele perguntou quantas vezes eu havia tentado me automutilar nos três anos anteriores à tragédia do Majestic Theater.

Quando eu disse, com toda a franqueza, "Nenhuma", ele fez que sim com a cabeça e perguntou se minha automutilação durante a estreia do filme poderia ter sido um sintoma de abstinência, pois minha análise fora interrompida abruptamente e sem qualquer plano para administrar minha saúde mental depois.

Admiti que circunstâncias extraordinárias haviam levado a meu comportamento violento e consegui ver aonde ele queria chegar, antes de, por fim, eu dizer:

— Mas não importam as circunstâncias, a intenção, a motivação ou o fato de que eu posso até ter salvado vidas; por definição, eu sou um assassino, Phineas. Eu matei um ser humano.

— Todo mundo tem um assassino dentro de si — disse Phineas quase com desdém, como se não tivesse ficado perturbado com o que eu havia feito. Nem interrompeu o contato visual. — Eu certamente tenho um assassino interior em mim. Assim como a Jill, o Isaiah e todo mundo que você já conheceu. Nosso assassino interior nos mantém seguros há milhares de anos. Ele nos dá de comer. Ele mantém nossa família viva. Ele defende nosso país sempre que psicopatas autoritários tentam nos subjugar.

Entendi o que Phineas quis dizer, mas, de repente, não consegui fazer contato visual com ele.

Então ele disse que talvez fosse mais generoso — e preciso — chamar a força que existia dentro de mim de "guerreiro interior". Um guerreiro interior "corajoso e nobre". Disse que era assim que todos em Majestic me viam. E que talvez já fosse hora de eu apertar a mão do meu guerreiro interior. Talvez até lhe agradecer pelo ato tão heroico dele, por tudo o que ele sacrificou para salvar a vida de outras pessoas.

Quando ele terminou de dizer tudo isso, eu mal conseguia respirar.

No final dessa primeira conversa com Phineas, ele me disse que, por enquanto, teríamos três sessões por semana, o que me levou a admitir que eu provavelmente não teria como pagar as consultas com aquela frequência.

— Já cuidaram disso — disse Phineas saindo pela porta da frente. — Vejo você amanhã. E comece a anotar os seus sonhos, por mais insignificantes que pareçam. Quero saber o que o inconsciente está dizendo.

Quando me virei, Jill estava descendo as escadas e perguntando como tinha sido.

— Quem está pagando minha análise?

— Você ainda tem o seguro-saúde da escola. Gostou do Phineas? Ele é fantástico. E perfeito para você.

— O seguro-saúde da escola não cobre três sessões de análise por semana — respondi.

Jill contornou o pilar no final do corrimão e tentou escapar para a cozinha, dizendo de um jeito descontraído:

— O que vou fazer para o jantar?

— Quem está pagando a minha análise? — perguntei de novo, quase gritando, o que me surpreendeu.

Jill se virou e olhou para mim.

— Eu.

— Mas você não tem tanto dinheiro, está mentindo...

— Eu vendi minha casa — disse ela, e mordeu o canto esquerdo do lábio inferior. — Então, espero que você não se importe de eu morar aqui. Agora, o que você quer comer?

Jill foi até a geladeira e começou a dizer os nomes das comidas pré-preparadas que já estavam descongeladas, mas não ouvi nada do que ela falava, sobretudo porque ainda estava tentando processar o fato de que eu e ela agora morávamos juntos de modo permanente. Eu não me importava, nem um pouco. Mas sabia como tinha sido difícil para ela comprar a casa em que morava — especialmente servindo café da manhã e almoço a todos os residentes de Majestic, Pensilvânia. Eu também sabia o custo da análise, a rapidez com que consumiria os ganhos de Jill. No entanto, eu precisava muito daquele tratamento. As ideias iam e vinham na minha cabeça, tentando desatar aquele nó cego.

Por fim, decidi saber quanto estávamos gastando com Phineas, para que eu pudesse reembolsar Jill assim que eu melhorasse e voltasse a trabalhar, pois eu não fazia ideia se receberia o contracheque quinzenal agora que o ano letivo tinha recomeçado e eu certamente fora substituído por alguém mais equilibrado.

Quando perguntei sobre Eli, Jill me disse que Mark e Tony tinham conseguido que ele fosse admitido de última hora em uma faculdade de Los Angeles, que tinha curso de cinema e oferecia, com frequência, estágios para seus estudantes em diversos estúdios de cinema. O garoto já estava na Califórnia, cortesia de Tracy Farrow, membro do Grupo dos Sobreviventes, que doara suas milhas aéreas. Tal como Aliza antes dele, Eli faria da Califórnia sua casa, construindo sets de filmes independentes durante as férias de verão. De vez em quando, eu recebia algumas notícias por intermédio de Mark e Tony, mas Eli não tentou entrar em contato comigo diretamente. Acho que agora ele já deve saber o que fiz com seu irmão e, por isso, nunca mais quer falar comigo. Embora sua ausência súbita magoe, eu realmente não posso culpar Eli e desejo-lhe tudo de bom.

Às vezes, quando me pegava triste, Jill dizia "O Eli vai entrar em contato quando estiver preparado. Dê um tempo ao garoto". Eu acenava com a cabeça em resposta, mas nunca me permiti acreditar nela. Cada célula do meu corpo dizia que ele tinha ido embora para sempre — que, além de matar seu irmão, eu o tinha decepcionado quando ele mais precisara de mim, arruinando sua estreia e a grande chance de Majestic se reunificar e se curar.

Depois de algumas semanas, Jill achou que eu já estava bem o bastante para ela voltar ao trabalho em tempo integral no Cup Of Spoons. Ela providenciou para que vários membros do Grupo dos Sobreviventes cuidassem de mim. Como já contei, Jesus Gomez e seu time de futebol ficavam comigo no domingo de manhã. E também treinávamos na maioria das tardes de domingo depois dos jogos. Jesus é o único cuidador de quem acho que não vou me libertar depois que minha mente e minha alma melhorarem. Sob sua tutela, me tornei milagrosamente o goleiro mais bem cotado da liga masculina de jogadores acima de cinquenta anos. Com os quatro primos confiantes de Jesus alinhados na minha frente, tenho uma defesa impressionante — que merece a maior parte do crédito —, embora eu também tenha melhorado bastante em manter a bola fora da rede. Mesmo que ainda não dê para ver, estou muito orgulhoso de ter descoberto um talento oculto tão improvável.

Às segundas-feiras, eu trabalhava o dia todo como voluntário na biblioteca, devolvendo os livros às prateleiras sob o olhar atento de Robin Withers. As manhãs de terça eram reservadas para jogar com Betsy Bush, Audrey Hartlove e Chrissy Williams. Betsy era a rainha do Uno. Audrey gostava de jogar pôquer apostando pouquinho. E o favorito de Chrissy era Scrabble. Eu passava as tardes de terça com Bobby e seus amigos policiais jogando basquete na Associação Cristã de Moços. Às quartas de manhã, ajudava com a papelada no escritório de advocacia de Laxman Anand e, à tarde, levantávamos pesos e jogávamos raquetebol na Majestic Fitness. Às quintas, eu e Carlton Porter éramos voluntários em um abrigo para pessoas sem-teto, na Filadélfia, onde em geral cozinhávamos e servíamos a comida, quando não estávamos separando roupas doadas, que lavávamos antes de distribuir. Às sextas de manhã, eu ia correr com Dan Gentile e, à tarde, ia para a aula de cerâmica com David Fleming. Aos sábados, Jill deixava o Cup Of Spoons nas mãos de Randy, para que eu e ela pudéssemos sair por aí em sua caminhonete. Ela sempre tinha um local escolhido e um piquenique embalado. Às vezes, íamos até a costa de Jersey. Às vezes, fazíamos caminhadas na mata. Podíamos ir a um arboreto, a uma exposição de flores, a um festival de abóboras, esquiar, a um show ou a dezenas de outros eventos e lugares que Jill encontrava quando pesquisava na internet.

Assim, os anos se passaram e — felizmente — não tive mais episódios violentos, nem sequer um.

Ah, esqueci de falar da bebê de Aliza, que, claro, é linda e perfeita. Bess filmou Isaiah segurando a recém-nascida Maj, beijando sua testa e fazendo cócegas com a boca em sua barriga, e eu nunca tinha visto meu melhor amigo tão orgulhoso ou feliz. Meu coração quase não aguentou de tão maravilhosa que era aquela cena.

— Sou avô, Lucas! Eu! Vovô Isaiah!

Durante a primeira das muitas visitas de Isaiah à Califórnia, já tarde da noite, Aliza conversou comigo por chamada de vídeo. Fazia tempo que eu não via seu rosto. Deitado na minha cama, peguei o celular e fiquei chocado ao ver uma mulher de quase quarenta anos, e não uma jovem, olhando para mim.

— Você tinha razão — disse Aliza, no meio de nossa conversa.

— Em relação a quê? — perguntei.

— Que as coisas iam melhorar. Que eu poderia ser eu mesma e meu pai acabaria por aceitar. Que ele me perdoaria e até aceitaria quem eu sou.

— Ele é um homem bom, o seu pai — falei.

— *Você* é um homem bom, sr. Goodgame — disse ela, apontando o dedo para mim.

Embora eu soubesse que ela falava de coração, eu não podia me permitir acreditar nisso. Então desviei os olhos e comecei a fazer perguntas sobre a bebê Maj, o que pareceu fazer tudo ficar bem, porque Aliza se animou e não parou de falar por quarenta e cinco minutos. Tudo o que envolvia a filha era um milagre para essa mãe de primeira viagem — tudo era novo, maravilhoso e cheio de esperança.

Em algum momento desse primeiro ano — talvez tenha começado cerca de um mês antes do primeiro aniversário da tragédia —, eu e Jill começamos a visitar o túmulo de Darcy. Isso se tornou uma tradição semanal que mantemos até hoje. Eu não tinha notado antes de ir com Jill, mas no topo da lápide de Darcy tem asas de anjo abertas — tão amplas que é possível ver cada pena delineada de forma hábil e clara. Jill diz que eu insisti nas asas de anjo, que aparentemente foram muito caras, porque foram cinzeladas à mão por um escultor, embora eu nem sequer me lembre de ter escolhido uma lápide.

Nesses primeiros anos, eu e Jill costumávamos trazer um cobertor e nos sentar na grama logo acima da barriga de Darcy, e ficávamos nos revezando para contar para minha falecida esposa o que tinha acontecido com a gente naquela semana — todos os altos e baixos culinários de Jill no Cup Of Spoons, todas as minhas experiências com meus cuidadores e todas as nossas aventuras de sábado. Mesmo passados mais de três anos, Jill sempre chora no final de cada visita à sepultura, quando ela diz a Darcy que sente sua falta e está dando seu melhor para cuidar de mim. Eu bato de leve em meus lábios com a mão e toco a lápide fria de minha esposa, transferindo o beijo.

Deixamos religiosamente um ramo de flores frescas, que nunca está lá quando voltamos na semana seguinte. No caminho do cemitério para casa — talvez para desanuviar um pouco —, eu e Jill gostamos de inventar histórias sobre o que acontece com os buquês que deixamos. A nossa favorita é a de um vigia de cemitério chamado Gary, que recolhe todas as flores do cemitério para sua esposa, Gertrude, que por sua vez exige enormes quantidades de flores compradas em lojas para fazer amor com ele. O salário de Gary é baixo, então ele é obrigado a roubar quando está doido para transar, o que ele sempre está. Muitas vezes, eu e Jill somos bem criativos e as histórias se tornam bastante elaboradas. Às vezes, estamos tão envolvidos com a versão da semana que ficamos estacionados na entrada de nossa garagem com o motor desligado só para terminar de contar o último episódio.

"Coitado do Gary, dominado pela mulher e cheio de tesão, que tem que roubar todas as flores do cemitério para ganhar amor e carinho!"

É assim que sempre terminamos cada capítulo.

A certa altura, colocamos Darcy na brincadeira, dizendo-lhe que os enlutados de Majestic agora estão comprando flores especificamente para Gertrude, e não para nossos entes queridos mortos, só para atenuar o sofrimento do pobre Gary. Isso faz Darcy rir, mesmo que apenas em nossa mente.

Nesse primeiro Natal, Isaiah e Bess voltaram para a Califórnia a fim de passar as festas de fim de ano com a neta. Como já mencionei, Eli ainda não tinha entrado em contato e havia rumores de que ele ficaria de vez no "Estado Dourado". Mark e Tony retomaram sua tradição natalina de exibir *A felicidade não se compra*, e ouvi dizer que, além de os ingressos se esgotarem, o evento contou com forte aparato policial. Mas eu havia decidido nunca mais colocar os pés em uma sala de cinema, muito menos no Majestic, embora Mark e Tony tivessem dado a todos os Sobreviventes vales-cinema vitalícios. A maioria dos membros do grupo original voltou a frequentar o cinema, o que Phineas diz ser uma forma de terapia de imersão.

Quando perguntei a Phineas, pela primeira vez, se eu deveria ir, ele disse:

— Vá quando estiver pronto.

Embora tivéssemos dezenas de convites de todos os Sobreviventes para as festas de fim de ano, eu e Jill decidimos deixar Majestic em dezembro, viajando de carro para o sul, com o objetivo de finalmente passar o Natal com minha mãe e a família do namorado dela, na Flórida, nem que fosse só para ficar o mais longe possível do Majestic Theater. Também pensando que poderia ser bom enfrentar meu maior medo na vida (minha mãe), Phineas observou "Aquele dragão tem o seu ouro!" — querendo dizer que se eu pudesse matar metaforicamente o dragão, também metafórico, que era minha mãe, eu poderia resgatar o que ela roubara de mim. Eu não sabia ao certo o que minha mãe havia roubado de mim, mas enfrentá-la parecia ser importante, especialmente nos primeiros meses após o assassinato de Darcy. Então Jill chamou Randy mais uma vez, tocando cada um de seus ombros com sua espátula favorita do Cup Of Spoons, antes de lhe entregar as chaves do café. Logo após a cerimônia, entramos na caminhonete dela e pegamos a estrada em busca do ouro psicológico.

Em primeiro de dezembro, nossa cidade já estava iluminada com fios de luzes de Natal, Papais Noéis de plástico, renas, bonecos de neve e enormes flocos de neve prateados, o que me deprimia. Quando deixamos oficialmente a enfeitada Majestic, virando para a rodovia, uma onda de alívio tomou conta de mim. Eu estava com receio de ficar longe de Phineas pela primeira vez, embora tenhamos combinado de conversar por vídeo uma vez por semana. Mas, acima de tudo, eu sentia um desejo avassalador de ficar bem distante do Majestic Theater antes do aniversário de um ano do assassinato de minha esposa.

Quando chegamos à cabana de madeira dos pais de Jill, nos arredores de Brevard, na Carolina do Norte, já era tarde e fomos direto para o quarto de hóspedes sem nem ver o sr. e a sra. Dunn. Jill dormiu na cama *queen size*, e eu, em um sofá de dois lugares no canto. Era a primeira vez que passávamos uma noite inteira no mesmo quarto desde aquela vez em Maryland, próximo ao farol. Mesmo cansado, tive dificuldade para dormir. Aparentemente, Jill também, porque no meio da noite ela sussurrou:

— Lucas? Está acordado?

Quando fiz que sim, ela disse que eu poderia dormir na cama com ela se eu achasse que seria mais confortável. O sofá era pequeno demais para eu esticar totalmente as pernas, mas eu não tinha certeza se deveria ir para a cama com Jill porque o melhor sexo da minha vida acontecia sempre que eu começava a inconscientemente fazer amor com Darcy durante o sono. Nós dois acordávamos no meio do ato — a todo vapor — sem nenhuma ideia de como tinha começado. Eu estava preocupado que isso acontecesse com Jill, mas não queria confessar, então não falei nada e apenas fiquei olhando para a escuridão até o sol nascer horas depois e começar a projetar longas sombras nas paredes do quarto, que eram verde-claras.

Eu não via a mãe e o padrasto de Jill desde o dia em que ela se casou com Derek. Agora eles pareciam versões menores e mais enrugadas de si mesmos, apesar de fazerem longas caminhadas na floresta e serem veganos. Enquanto tomávamos o café da manhã juntos — banana e manteiga de amendoim no pão de passas —, percebi como Jill ficava à vontade perto dos pais, que sorriam para a filha e ouviam o que ela falava, tocando-a, abraçando-a e beijando-a muitas vezes. Fiquei pensando que, se meus pais tivessem, no mínimo, metade da amabilidade dos de Jill, eu nunca moraria tão longe deles.

Mais tarde, quando eu e Jill estávamos sozinhos caminhando pelo Parque Nacional de Pisgah, perguntei por que ela deixava que tantos quilômetros a separassem dos pais. Ela respondeu que era para poder morar perto de Darcy e de mim. Quando perguntei por que de novo, foi com um pouco mais de ênfase na voz. Ela disse que Darcy era sua melhor amiga e que nunca poderia deixá-la. Contou que Darce a ajudara em um momento difícil com seu pai biológico, no ensino fundamental. O jeito como ela falou me fez compreender que eu deveria parar com as perguntas, e parei. Darcy uma vez me contou o que o pai biológico de Jill fizera com ela, dizendo que era por isso que Jill se casara com Derek, porque ela tinha sido programada mentalmente para tolerar o abuso. Foi o atual marido de sua mãe quem as ajudou a se afastarem do pai biológico de Jill, e é por isso que ela considera o sr. Dunn seu verdadeiro pai e usa o sobrenome dele até hoje. Acho que Jill entendeu que eu já sabia disso tudo. Eu conseguia sentir. Então fiquei quieto.

— Além do mais — acrescentou ela, chutando uma pinha para fora da trilha —, Majestic é minha casa. Vai ser sempre minha casa.

Todas as noites, Jill cozinhava refeições fabulosas para os pais. A comida era tão boa que nem dava para perceber que era vegana. Montamos um quebra-cabeça juntos. Eu e a sra. Dunn formamos uma dupla contra Jill e o pai em várias partidas épicas de *pinocle* à beira do crepitante fogão a lenha. Perto do final de nossa estada, a temperatura despencou, e nós quatro nos agasalhamos e saímos à procura de cachoeiras congeladas. A sra. Dunn preparou duas grandes garrafas térmicas de chocolate quente vegano temperado com pimenta-caiena. Toda vez que encontrávamos uma cachoeira parcialmente congelada brilhando como uma estranha floresta vertical de pingentes de gelo, enchíamos de chocolate quente picante e sem leite as canecas retráteis vermelhas e brindávamos à glória da mãe natureza.

Em nossa última noite juntos, tivemos um Natal antecipado. Eu não queria acreditar que o sr. e a sra. Dunn tinham comprado presentes para mim e fiquei mais do que emocionado quando os abri e vi um boné e um moletom combinando, ambos com os dizeres "Brevard, CN".

— Para você se lembrar de voltar — disse o sr. Dunn.

— Logo! — acrescentou a sra. Dunn.

— O Lucas também tem presentes para vocês — disse Jill aos pais, o que me fez enrubescer, pois os presentes que eu trouxera eram bem bobinhos. Mas era tarde demais para fingir que eu não tinha nada para dar, então fui a nosso quarto e peguei as duas caixinhas embrulhadas.

Quando entreguei os presentes aos Dunn, a mãe de Jill perguntou à filha: "Foi você que embrulhou?", porque ninguém acredita que um homem consiga embrulhar bem um presente, mas eu consigo, e ela disse isso à mãe, o que pareceu impressioná-la. Quando as canecas de café que eu tinha feito com David Fleming na aula de cerâmica foram retiradas de suas caixas, elas me pareceram coisa de amador, sem graça e até deformadas. Sem nos dar o tempo necessário para dominar o ofício, eu e David tínhamos feito, com alegria, canecas para cada membro do Grupo dos Sobreviventes, assim como para Mark, Tony e alguns de nossos familiares. Mas essa troca de presentes com os Dunn foi nossa estreia de um trabalho feito às pressas. Eu queria ligar para David e lhe dizer para não distribuir o resto nos muitos encontros de fim de ano organizados pelos Sobreviventes, porque minha experiência ali na casa dos pais de Jill estava sendo muito humilhante.

Porém, enquanto seus pais examinavam as canecas, Jill disse com orgulho:

— O Lucas que fez.

— É? — perguntou a sra. Dunn observando a cobertura vitrificada verde-azulada.

O sr. Dunn se levantou e saiu da sala, o que achei um mau sinal, mas logo voltou com uma garrafa do que ele chamou de "coisa da boa", e então nos sentamos todos ao redor do fogão a lenha cantando as velhas canções natalinas que tocavam no rádio e bebendo uísque de primeira nas canecas tortas que eu e David tínhamos feito para o sr. e a sra. Dunn.

Algumas horas depois, Jill estava dormindo na poltrona reclinável do pai, e o sr. Dunn já havia se recolhido para seu quarto. Eu estava ajudando a sra. Dunn a secar e a guardar a louça do jantar quando ela se virou e olhou em meus olhos. Retribuí o olhar e pensei que ele estivesse dizendo "Me desculpe", porém, quando olhei um pouco mais fundo, de alguma forma eu soube que os olhos da sra. Dunn, na verdade, estavam dizendo "Eu amo você". Assim que percebi isso, ela colocou os braços em volta de mim, me puxou para si e apoiou a cabeça no meu peito. Coloquei os braços em torno dela e a abracei até que senti que estava começando a tremer, quase na mesma intensidade de quando fui à igreja de Isaiah e todo mundo ficou me tocando e orando. A sra. Dunn começou a me balançar para a frente e para trás, quase como se eu fosse um bebê, e ficou dizendo que sentia muito, que eu ia ficar bem, que estava feliz por eu estar com Jill, e então comecei a querer que aquilo acabasse.

Quando a sra. Dunn finalmente me soltou, ela se virou, enxugou os olhos com o pano de prato e se retirou para o quarto.

Voltei para a sala e olhei para as luzes brancas de Natal na árvore de plástico dos Dunn, decorada principalmente com enfeites que Jill tinha feito quando ainda era uma garotinha. Meu favorito era um esquilo feito de uma pinha com olhos arregalados colados e um rabo pequeno, que Jill claramente tinha cortado de um bicho de pelúcia. Eu me virei e olhei para minha amiga dormindo sob uma colcha de retalhos grossa que a mãe havia feito à mão a partir de roupas velhas. A luz suave da árvore de Natal iluminava seu rosto de um jeito que fazia Jill parecer muito jovem e quase santa. Acho que fiquei observando ela dormir naquele brilho etéreo por horas.

Quando, na manhã seguinte, saímos para a Flórida, o sr. e a sra. Dunn não choraram, mas percebi que estavam tristes, então eu lhes disse que voltaríamos em breve e muitas vezes depois, uma promessa que consegui manter, pois eu e Jill agora os visitamos uma vez em cada estação, quatro vezes por ano. Aprendi a amá-los muito — como os pais que nunca tive, mas que talvez merecesse.

Phineas chama isso de uma bela compensação, e sei que você vai concordar com ele.

Dava para ver que Jill também estava triste por deixar os pais, mas ela tentou esconder isso enquanto descíamos para a Flórida.

Phineas me fez prometer que eu não ficaria com minha mãe e o namorado dela, Harvey, dizendo:

— Prepare-se para que tudo dê certo. Arrume um lugar apenas para você e a Jill, onde vocês possam se reorganizar, relaxar e sarar entre as exposições.

Era estranho pensar em ficar "exposto" a minha mãe, como se ela fosse uma radiação ou um sol forte em um dia nublado — algo que poderia me dar câncer. Mas seguimos o conselho de Phineas e, para horror de minha mãe, que ficou muito ofendida com nossa recusa em ocupar uma das três "luxuosas" suítes de hóspedes dela e de Harvey, eu e Jill ficamos em um pequeno hotel decadente com um neon rosa de palmeira em tamanho real na entrada. Como todos os quartos do hotel tinham duas camas, decidimos economizar e ficar com um quarto em vez de dois.

Na manhã seguinte, encontramos mamãe e Harvey em um lugar, na praia, com vista para o Golfo do México que servia café da manhã ao ar livre. Estava mais frio do que eu esperava e me arrependi de não ter levado uma jaqueta. Harvey usava um chapéu panamá na cabeça careca, um bigodão estilo vassoura sob o nariz vermelho e um colete de pesca equipado com um número ridículo de bolsos. Mamãe usava principalmente diamantes. Eles falaram sobre o clube que frequentavam; sobre o barco de pesca "de última geração" de Harvey, a que ele se referia como seu "bebê"; sobre o filho de Harvey, Hunter, e seu próspero negócio imobiliário, nos colocando a par das muitas vendas multimilionárias que ele havia fechado recentemente; sobre seus vizinhos, que eram todos muito barulhentos ou tinham mau gosto e, por isso, decoravam suas casas da maneira errada. Quanto mais eles falavam, mais eu me sentia como se nem estivesse ali na mesa. Tentei dizer a mim mesmo que estavam apenas tentando preencher os silêncios, mas sempre que Jill ia dizer alguma coisa, mamãe e Harvey falavam por cima dela, o que começou a me fazer sentir como se houvesse facas afiadas tentando abrir caminho para fora da minha barriga.

Mamãe reclamou que suas panquecas estavam encharcadas porque tinham muita calda, e Harvey mandou seus ovos beneditinos de volta duas vezes, alegando que o molho estava "estragado", antes de dizer à garçonete que havia perdido o apetite. A partir daí, Harvey ficou de mau humor, especialmente quando a garçonete vinha a nossa mesa perguntar se estava tudo bem. Quando Jill sorriu e disse com satisfação à jovem que a omelete com tomate estava excelente, mamãe e Harvey até franziram a testa.

Alegando que havia programado passar o dia no seu "bebê" antes de saber que nós vínhamos, Harvey nos deixou depois do café da manhã, mas não antes de insistir em pagar a conta, que ele conseguiu reduzir bastante devido a sua refeição "não ser comestível". Mamãe e Harvey não perceberam, mas pouco antes de nos levantarmos e sairmos em direção à praia, vi Jill dar, de modo discreto, duas notas de vinte à nossa garçonete.

Depois de nos despedirmos de Harvey, Jill sugeriu que fôssemos andar um pouco na beira da água, mas mamãe começou a nos interrogar sobre o que havíamos comprado de Natal para todos.

Jill disse que era surpresa, e foi quando mamãe — com uma cara séria — disse:

— A família do Harvey leva muito a sério a troca de presentes de Natal.

Ela continuou dizendo que precisávamos dar a eles presentes adequados e sugeriu que fôssemos fazer compras naquele momento.

— Especialmente se vocês não trouxeram algo que impressione muito — mamãe acrescentou.

Pensei em David e nas nossas canecas de café tortas e comecei a sentir como se todos os meus órgãos estivessem saindo de meu corpo e se espatifando no concreto ao redor de meus pés.

Mais uma vez, Jill sugeriu uma caminhada pela praia, mas mamãe disse que queria se livrar logo das compras de Natal e tirar essa enorme preocupação da cabeça. Ela disse que pagaria por tudo e então observou brincando que, na verdade, Harvey é quem estaria pagando, antes de colocar a mão no meu braço e dizer:

— E, Lucas, meu filho querido, sei exatamente o que você pode comprar para mim!

Foi nesse instante que Jill disse:

— Você já percebeu que não fez uma única pergunta para o seu filho?

— Eu só pedi para ele ir fazer compras de Natal comigo — respondeu mamãe, defensiva.

— O Lucas fez um presente lindo para você — disse Jill, superestimando muito a qualidade estética de minha cerâmica.

— Isso nunca vai dar certo — disse mamãe com uma expressão preocupada no rosto.

Foi aí que Jill começou a gritar com minha mãe, xingando-a com palavras que nem me sinto à vontade para repetir — muito menos por escrito —, e não parou de gritar por pelo menos cinco minutos. Mamãe começou a chorar e disse que Jill era horrível, má e feia, o que só fez Jill gritar mais alto e, a certa altura, cheguei até a temer que Jill batesse em mamãe. Em vez disso, Jill gritou:

— O Lucas é a melhor coisa de sua vida e você o trata como se ele fosse a pior! Ele precisa de você! Ele precisa de alguém que o ame há cinquenta anos! E não importa quanto o resto de nós tente substituí-la, você ainda tem muito poder sobre ele, e é como se você nem soubesse quanto dano está constantemente causando!

— Pelo menos não estou dormindo com o marido da minha amiga morta — disse mamãe em meio às lágrimas, e Jill fechou os olhos, respirou fundo e foi embora.

Quando Jill não podia mais nos ouvir, mamãe disse:

— Lucas, você *precisa* se livrar dela.

Olhei para o rosto marcado de lágrimas de minha mãe por um longo instante antes de ir atrás de Jill.

Minha mãe me chamou, mas eu a ignorei.

Quando alcancei Jill, pude sentir a raiva emanando dela, então apenas caminhei silenciosamente a seu lado e, de alguma forma, acabamos voltando para o hotel. Quando a porta do nosso quarto se fechou, Jill me encarou e disse:

— A sua mãe é impossível.

Como não respondi, Jill agarrou meu rosto, puxou meus lábios para os dela e então tiramos a roupa um do outro, rolamos na cama e — antes de entender o que estava acontecendo — eu estava dentro de Jill, fazendo amor, só que, desta vez, não parecia transgressivo, mas certo e até incrível, lindo e exatamente como deveria ter acontecido naquela manhã de dezembro na Flórida.

Quando terminou, ficamos de costas, com nossos braços se tocando, recuperando o fôlego.

— Não consigo passar nem mais um minuto com sua mãe — disse Jill. — Simplesmente não consigo. Me desculpe.

— E se pegássemos a caminhonete e fôssemos mais para o sul até encontrar outro lugar para passar o Natal?

Viramos um para o outro e nos encaramos, e foi quando notei que o cabelo de Jill estava grisalho. Eu sabia que não tinha ficado grisalho de uma vez só, mas eu não tinha notado. Ela estava tão bonita como sempre foi, só que agora parecia mais com uma rainha — sábia, poderosa e autoconsciente.

— Eu espero que você tenha feito uma caneca de café para mim de Natal, Lucas.

— O David Fleming me ajudou.

Ela beijou meus lábios três vezes, então pegamos sua caminhonete e fomos mais para o sul. Encontramos um lugar na praia, ao sul de Sarasota, e eu desliguei meu celular para não ter que lidar com as mensagens, as ameaças e as coisas feias em geral de minha mãe.

Na véspera de Natal, eu e Jill fizemos um castelo de areia, em que escrevemos os nomes das dezoito pessoas assassinadas no Majestic Theater, incluindo nossa Darcy. Escrevemos com as penas das gaivotas risonhas. Também gravei seu nome na areia, bem ao lado do de Leandra, é claro. E então eu e Jill ficamos lá observando. A maré enviou um milhão de ondas suaves para lamber com ternura a areia de volta para o Golfo do México, levando aos poucos os nomes de todos vocês. Esse longo processo me colocou em um transe meditativo que realmente pareceu ajudar, em particular porque não havíamos feito nada oficial para marcar o aniversário do tiroteio semanas antes, quando estávamos em Brevard.

Lembro de conversar por vídeo com Phineas no dia de Natal e falar sobre tudo isso, ao que ele respondeu que era exatamente o que eu precisava fazer e que eu estava ouvindo a psique. Deixar minha mãe não tinha sido evitação nem uma regressão, mas uma escolha consciente para proteger o relacionamento mais importante que eu tinha — meu relacionamento com Jill. Assim, passei o resto do fim de ano andando de mãos dadas com Jill na praia e pela cidade e de vez em quando eu tinha a sensação de que Darcy estava sorrindo ao ver suas duas pessoas favoritas no mundo cuidando uma da outra, agora que ela não estava mais aqui.

Quando voltamos para Majestic, Jill se mudou para meu quarto e começamos a dormir debaixo do mesmo edredom, mas todo o resto continuou como era antes de nossa viagem. Eu tinha três sessões por semana com Phineas, que juntou metodicamente todos os pedaços da minha psique. Eu passava um tempo com meus cuidadores. Jill trabalhava no Cup Of Spoons e continuava planejando aventuras relaxantes para nossos sábados. E assim o tempo passou.

Uns dois meses atrás, antes de eu começar a escrever esta última carta, Aliza enfim voltou para a Pensilvânia com a filha, que tem o nome da nossa cidade. Acho que a pequena Maj tem três anos agora. Parecia que tínhamos passado todas as noites dessas duas semanas recebendo a família de Isaiah ou sendo recebidos por eles. Maj pareceu gostar de cara do tio Lucas e da tia Jill, e até tomamos conta dela uma noite quando Bess e Isaiah levaram Aliza para a Filadélfia, para jantar no 215, por recomendação de Jill. Era fácil se apaixonar por Maj, com aqueles olhinhos brilhando de alegria sempre que alguém sorria e dizia seu nome.

Dispensei vários dos meus cuidadores e das nossas atividades semanais para que eu pudesse passar um tempo com Aliza e Maj, enquanto Isaiah e Bess estavam trabalhando. Uma manhã, Aliza e eu decidimos dar uma caminhada na Reserva Kent Woods. Eu empurrava o carrinho de Maj, e Aliza falava sobre sua adolescência na Majestic High School, lá atrás quando seu pai era um jovem diretor, e eu, um jovem educador recentemente designado para ser o que eles chamavam na época de "ouvinte natural". À sombra de um gigantesco carvalho, perto de um riacho murmurante, Aliza disse:

— Acho que você não faz ideia do impacto que causou em mim.

— Eu só ouvia — respondi. — Não era nada de mais.

— Então por que é que você parou?

— Parei o quê?

— De ouvir.

— Estou ouvindo você agora.

Aliza levantou as sobrancelhas e baixou o queixo.

— Você sabe o que eu quero dizer — respondeu ela.

Desviei o olhar porque não queria falar sobre o que eu tinha feito com Jacob e como eu tinha falhado com Eli. Lembro de sentir a pele queimando.

— Acho que você deveria começar a ouvir de novo, sr. Goodgame — disse Aliza. Como não respondi, ela continuou: — Conheço um cara que daria um emprego para você.

Conversei sobre isso com Phineas, relatando que entendia o que Aliza estava dizendo e reconhecia a gentileza. Também estava me sentindo muito mal por gastar o dinheiro da venda da casa de Jill e depender dos outros Sobreviventes para me manter ocupado. Já havia um tempo, Laxman tinha começado a me pagar demais pelo que eu fazia às quartas-feiras em seu escritório de advocacia e, muitas vezes, fez a generosa oferta de me contratar em tempo integral. Mas a verdade era que, embora amasse estar perto de Laxman, eu não gostava muito de trabalhar em seu escritório. Robin Withers também me ofereceu um emprego remunerado na biblioteca, mas me recusei a aceitar dinheiro dela pelo trabalho que eu fazia às segundas porque, como todos sabem, as bibliotecas públicas, de maneira criminosa, não recebem fundos suficientes.

— O que a psique tem a dizer quando você pensa em voltar a trabalhar na escola? — perguntava Phineas muitas vezes.

Eu fechava os olhos e tentava me concentrar, mas a psique parecia estar dizendo duas coisas ao mesmo tempo. Parte de mim queria muito meu antigo emprego de volta, que sempre me dera um propósito e até alegria. Eu já tinha sido muito bom nisso. Mas, ao mesmo tempo, algo começava a fervilhar dentro de mim, e essa parte queria ficar o mais longe possível de adolescentes problemáticos, por causa do que eu tinha feito com Jacob Hansen.

Uma noite, quando criei coragem para abordar Isaiah sobre a possibilidade de retornar à Majestic High School, ele apertou meu ombro e disse:

— É só dizer quando e teremos você trabalhando com jovens novamente. Posso conseguir que isso seja aprovado pelo conselho escolar em uns três segundos. — O que me fez sentir bem e mal ao mesmo tempo. Embora fosse bom ter um voto de confiança, era difícil saber que a decisão estava em minhas mãos e que, portanto, eu teria que arcar com toda a responsabilidade.

— Quando chegar a hora de voltar — dizia Phineas —, a psique saberá. Talvez até haja um sinal incontestável.

— Que tipo de sinal? — eu perguntava.

— Do tipo que você não pode simplesmente ignorar — Phineas respondia, e então dava o sorriso misterioso de sempre, mas de alguma forma amigável.

Como você foi meu analista por menos de dois anos e só tínhamos uma sessão de duas horas por semana, passo muito mais tempo com Phineas, que às vezes permite que nossa sessão se estenda para noventa minutos sem cobrar nada a mais de Jill. Uma vez lhe perguntei por que ele fazia isso, e ele respondeu que era apenas o que a psique estava pedindo dele. Eu aprendi a amar e a confiar em Phineas, mas ainda sinto sua falta, Karl.

A única coisa irritante de Phineas era quando ele começava a insistir para que eu assistisse a um filme no Majestic Theater. Começou a se referir ao nosso cinema local como outro dragão usurpador de tesouros sentado em uma pequena montanha do meu ouro. Em toda sessão, ele me pedia para visualizar e meditar sobre voltar ao Majestic Theater.

— Comece talvez entrando no saguão, ou até mesmo só comprando um ingresso na bilheteria — dizia ele, mas eu simplesmente fechava os olhos ou tentava mudar de assunto, mesmo sabendo que estava adiando uma parte essencial de minha recuperação.

Eu queria perguntar a meus colegas Sobreviventes como era assistir a um filme no Majestic Theater agora, mas, toda vez que eu tentava tocar no assunto, meu coração disparava e minha boca ficava seca imediatamente.

Meu corpo reagia da mesma forma sempre que Phineas tentava me fazer terminar as cartas que escrevi para você, o que também não consegui fazer até há pouco tempo.

"O que mudou?", ouço você perguntando agora.

Bem, eu recebi meu sinal, é claro.

Eu e Jill fomos convidados por Mark e Tony para jantar, dizendo que fazia muito tempo que nós quatro não ficávamos juntos na mesma sala, o que era verdade. Jill perguntou se poderia levar alguma coisa, e eles pediram sua torta de verão de ruibarbo e morango, que ela preparou com satisfação, embora tecnicamente ainda fosse primavera. Sentamos na extravagante sala de jantar deles e fomos servidos por uma chef particular que eles tinham contratado para a noite. Pode parecer um pouco de ostentação contratar uma chef particular, mas eles fizeram isso como um presente para Jill, que passou grande parte da noite na cozinha trocando receitas com a chef Kara, enquanto eu, Mark e Tony ficamos nos fazendo companhia.

Lembro que comemos gaspacho de melancia seguido de salada de abóbora assada no sal e bagre em crosta de broa de milho.

Jill insistiu que Kara se juntasse a nós à mesa para comer uma fatia de sua torta, que a chef classificou como "orgástica", para o deleite de minha companheira favorita.

Em seguida, fomos para a varanda fechada da entrada de Mark e Tony, onde bebemos conhaque em minúsculos cálices de cristal, sob o que pareciam ser fios de luzes multicoloridas do início do século xx. A conversa de como o jantar tinha sido bom parecia estar se estendendo um pouco demais. Quando todos começaram a repetir o que já haviam dito, senti que Mark, Tony e Jill sabiam de algo que não estavam me dizendo.

— O que está acontecendo aqui? — perguntei finalmente, o que fez Jill olhar para baixo, enquanto Tony e Mark trocavam olhares.

Por fim, Mark disse:

— É o Eli.

— O Eli? — repeti. — Ele está bem?

— Ele vai se formar na faculdade em algumas semanas — respondeu Tony.

Eu havia perdido a noção do tempo, mas algumas contas rápidas confirmaram que tinham mesmo se passado quase quatro anos.

— Fico feliz por ele — falei, e fui sincero.

— Bem, a questão é que — disse Mark, virando o resto do conhaque goela abaixo — Eli teve que fazer um curta para seu projeto final de graduação.

— Um curta-metragem — esclareceu Tony.

— E? — perguntei, porque isso não parecia nada fora do comum.

— Ele ganhou um prêmio — disse Mark.

— De melhor da turma — acrescentou Tony com uma pitada de orgulho.

— Isso é maravilhoso — falei, ainda sem entender por que todos estavam olhando para mim de um jeito tão estranho.

Então Mark e Tony olharam para Jill. Quando meus olhos encontraram os dela, Jill disse:

— O filme dele é sobre você, Lucas.

Mark e Tony começaram a falar bem rápido, dizendo que Eli usou muito do material que ele filmara enquanto morava comigo e com Jill. Eles também tinham lhe fornecido um vídeo dos bastidores feito durante a rodagem do nosso filme de monstro, o que me deixou preocupado por causa do agravamento de minha condição mental durante as filmagens. Comecei a me sentir mal fisicamente, porque suspeitei que Eli estivesse tentando se vingar de mim por matar seu irmão. Fiquei preocupado que ele tivesse usado seu curta-metragem para me humilhar, mostrando a estranhos minha mente doente, minha psique fraturada. Comecei então a ficar com raiva porque eu não tinha concordado em ser filmado. Como Eli se atrevia a compartilhar os momentos íntimos que aconteceram em minha própria casa sem nem pedir minha permissão, quanto mais sem eu nem ter assinado qualquer tipo de contrato?! E então, antes mesmo de saber o que estava fazendo, saí noite adentro, enquanto eles chamavam meu nome e tentavam me fazer ficar. Mas segui a passos largos e, quando Jill me alcançou, comecei a correr pelas ruas de Majestic até conseguir me livrar dela, então diminuí a velocidade para uma caminhada rápida.

Eu não sabia para onde estava indo até os portões de ferro preto do Cemitério Majestic aparecerem. Sentei na grama acima da barriga de Darcy e me desculpei por não trazer flores. Tentei fazer uma brincadeira a respeito do pobre Gary não conseguir transar dessa vez, mas a piada não parecia engraçada nessa noite. Contei a Darcy sobre o curta-metragem de Eli e perguntei como ele poderia ser tão cruel depois de eu o ter levado para minha casa e o ajudado a fazer seu filme de monstro. Mas quanto mais eu tentava pintar Eli como um cara mau, mais eu percebia que estava tentando projetar nele todos os meus sentimentos mais sombrios a respeito de mim mesmo, o que Phineas mais tarde confirmou ser correto. Disse a Darcy que sentia muito por não ter conseguido estancar o sangramento dela e que eu não tinha visto Jacob entrar atirando a tempo de ficar na frente daquelas duas balas; me desculpei por dormir na mesma cama que Jill e por não ter conseguido evitar que Darcy alada desaparecesse de novo no inconsciente da minha imaginação, porque eu faria qualquer coisa para ressuscitá-la. Falei muito, até não ter mais palavras, e quando me levantei e me virei para ir embora, fiquei surpreso ao ver o policial Bobby encostado em sua viatura, estacionada a uma distância respeitosa de mim e de Darcy.

— Quando você chegou aqui? — perguntei.

— Um tempo atrás — admitiu ele.

— Você estava ouvindo?

— Acabei de tirar isso aqui — disse ele, estendendo a mão direita para mim. Havia dois fones sem fio brancos em sua mão.

— Os Phillies estão perdendo de sete a seis para os Mets no décimo segundo.

Ficamos nos olhando por um instante ali no cemitério iluminado pela lua.

Então ele disse:

— A Jill achou que talvez você precisasse de uma carona.

— Você deve estar muito cansado de ficar me levando para casa depois de todos esses anos.

— É muito mais fácil do que perseguir adolescentes bêbados na floresta — replicou ele. — Vamos voltar para a Jill, pode ser?

Concordei e entrei na viatura. Quando desci na frente da minha casa, agradeci a Bobby por me ajudar e me proteger mais uma vez, ao que ele respondeu batendo continência, antes de se certificar de que eu tinha entrado em segurança.

— Acho que você deve um pedido de desculpas ao Mark e ao Tony — disse Jill quando nos sentamos no sofá. — Eles estão muito preocupados com você.

— Não acredito que o Eli traiu minha confiança — minha parte sombria falou, sem conseguir resistir.

Incrédula, Jill olhou para mim por um instante e disse:

— Eu vi o filme do Eli.

— Como?

— O Mark e o Tony estão com ele.

— Por que você não me contou?

— Eu precisava ter certeza de que iria curar você em vez de destruir.

— Vai me destruir? — perguntei, soando demais como um garotinho para o meu gosto.

— Você acha mesmo que algum de nós deixaria isso acontecer, Lucas? *Mesmo?*

Liguei para Mark e Tony para me desculpar, mas eles logo dispensaram minha tentativa, dizendo que Eli insistia para que eu visse seu curta-metragem na tela grande e que eles estavam me oferecendo uma sessão particular na sala de exibição do Majestic Theater. Ao que parecia, eles já estavam havia um bom tempo em contato com Phineas, que vinha me preparando em segredo para o desafio.

— O Eli quer conversar com você por chamada de vídeo logo depois da sessão — disse Mark.

— E eu realmente acho que você vai querer falar com ele — acrescentou Tony.

Era muita coisa para processar, mas não pude deixar de perceber que esse provavelmente era o sinal sobre o qual Phineas me falava. Parte de mim sentia que eu estava marchando direto para a minha destruição, e a outra, que eu estava caminhando para a salvação.

— Você consegue aguentar a tensão desses dois opostos e tirar um sentido da dor resultante? — perguntou Phineas tantas vezes, até que senti que talvez eu conseguisse.

Finalmente, Mark e Tony marcaram uma data para eu ver o curta de Eli sozinho no Majestic Theater. Muitas pessoas se ofereceram para assistir comigo, mas, de alguma forma, eu sabia que tinha que enfrentar esse dragão por conta própria.

— De outra forma, você teria que compartilhar todo o ouro — disse Phineas muitas vezes.

Um dia antes de minha sessão de cinema particular, o policial Bobby, armado, e meu analista junguiano me acompanharam em uma visita ao Majestic Theater. Era a primeira vez que eu pisava em uma sala de cinema desde meu colapso público, anos antes. Passamos pela bilheteria e fomos para o saguão cheio de fotos históricas em preto e branco dos anos 1930 — onde Mark e Tony nos cumprimentaram e perguntaram se eu estava pronto, ao que acenei com a cabeça. Fomos com eles até a sala de exibição, que estava iluminada mas silenciosa como um túmulo. Phineas colocou a mão no peito de Bobby, indicando que ele ficasse para trás, e eu segui em frente sozinho.

Fiquei em pé no local onde havia acabado com a vida de Jacob Hansen. Sentei no assento com estofado novo, onde minha esposa fora assassinada. E então levantei o rosto para o bando de anjos eternizados acima. Fiquei lá olhando para aquele estranho céu pelo que pareceu uma hora, antes de voltar para perto de Bobby, Phineas, Tony e Mark, todos respeitosamente de guarda na porta que levava ao saguão. Acenei com a cabeça uma vez para eles, e então todos saímos. Ninguém perguntou se eu estava bem, o que considerei um bom sinal.

Nessa noite, Jill ficou se oferecendo para me contar exatamente o que havia no filme de Eli e também para ficar ao meu lado durante a exibição, dizendo que poderia segurar a minha mão e me ajudar a enfrentar as emoções complicadas que com certeza viriam à tona. Mas Jill já tinha feito muito por mim nos últimos quatro anos, e eu precisava matar esse dragão sozinho. O cavaleiro não leva a amada em sua jornada; ele traz o dragão morto para casa como um presente para sua senhora — e minha senhora se mostrou mais do que digna do tipo de ouro que eu perseguia.

Não dormi muito naquela noite.

Eu e Phineas tivemos uma sessão de emergência logo pela manhã, a maior parte da qual ele passou olhando fundo nos meus olhos e enviando sua energia de cura para mim, o que pode parecer muito estranho para alguns, e eu entendo, mas, uma vez estabelecida essa conexão com o seu analista junguiano, não há melhor forma de fortalecimento. Ao final de nossa sessão, Phineas disse que estava orgulhoso de mim por finalmente enfrentar talvez o maior dos meus dragões, e eu observei:

— Eu ainda não enfrentei o dragão do Majestic Theater.

— Mas esse é exatamente o milagre de hoje, Lucas — argumentou Phineas —, porque, na verdade, você já enfrentou o dragão do Majestic Theater. De um milhão de maneiras diferentes. E você ainda está bem vivo e melhorando a cada dia.

Quando dei por mim, eu estava sentado na sala de exibição do Majestic Theater, bem ao lado do local onde minha Darcy foi assassinada. Uma sensação imediata de pânico atingiu meu peito quando as luzes se apagaram, então lembrei a mim mesmo que Jill, Bobby, Mark, Tony, Phineas, Isaiah e Bess estavam de guarda no saguão com Robin Withers, Jon Bunting, DeSean Priest, David Fleming, Julia Wilco, Tracy Farrow, Jesus Gomez, Laxman Anand, Betsy Bush, Dan Gentile, Audrey Hartlove, Ernie Baum, Chrissy Williams, Carlton Porter e até a atual governadora da Pensilvânia, Sandra Coyle. Em seguida, iríamos todos assistir ao nosso filme de monstro, e seria a primeira vez que eu o veria, por causa do meu colapso na noite de estreia e da minha subsequente e autoimposta proibição de assistir a filmes.

Então a tela se iluminou.

A primeira imagem que vi foi uma foto da cabeça da criatura que eu e Eli criamos, sob a qual estava escrito: "Produção de um monstro de penas". Em seguida, vi Eli lá em cima na tela grande. Ele tinha encorpado um pouco e estava com um cavanhaque fino que o fazia parecer uma espécie de *beatnik* moderno, mas ainda era o nosso garoto, e meu coração se aqueceu um pouco mais logo que pus os olhos nele.

Olhando diretamente para a câmera, Eli começou a falar sobre como o irmão, Jacob, tinha entrado em um cinema e matado dezessete pessoas, uma das quais a esposa de um homem que prestava assistência em saúde mental a Eli em sua escola. Então ele disse:

— Em vez de contar como o sr. Lucas Goodgame reagiu ao assassinato de sua esposa, eu vou lhes mostrar.

Nesse momento, comecei a ficar muito preocupado com a forma como Eli iria tratar o fato de eu ter matado seu irmão.

Foi quando uma música sentimental começou a tocar cada vez mais alto, e ali, na tela de cinema, a barraca laranja de Eli começou a iluminar meu quintal. Essa primeira imagem foi suficiente para me tirar de minha realidade e me fazer viajar de volta ao meu tempo com Eli, quando ele era Jackie Paper, e eu, Puff, o Dragão Mágico. Eu não estava mais no Majestic Theater, mas em uma fantasia que Eli criara para mim, usando principalmente vídeos que ele havia feito com seu celular. *Talvez esse fosse meu caminho com cerejeiras.* Eli narrava por cima da música, explicando muito do que já contei nestas cartas.

Havia imagens de Eli com o dedal e eu costurando penas na roupa de mergulho; nós dois jogando *frisbee* no meu quintal — aqui percebi que Jill deve ter lhe enviado imagens que ela mesma fez com seu celular — e eu lendo livros junguianos na barraca laranja; Jill cozinhando na cozinha; nós três lambendo casquinhas enormes na Tire uma Casquinha; eu e Jill nos balançando na rede de Darcy. Em seguida, Eli no armário da biblioteca filmando — pela fresta da porta — partes do discurso do Outro Lucas; de repente, todos brincando vestidos em seus figurinos na frente do Guarda-Roupa Móvel de Arlene e River; depois todos no set e as pessoas se maquiando; apareço ensaiando minhas falas aplicadamente; Eli me abraçando vestido em sua roupa de monstro; e então surjo jogando *frisbee* com o monstro — aqui percebi que alguém deve ter gravado um vídeo no set para Eli, porque há diversas imagens minhas assistindo a Eli dirigindo e atuando. Tenho uma expressão de muito orgulho e apreensão no rosto. Parece que estou me certificando de que Eli está bem e sendo tratado de modo justo. Talvez eu esteja até fazendo o que um bom pai faria. Eli incluiu imagens de todas as festas do elenco que Mark e Tony deram. E fico surpreso com quanto estou sorrindo na tela. Eu acreditava que tinha sido infeliz e egoísta o tempo todo, mas o filme de Eli retrata o exato oposto.

No final de seu curta, Eli narra enquanto aparece uma tomada da minha casa. "E pensar que quase não armei minha barraca no quintal desse homem", ele diz, a porta da frente se abrindo. Eu saio com um grande e caloroso sorriso e aceno para Eli. Não me lembro de ter feito isso na vida real e não consigo colocar essa filmagem em nenhum tipo de linha do tempo mental. Começo a me preocupar que esta seja a parte em que ele vai falar sobre eu ter matado seu irmão, mas — para minha surpresa — o filme termina sem Eli mencionar esse fato tenebroso.

Quando as luzes se acenderam, cobri o rosto, porque eu tinha passado os últimos quinze minutos chorando. Demorei um pouco para me recompor e fiquei agradecido por todos continuarem esperando no saguão, me dando um tempo. Depois do que pareceram uns dez minutos, meu celular começou a tocar e, quando atendi a chamada de vídeo, eu e Eli de repente estávamos olhando nos olhos um do outro pela primeira vez em quase quatro anos.

— Dá para ver por essas lágrimas que você odiou — disse ele, e então deu um sorriso largo e confiante, mostrando de imediato que não era mais um garoto.

Não consegui dizer muita coisa, mas Eli deixou tudo tranquilo falando sozinho, principalmente me contando sobre o prêmio que ele tinha ganhado e todos os contatos que já havia feito, e compartilhando tudo de bom que havia criado para si mesmo lá na Califórnia.

Então ele disse que havia gente me esperando no saguão, por isso não me prenderia mais, mas que tinha uma última pergunta para mim.

— Se, por acaso, já tivessem comprado uma passagem de avião para você — disse ele —, e todos os seus amigos tivessem reserva no mesmo voo, incluindo a querida sra. Jill, você viria a minha cerimônia de formatura?

Fiz que sim e me perguntei quem teria comprado uma passagem de avião para mim, contudo, antes que eu tentasse adivinhar, todos estavam sentados ao meu redor na sala de exibição comendo pipoca, embora ainda só fossem dez e meia da manhã. Nosso filme de monstro acendia nossa imaginação, e cada Sobrevivente vibrava entusiasmado toda vez que se via enorme ali na tela prateada. Nosso filme era exagerado e ainda mais ridículo do que eu lembrava, mas, ouvindo meus amigos e vizinhos aplaudindo, rindo e até assobiando, tive profunda certeza de que estávamos assistindo ao nosso filme favorito de todos os tempos e que aquele momento que eu estava vivendo talvez fosse a melhor experiência em uma sala de cinema que eu teria nesta vida.

No final, quando o monstro e o meu personagem estavam recebendo suas medalhas da prefeita interpretada por Jill, inclinei a cabeça para trás e tentei ver os anjos lá em cima, mas eles estavam escondidos pelo grande feixe de luz que ia do projetor à tela.

E pensei: "Somos nós lá em cima naquele feixe de luz — todas as pessoas nesta sala e muitos outros cidadãos de Majestic.

Nós.

Nós somos a luz."

Agora — enquanto digito o final desta carta em meu notebook — estou em pleno voo. Como eu disse, Karl, não vou mais lhe escrever. E, depois que Phineas ler esta última carta, é muito provável que estas palavras nunca mais sejam lidas.

Jill apagou a meu lado. A cabeça dela está encostada no meu braço direito. Embora ela tenha um sono bastante pesado, estou tentando digitar sem me mexer muito. Todos os Sobreviventes estão a bordo, menos você e Sandra Coyle, que não veio devido a "compromissos oficiais". Mark e Tony estão na primeira classe, aproveitando a vida. Bess e Isaiah estão na nossa fileira, mas do outro lado do corredor, e também dormem. Estamos todos indo para Los Angeles ver Eli receber seu diploma universitário.

Em um impulso, enquanto secávamos as mãos no banheiro masculino do aeroporto, perguntei a Isaiah se eu poderia me encontrar com os membros do conselho escolar e fazer uma entrevista para meu antigo emprego. Ele perguntou se eu estava falando sério e quando respondi que sim, ele gritou "Você está contratado!" tão alto que todos no banheiro se viraram e olharam para nós.

Na semana passada, roubei um dos anéis de Jill para que o joalheiro pudesse medi-lo e fazer rápido uma aliança de noivado, que está no meu bolso neste exato momento. Liguei para o sr. Dunn ontem e pedi a bênção dele, ao que ele respondeu que as pessoas não faziam mais isso porque as mulheres não são propriedade de seus pais, em particular mulheres na casa dos cinquenta e padrastos de setenta e poucos anos, mas ele ficou satisfeito do mesmo jeito. Ele e a sra. Dunn se perguntavam por que eu tinha demorado tanto. Depois ele disse:

— Não preciso lhe dar as boas-vindas à família oficialmente, filho. Você já está com a gente há algum tempo.

Também tenho pedido permissão a Darcy, visitando seu túmulo quase todos os dias, mas não vi nenhum tipo de sinal de que minha falecida esposa me deu sua bênção, que — por razões óbvias — parece muito mais importante do que a do sr. e da sra. Dunn.

Sempre que eu e Darce ficávamos sabendo de uma tragédia pelo noticiário ou conversando com outras pessoas — quando ela ainda estava viva —, ela pegava minha mão e dizia "Não morra antes de mim, Lucas, porque eu não quero viver sem você, está bem?". Era para ser meio piada e meio declaração de amor eterno. Então, tenho perguntado a sua lápide alada por que nunca discutimos o que aconteceria se ela morresse primeiro. Tenho quase certeza de que Darce gostaria que eu e Jill continuássemos cuidando um do outro, mas é óbvio que não posso saber ao certo.

Phineas diz que embora o inconsciente com frequência fale com a gente por meio dos sonhos, às vezes nosso eu desperto precisa criar seus próprios sonhos.

E assim, logo que terminar esta carta, vou abrir a persiana. Em seguida, vou olhar para as nuvens até minha visão se acalmar e minhas pupilas se ajustarem à luz, quando então vou me permitir imaginar Darcy alada pela última vez. Vou fazer suas asas poderosas baterem para que ela possa acompanhar nosso avião e — com o olhar — pedir permissão para me casar com Jill. Em minha mente, agora, vejo Darcy alada parecendo triste por seu tempo comigo terminar oficialmente e, na mesma medida, feliz por mim e Jill, que pudemos consolar um ao outro em sua ausência. Tenho certeza de que Darcy será capaz de aguentar a tensão desses dois opostos — de que será capaz de tirar um sentido dessa dor.

Não sei por quanto tempo ela conseguirá voar ao lado do avião mantendo contato visual comigo, mas vou fazer o meu melhor para gravar para sempre seu rosto e suas asas gloriosas em minha memória. Imagino que, em algum momento, ela vá acenar dizendo adeus e subir rápido como a luz em direção ao grande desconhecido.

Não vejo a hora de abraçar Eli e dizer que estou orgulhoso dele. Vai ser bom agradecer pessoalmente por tudo o que ele fez por mim. E tenho certeza de que conseguirei convencer meus companheiros Sobreviventes e meus amigos a me ajudarem a organizar uma festa de noivado para Jill. Vai ser bom também ver Aliza e a jovem Majestic em seu estado natal. Está até programado de eu encontrar o marido de Aliza, Robert, que tenho certeza de que valerá a pena conhecer.

Quero agradecer a você, Karl, por estar aqui comigo quando mais precisei. Acho que eu não poderia ter feito isso tudo sem você.

Lembro de uma sessão, no início da minha análise, quando você olhou em meus olhos e disse que me amava. Não acreditei em você. Eu tinha muitos lugares partidos dentro de mim para aceitar esse presente.

Hoje consigo aceitá-lo.

Obrigado.

Também amo você.

Jill está começando a se mexer. Acabei de beijar o topo da sua cabeça. Ainda cheira a madressilva.

Certo, agora tenho que dizer adeus — de uma vez por todas — para Darcy alada.

Não esperava que fosse doer tanto, mas Darcy era insubstituível.

Você também.

Seu analisando mais fiel,
Lucas.

## Agradecimentos

Este livro foi escrito no final de um período muito sombrio de minha vida, que, com toda franqueza, muitas vezes pareceu ser o fim de Matthew Quick. Escrever ficção sempre me ajudou a controlar minha depressão e minha ansiedade. Por esse motivo, o acréscimo de um grave bloqueio criativo — que me rebaixou e humilhou por boa parte de três anos — foi uma cruz particularmente difícil de carregar.

Alguns homens preciosos tornaram meu fardo menos pesado: meu companheiro de almoço otimista e confidente de coração, Matt Huband; o cofundador do meu cineclube, Kent Green; meu parceiro de natação e de *kubb*, Adam Morgan; meu irmão leal, Micah Quick — vida longa aos telefonemas de sábado de manhã —, e o colega escritor Nickolas Butler, que me encorajou a escrever outro romance epistolar.

Descanse em paz, Scott Humfeld, com quem troquei e-mails por duas décadas. Sinto sua falta, meu velho amigo.

Por três longos e dolorosos anos, meus dois agentes craques, Doug Stewart e Rich Green, me surpreenderam com sua paciência inesgotável e com o que muitas vezes pareceu ser mais amizade do que negócios. Sou muito grato a vocês dois.

Um agradecimento extra a Kat Morgan, por me fazer rir e responder minhas perguntas; ao já mencionado Kent Green, pelas recomendações e conversas sobre filmes de monstro; a minhas sobrinhas e sobrinhos — Isla,

Oliver, Brexley e Archer — por tornarem a tarefa de amar tão fácil; ao OBX Realty Group, por "representar compradores e vendedores desde 2003, de Corolla a Hatteras" — "você pode achá-los na internet"; a mamãe e papai, por me terem dado a vida; a Barb e Peague, por fazerem Alicia; a Megan Shirk, por sua luta; à dra. Dixie Keyes, por sua luz; a Roland Merullo, por seu encanto; a Evan Roskos, por sua persistência; a David Thwaites, por sua tenacidade; a Henning Fog, por seu amável apoio durante anos a fio; a Liz Jensen, por seu perdão; a Cecelia Florence, pelos domingos na Celie's; a Scott Snow, por me apresentar ao Parque Nacional de Pisgah, em Brevard; ao restaurante Woo Casa Kitchen, em Nags Head — especialmente a Katie e a Brooke —, pela comida excelente e a gentileza constante; a Erik Smith; a Wally Wilhoit; a Scott Caldwell, o "sr. Canadá"; a Bill Rhoda; a Justin Cronin e a Paul King.

Um agradecimento especial ao podcast *This Jungian Life*, que revela toda a sabedoria generosa e estimulante da psique e a compaixão de três analistas junguianos: Deborah C. Stewart, Lisa Marchiano e Joseph R. Lee. Durante minha noite escura da alma, esse podcast foi um bálsamo semanal que orientou/influenciou muito a escrita deste livro.

Um agradecimento enorme a todo livreiro, bibliotecário, pessoa que fala sobre livros na internet, professor, aluno, fã que escreve cartas, revisor e/ou entusiasta de Matthew Quick que alguma vez disse ou escreveu uma palavra gentil sobre meu trabalho.

Um agradecimento mágico a HeroKing (também conhecido como Zac Little), da Etsy, por fazer à mão, para mim, um poderoso talismã de escrita em troca de uma quantia relativamente insignificante de dinheiro.

Quando eu estava vivendo um bloqueio criativo, o pensamento mágico me convenceu de que, para vencer esse bloqueio, eu teria que dar um jeito de colocar a bela canção "If You Could Read My Mind", de Gordon Lightfoot, no capítulo de abertura deste romance. O pensamento mágico estava absolutamente errado. Como você agora já sabe, a canção não aparece nenhuma vez. Mas, à medida que fui criando coragem para dar um novo e profundo mergulho na escrita de ficção, ouvi "If You Could Read My Mind" repetidamente por muitos meses — talvez milhares de vezes sem parar. Comecei a escrever as primeiras linhas deste livro quando finalmente desliguei o sr. Lightfoot, mas gostaria de reconhecer o espírito da canção e sua influência em meu inconsciente.

Um agradecimento gigantesco ao meu editor Jofie Ferrari-Adler, cuja abordagem perspicaz e sensata melhorou o texto de muitas formas. Seu entusiasmo contagiante também me levou a criar e a contar a melhor história possível. Obrigado, Jofie, por aceitar e defender este livro.

Uma pessoa sozinha pode escrever um romance, mas é preciso uma equipe inteira para publicá-lo. Obrigado a todos da Avid Reader Press. A vocês, todo o meu reconhecimento.

Obrigado também aos dedicados profissionais da Sterling Lord Literistic.

Nenhum livro de Matthew Quick existiria sem a escritora Alicia Bessette, minha esposa há mais de um quarto de século. A empatia, a paciência, a capacidade de ouvir, a edição profissional de frases, os abraços matinais que me fazem sentir vivo e a sabedoria silenciosa — mas poderosa — de Alicia tornaram este livro (e a mim) melhor em todos os sentidos imagináveis. Ela também me apresentou *This Jungian Life* e foi a primeira a sugerir que eu escrevesse outro romance epistolar.

Li uma quantidade colossal de material relacionado à psicologia junguiana, o qual, em grande medida, orienta a história que você acabou de ler. Gostaria de mostrar meu reconhecimento a alguns autores junguianos e a outros com ideias afins que me influenciaram particularmente: Robert Bly; Paul Foster Case; Tom Hirons, que escreveu o poema "Sometimes a Wild God" [Às vezes um deus selvagem]; Robert A. Johnson; Donald Kalsched; Eugene Monick; Sylvia Brinton Perera e, claro, o próprio Carl Jung. O junguiano homenageado anteriormente, na dedicatória deste romance, me recomendou quase todos os escritores mencionados e muitos mais. Esse mesmo junguiano orientou/influenciou demais a escrita deste romance.

Embora, durante anos, eu tenha mergulhado de cabeça em tudo o que era junguiano, gostaria de deixar claro que não sou, de forma alguma, um especialista em Jung. Sou apenas um escritor de ficção que ficou muito curioso. Também sou um ser humano cuja saúde mental melhorou muito graças às diversas ideias junguianas com que me deparei ao longo desta jornada.

Por fim, obrigado a *você* — que está lendo estas palavras agora. Sem suas mãos virando as páginas, sem seus olhos percorrendo as linhas, estas ideias permaneceriam mortas na página, e o livro se tornaria de fato um caixão. A esperança de me conectar com os leitores outra vez fez com que eu não parasse de colocar, metaforicamente, um pé na frente do outro nas minhas horas mais sombrias. Com gratidão e amor, desejo o melhor a todos vocês.

Este livro, composto na fonte Fairfield,
foi impresso em papel lux cream 60g/m² na Grafilar.
São Paulo, outubro de 2023.